灯光闪烁，

像海那边的灯塔一样。

周君娓 :)

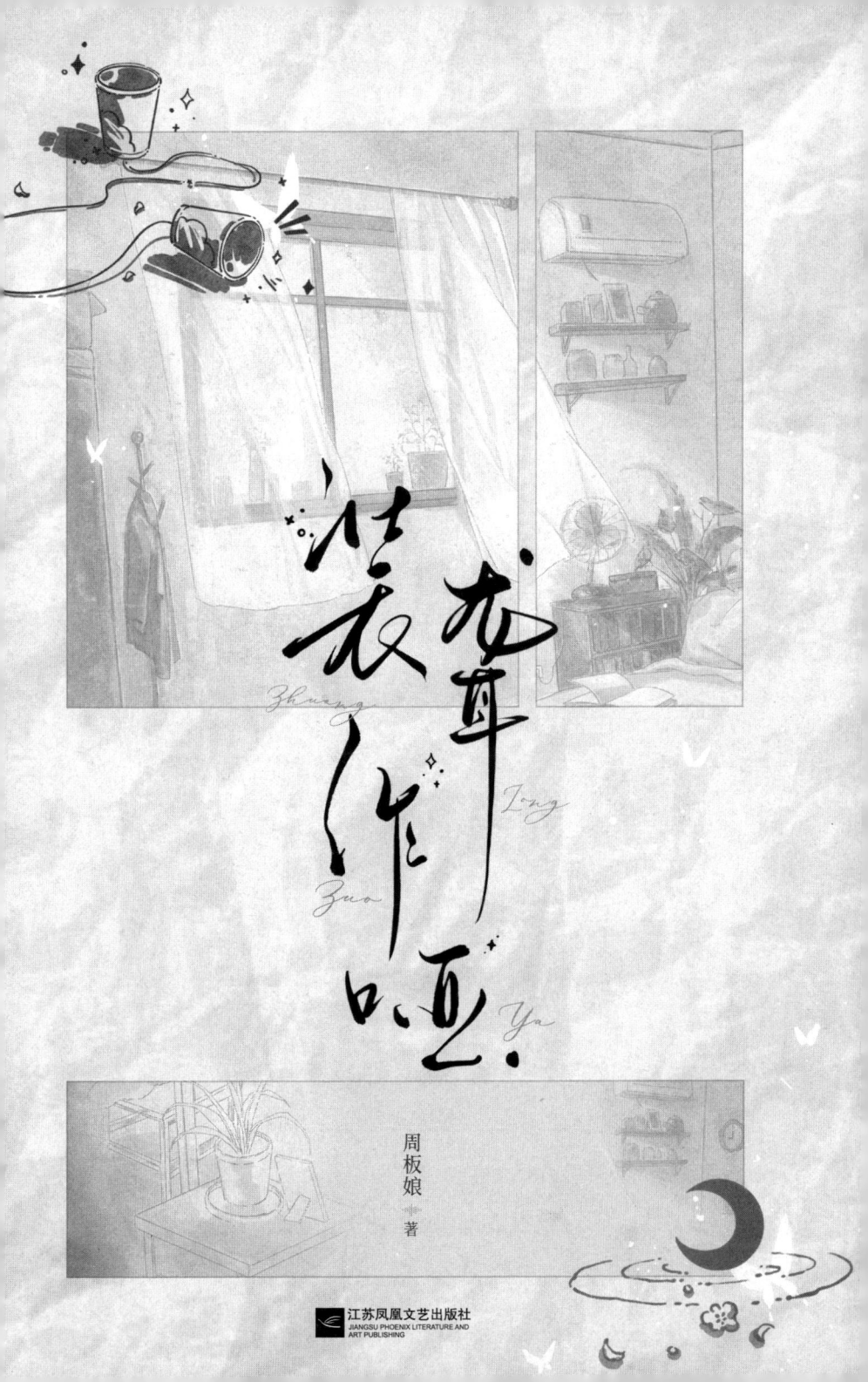

装聋作哑

Zhuang Long Zuo Ya

周板娘 著

江苏凤凰文艺出版社
JIANGSU PHOENIX LITERATURE AND ART PUBLISHING

阿哑大排档
ZHOU & FANG

★★★★★★★★★★

订单类型：堂食 520　　服务员：方珑

订单号：2010011020091231

章节	页码
Chapter 01 / 小祖宗	001
Chapter 02 / 跨年夜	027
Chapter 03 / 生日礼物	059
Chapter 04 / 寒冬灯塔	083
Chapter 05 / 摇摇欲坠的墙	105
Chapter 06 / 买一赠一	127
Chapter 07 / 汹涌爱意	151
Chapter 08 / 他的太阳	181
Chapter 09 / 樱桃发绳	221
Extra / 后来的我们	253

备注：今天想吃蛋炒饭。

时间：2010-01-10

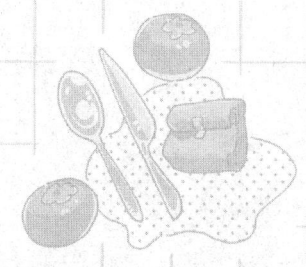

★★★★★★★★★★

Chapter 01

小祖宗

2009年,冬天。

裤袋里的手机响起时,周涯刚从桶里捞出今晚的最后一只生腌三目蟹。

左眼眼皮蓦地跳了两下,周涯不耐烦地咬了下后槽牙。

他没搭理手机,把螃蟹甩到厚砧板上。手起,刀落,三两下就把螃蟹均匀切块,盛在盘子里。琥珀凝脂般的蟹膏溢出来,晶莹剔透,芫荽缀顶,白醋伴旁。

他不用喊"上菜",只要把盘子放前头,朝前来端菜的店员比画个手势,对方就知道要送去哪一桌。

今天周六,大排档座无虚席,不到十一点,腌虾已经卖完了,虾蛄也所剩无几。圆桌裹着层层塑料桌布,在老旧骑楼下方杀出一条血路,人声嘈杂,觥筹交错。

灶眼里鲜红火苗跳跃,花蛤在猛火强攻下颤巍巍地张开口,露出最嫩的那块肉。

挂满油污的排气扇轰隆作响,客人们点菜都要用喊的,指间香烟指东又指西,烟灰都不知道跌落在哪里。

鹅肠去肥膏,杂鱼贴小鼎,咸菜滚车白,白糜盛两碗,最后是任君选择的杂咸。

手机响第三遍的时候，旁边负责记菜的阿丰终于忍不住说："老板！电话啊！电话！"

周涯往鹅肠上淋了些许卤汁，递给店员，双手在一旁又油又旧的破毛巾上随意擦了几下，把夹在耳朵上的香烟取下来，跟身边人扬了扬手，走出档口。

看清来电人，周涯"哧"了一声，仍不接，他把烟点燃，待电话再次打来，他才重重吐了口烟，接起电话。

"阿哑啊！在档口忙吗？"电话那边的声音音量很大，对方似乎知道他忙，直接切入正题，"忙也没办法，你现在来一趟所里吧。"

食指中指还夹着烟，周涯屈起拇指，用指骨压住跳了一整晚的左眼皮，声音里全是烦躁："这次……又因为什么事？"

他嗓子极哑，加上不耐的情绪，声音实在谈不上好听。

"唉，在'88'和人起了冲突……放心吧，她没受什么伤。"

"谁管她有没有受伤。"周涯骂，"年纪小小本事挺大，都进派出所了，真是光宗耀祖。"

"也不小了，十九岁了……"对方有些无奈，"总之你快过来吧，对方家长已经在路上了。"

周涯扯起嘴角冷笑："我不去，找她自己的妈去接。"

对方叹气："那得去'永安'请了啊……"

烟嘴被牙齿咬得几乎要断裂，周涯一口接一口抽烟，不吭声。

对方接着说："你不来的话，我只能找敏姨了……"

"你个混账！我妈什么身体情况你不知道？现在什么钟点？早睡了好吗！"周涯咬牙切齿地骂。

"哎呀，那你就来嘛，好歹是你妹……"

周涯直接掐了电话。三两口把烟抽完，他把烟蒂弹到路边的下水沟里，未灭的火星如跌落深渊。

打电话来的是任建白,他的发小。

而任建白说的那位"她",是寄住在他家、和他没血缘关系的表妹方珑,个头不高,脾气倒挺大,跟炮仗似的,一点就燃。

他走回档口,阿丰嬉皮笑脸地看向他:"大小姐又闯祸了?"

周涯这人性子冷,又因为嗓子受伤,向来不爱说话,能把他逼得火冒三丈、脏词不停地往外喷的,也就只有那位不成器的小祖宗了。

周涯冷眼睨他,指了指砧板旁的位置,示意他顶上。

阿丰把记菜本放下,摇头晃脑地唉声叹气:"今晚的客人能吃到本'刀神'斩的卤水,是他们的福气。"

同样负责记菜和招待的张秀琴把新写好的单子撕下来,压在台面上,笑骂道:"别那么多废话,赶紧切一盘鹅翅,十五号桌的!"

因为长年累月地大声喊叫,女人的嗓子早已沙哑,但音量依旧不小,一头紫红卷发在这个小镇里显得格外时髦。

"遵命!"阿丰见周涯走开,压低声音冲张秀琴挤眉弄眼,"未来老板娘讲的话,我肯定要听。"

张秀琴作势要打他这个黄毛小弟:"乱讲什么啊,就不怕阿哑听到了打你?!"

说是这么说,平日雷厉风行的女人眉眼无端地软了几分。

周涯去了趟厕所,洗干净油腻的双手,再去杂物间取了皮衣。

有熟客喝到面红耳赤,招手喊他来喝一杯,周涯冲对方摇摇头,穿上皮衣,从内袋摸出摩托车钥匙,接着走出店子。

张秀琴不等他交代,已经主动说:"你去忙吧,店里有我们看着。"

周涯点头道谢,但眼神里的客气与疏离,让张秀琴一颗心倏地下沉。

临街的位置都让客人的车停满,员工的摩托车停在旁边小巷内,周涯的也是。

入夜，寒风穿巷过，频繁闪烁的壁灯是根湿冷火柴，周沨骑上车子，长腿支地。插了钥匙不急着打火，他再衔了根烟，这次慢条斯理地抽着。完事了，他才踢开边撑，打火骑出去。

他还打算在镇上兜两圈，就让那破事多得要命的小祖宗慢慢等吧。

庵镇很小，镇中心的派出所其实就在隔壁街。

周沨从它门口经过两回，第三次的时候被蹲马路边上的任建白逮住了。

"熄火下车！"

任建白扒拉着周沨的车头，气急败坏地骂骂咧咧："从档口过来走路都不用五分钟，你那么久都不出现，我就知道你肯定是在这附近瞎晃悠！你倒是快活，里头那几位又要吵起来了！"

"吵起来好啊，给你们无聊的值班时间增加点儿情趣，多欢喜啊？"周沨空轰了两下油门，瞪他一眼，"滚开。"

任建白说话说出了视死如归的感觉："不滚，你有本事就从我身上碾过去。"

周沨本来就憋着一肚子气，还真换挡轰油门想往前撞。

任建白吓得半死，瞬间往旁边跳，高声叫："你还真撞啊？"

周沨狠瞪他："有病，我停车！"

任建白家和周沨家是邻居，他们从小学开始就一直是同班同学。任建白清楚他的性格脾气——嘴巴和他浑身腱子肉一样硬，但心还是软的。

任建白屁颠屁颠地跟过去，摸出烟盒和打火机，提前做周沨的思想工作："待会儿进去了你别骂方珑啊，其实这件事吧，不是她一个人的问题——"

周涯停车熄火，打断发小的话："是谁先挑的事？"

任建白一愣，烟递到一半："啊？"

周涯把烟和打火机接过来，再问一次："谁，先挑的事？"

任建白犹豫片刻，才说："方珑。"

周涯罕见地弯起嘴角嗤笑了一声，眼神仍和夜风一样冷。

见状，任建白忍不住打了个哆嗦，但还是得硬着头皮继续帮方珑讲话："但方珑只是一个人，对方两个人，所以其实方珑才是被欺负的那个。嘻，就是小孩之间的小打小闹……"

火苗快凑到烟头了，打火机又被拿开。周涯沉默片刻，把打火机抛还给任建白，将没来得及抽的烟塞进皮衣兜里，迈腿往派出所大门走。

"走吧，进去看看小祖宗。"

派出所的调解室不大，桌角崩裂，椅子老旧，泛黄墙壁上有些不知从何而来的黑色污迹，白炽灯灯管雾蒙蒙的，边角挂着的蛛丝倒是根根分明。

这一切方珑都挺熟悉的，毕竟来过几次了。

她坐在长桌一边，低垂着头，不想看见桌子对面那对男女，还有他们各自的母亲。被扯到的头皮已经不痛了，被扇的脸颊有点儿肿，最痛的是脖子后面，应该是破皮了，火辣辣地疼。

派出所好冷，明明关着门窗，还是不停地有冷气从脚底板往上攀。方珑一双腿冷得发麻，稍微一动就有阵阵战栗密密麻麻地袭来。她还得咬着槽牙忍着，不想让对面的人看出她的坐立难安。

那对坐在一起的年轻男女，一个是和她刚分手不到一个月的前男友江尧，一个是她的前闺密吴丹纯。

此时吴丹纯哭哭啼啼，小声啜泣："呜……方珑，你真的误会了……我是在你们分手后才和江尧在一起的,我们没有,没有……呜呜呜……"

江尧拿纸巾给她擦泪,温柔地低声哄:"别哭了,你不用跟她解释,我们清者自清。"

"干吗?这是夫唱妇随?"一阵反胃感涌上来,方珑直接当着他们的面表演干呕,讥讽道,"你们少在这里一唱一和,真把我恶心坏了。"

吴丹纯母亲大声斥道:"阿妹,你真的很没有家教!这里是派出所,你还敢这么嚣张!"

江尧母亲帮腔:"就是!都不知道江尧之前是不是瞎了眼,才跟你这个小太妹走到一起!"

"我无父无母,当然家教不如你们家的好,你们家能教出这么个女儿有八百个心眼。"

方珑眼刀扫向楚楚可怜的吴丹纯,越想越气:"吴丹纯你真的好会演戏啊,那时候我发现江尧有劈腿迹象,你鼓励我一定要坚决和他分手。现在我算是明白了,分了你才好光明正大地和他在一起对吧?你说你贱不贱啊?"

江尧蓦地站起来,指着方珑吼:"你骂谁贱?!"

方珑也拍桌而起:"谁跳脚就骂谁!吴丹纯贱!江尧你更是贱到天上有地下无!"

江尧气得面红耳赤,吴丹纯捂脸大哭,吴母、江母拉着负责协调的年轻民警要求主持公道,方珑几乎要蹦到桌上——周洭和任建白走进调解室,看到的就是这么一幅混乱画面。

到底当过多年民警,任建白喝止声中气十足,颇具威吓力:"干吗呢?干吗呢?当这里是菜市场啊?都给我坐下!"

其他人都坐回原位,吴丹纯也收了哭声。就剩方珑,挺直腰背,仰着下巴，抿紧双唇，瞪着周涯，像是下一秒就准备上战场，英勇就义都不怕。

周涯斜睇，扫一眼坐方珑对面的那四人，很快移开眼，冷睇方珑。他一只手还插着裤兜，另一只手只伸食指，对着方珑身后的木凳子点了点。再开口时他的嗓子哑得不像话："坐——下。"

"88"是镇上新开的KTV，曲库丰富，装修时尚，引进了大城市的经营模式，一人五十元可以唱三小时，还包自助餐，汽水任饮，自开业后吸引了不少镇上的年轻人。

方珑今晚和几个朋友从七点唱到十点，准备回家时，方珑在KTV门口看到了江尧的摩托车。她让朋友先走，自己重新回到楼上，一间房一间房地耐心找过去。

在一个迷你包厢里，她看到了江尧，大腿上坐着个女生，两人蜜里调油，唱一句情歌，就亲一下嘴。

"我轻轻地尝一口，这香浓的诱惑，我喜欢的样子你都有……"

"我轻轻地尝一口，你说的爱我，舍不得吃会微笑的糖果……"

这是她和江尧谈恋爱的时候，每次去KTV必唱的情歌之一。

女生背对着门口小窗，但方珑仍能一眼就认出来，那是她的贴心好闺密吴丹纯。

之前所有她觉得奇怪的地方，一下子全清楚了。

她好几个月前就发现江尧有猫腻，每天晚上早早就下了QQ，问就是困了累了想睡觉；睡前的电话粥煲不到十分钟江尧就开始打哈欠，有次方珑在挂完电话后，等了一会儿，重新打过去，对面竟然占线了；约会时，江尧也心不在焉……

方珑试探过江尧几次，每次都试不出个所以然，反而和江尧有了龃龉。

她同吴丹纯抱怨此事，吴丹纯拍大腿保证江尧肯定是出轨了，一直劝她和江尧分手，鼓励她勇敢做自己，又在她面前把江尧数落一番，把江尧的所有缺点都念了一遍。

方珑当时心里头闪过一些头绪，可速度太快，她抓不住。此时再想，便觉得吴丹纯对江尧了解得太仔细了，有些涉及隐私的细节，不是亲密相处过的男女，是无从得知的。

方珑今晚唱歌时喝了酒，酒意翻涌上来，浇得怒火烧得通天高，一秒就烧断了她脑子里的那根理智线。

她推门冲进去，抓起桌上的饮料酒水，毫不犹豫地泼到那对情侣脸上。又趁着对方还没反应过来，扑过去扯着吴丹纯大声骂了几句。

江尧终于回神了，方珑被他重重推倒，一屁股坐到大理石矮桌上，尾椎麻了一半。

方珑悲愤交加，手里抓到什么全往江尧身上招呼，酒杯、果盘、薯条、花生、话筒、骰盅，如天女散花。

泪水挤满眼眶，视线里只能看到江尧，她一时忘了包厢里还有另一人。

吴丹纯从后面扯住她的马尾，本该是痛的，但方珑那时候肾上腺素高涨，毫无痛感，还有力气推开吴丹纯，再次朝江尧扑过去。后面的过程方珑记不清了，她被推被拉，被打被踹，直到KTV的工作人员冲进来，把他们分开。

"你看看，这里，这里，全是方珑的杰作！"

江尧一会儿指着脸上的污渍，一会儿指着一塌糊涂的羊毛衫，咬牙切齿，怒目圆睁，好像对面坐着的不是他交往了小半年的前女友，而是有深仇大恨的仇人。

江母痛心疾首："她居然往我儿子头上泼酒！这是能随便泼的

吗？她不要脸，我儿子还要脸呢！"

吴母横眉冷眼："我女儿从小被捧在手心里养着，我们骂都不敢骂她一句，今晚被人弄成这样，肯定要造成什么心理阴影！我们要求那什么，什么肉体损害赔偿！还有精神损失赔偿！"

吴丹纯哭得梨花带雨，倒是一直没怎么说话。

"肉体损害赔偿？那叫人身损害赔偿。"

方珑半合眼皮，细长眼尾上挑，讥笑道："想得倒挺美……放个屁赔你，你要不要？"

任建白倒吸一口凉气，竟本能地看向周涯。这家伙自坐下之后，双臂抱在胸前，微垂着头，眼睛不知盯着桌上哪一条木纹，一动不动，入定高僧似的。

任建白太阳穴一扯一扯地疼，感觉他搬石头砸自己脚，替一位小祖宗请来了另一位祖宗。

"你！"吴母又被激怒，把看着就不怎么牢固的桌子拍得快散架，"警察同志！你看看！你看看这家伙的态度！我真的是被她气得心肝痛，哎哟，好痛……"

"妈，你别生气了，我真的没事。"吴丹纯终于开口，挽着吴母的手臂柔声劝，"其实整件事就是误会，说清楚就好了，我不需要什么赔偿的……"

要是吴丹纯能像江母、吴母那样说话夹枪带棍，方珑是可以精神抖擞地跟她吵上两小时，不带重复的。可吴丹纯偏偏不是。她纤弱可怜，眼泪一颗颗往下落，和暴躁粗鄙、粗话一句句往外抛的方珑形成强烈对比。

方珑又烧起一把无名火，刚想蹦起来，就有一只手从旁边伸过来，不轻不重地落在她面前的桌子上。

周涯其实没用什么力气，但还是发出了砰的一声响。

就这一声，让原本嘈闹的调解室瞬间安静下来，谁都没有出声了。

周涯不想再浪费时间看这场"大龙凤"（形容一些大吵大闹、有心做戏给人看的戏剧），打算尽快解决。

他连眼皮都没怎么抬，直长的睫毛掩去眼中的不耐烦："你们去医院检查，该赔多少，带单子来找我，我赔。"

吴母的声音没那么急了，但有些狐疑："多少你都赔？"

"我的档口，是隔壁街的阿哑大排档。"

周涯抬眸，眼仁极黑："要是我没赔，你们天天来店里找我都行。"

这话方珑听着就不乐意了，蹙眉对周涯说："你干吗替我赔？不对，凭什么要赔他们？"

周涯当她是透明的，继续对着对面四人说："如果验伤报告出来，证明他们是因为今晚这件事没法上班，我也可以赔你们误工费。"

方珑倒吸一口气，声音都大了："周涯，你有病吧？"

到底没忍住，周涯还是翻了个白眼："你安静。"

他盯着江尧，忽然，轻笑一声，说："当然，前提是他们有'工'。"

江尧愣了几秒，很快听明白了对方的讥讽，面涨红成猪肝色，却无法反驳。

方珑"扑哧"笑出声，不顾场合地跷起腿，得意扬扬起来："哈！他们俩都没工作，误的哪门子工！"

江尧家里是做茶叶生意的，他每天回店里看两眼就算上过班了，而吴丹纯原本和方珑一样，在镇上的超市上班，但吴丹纯嫌工作辛苦，干了不到半年就辞职了。不过她家里也不催着她找工作，倒是总催她找个有钱男友，谈个两三年朋友，就可以当上"少奶奶"了。

吴母不悦："误工费就算了，但那什么精神赔偿，我们是一定要追讨的！"

江母连连点头："对！对！对！"

"和事佬"任建白敲敲桌子："家属，家属，既然大家坐到一块儿了，那就心平气和地谈嘛，事情总会有办法解决的。你们看，方珑家属肯定是有诚意的，但咱们也不能乱要赔偿嘛，对不对？"

"什么叫乱要赔偿？这是我们应得的！"

"不赔我就要告她！让她进牢里蹲十天半个月的也好！"

"我就没见过这样的女孩子，粗鲁野蛮，毫无家教！"

"谢天谢地我们江尧已经跟你分手了，以后谁家娶了你做媳妇，就是倒了八辈子大霉！"

砰——

一声巨响震住了聒噪吵闹的几人，连方珑都被吓了一跳。

周涯这次稍微用了些力气，声音响了些。

他收回手，掌心向上，在方珑面前轻勾两下："你站起来。"

方珑不明所以："干吗要我站？"

周涯懒得解释，不发一言地看着她。

方珑心里破口大骂"黑面神""臭老头"，不情不愿地站起来。

周涯又让她转过身。

方珑今天上身穿一件粉白色连帽卫衣，下身是牛仔裤和长靴。卫衣正面已经沾满污渍，背面也是，红的黄的，脏得要命。而且背上印着一个鞋印，不是很大，浅棕色的。不知道是谁踩到了什么饮料，再往方珑背上踹了一脚。

"既然双方都有错，我也会让方珑去验个伤，看看有没有破伤风啊、内出血啊、肋骨骨折之类的，验伤的医药费，你们也得赔。"

周涯还是坐着，冲还在啜泣的吴丹纯仰了仰下巴："你们看看，这鞋印像不像她脚上穿的那双小皮鞋踩的啊？"

全场安静下来，任建白和年轻民警看向那鞋印，再低头，看吴丹纯的脚。

方珑脑袋拼命往后扭也看不到背后的脚印，恨不得直接把卫衣扒下来看清楚。

吴丹纯则不自然地挪了挪身子，双腿往后收，一时不知如何应对："我，我……"

周涯再次抱臂，目光不知不觉已经犀利了许多："真是人不可貌相，没想到瘦瘦弱弱的小姑娘，下手那么黑啊。"

周涯今晚的说话量已经超标了，喉咙早就有不适感。

他站在派出所门口，盯着江尧一行人离开，才抬腕看表，已经十二点半了。

夜风簌簌，但周涯没觉得冷，反而浑身燥热，身上穿一件T恤加皮衣他都嫌太厚。

他站在门口等了一会儿，任建白才带着方珑从里头走出来。

"阿妹啊，这次能和解就算是不错的结果了，要是对方继续追究，你麻烦可不小的。"

任建白不是第一次这么苦口婆心地劝方珑了，有些话一说出口，他都觉得似曾相识，好像没多久之前才讲过："你快二十岁了，说你是小孩嘛也不合适，还是得学着收敛收敛脾气嘛，别总跟鞭炮一样，一点就炸……"

方珑双手插兜，垂着脑袋，明显没把任建白的话听进去。左耳进，右耳出。

任建白有些没辙，挠挠后脑勺："行吧，时候不早了，你坐你哥的车回去吧。"

方珑终于出声，声音像闷在玻璃罐里："不用，我自己回去。"

她看都没看周涯一眼，就从他身边径直走过。

下一秒她被一股强力拽住了手臂。

"嗙！"她龇着牙，回头冲周涯吼，"痛死了！你放开我！放开啊！"

周涯没搭理她，虎口像铁钳死死箍着方珑的手臂，二话不说，拉着她往摩托车的方向走。男人腿长，步伐过大，方珑挣脱不开，还被带得踉跄，差点儿摔倒。

"你松开，松开！"她破口大骂，"臭大叔！臭老头！"

方珑用另一只手去掰周涯的手指，但纹丝不动。她又朝周涯的肩、背、手臂连甩巴掌，可那件黑色皮衣就像他的铠甲，痛的只有她的手掌心。

"哎呀，阿哑，阿哑，你慢点儿轻点儿……"任建白疾步跟在他俩后面，无奈得连连摇头。

他和周涯同岁，今年二十九岁，都比方珑大十岁，所以当方珑每次骂周涯"臭大叔""臭老头"的时候，任建白都会感到有暗箭嗖嗖地往他胸口扎。

刚才被对方家属辱骂成那样，方珑都没有想哭的感觉，这会儿和周涯在路上拉拉扯扯的，眼眶倒有些发烫。尽管此时入了夜，路上没几个人，可她还是觉得好羞耻。

耍泼赖皮她在行啊，干脆膝盖一弯，准备一屁股坐到地上。

可周涯太了解她撒泼的那一套操作了，再加上周涯的人生字典里，就没有"怜香惜玉"这个词。他猛地弯腰蹲下，把这个油盐不进的叛逆少女一把扛到肩上。脚朝前，头朝后，他的肩膀顶着她的肚子，还掂了掂，跟扛一袋米没什么两样。

方珑一下子失了重心，头昏脑涨，一瞬间眼冒白光。她想大叫都没办法，因为胃里的酸水倒流，直直往她喉咙蹿："放我下来……我想吐……哕……"

周涯置若罔闻，走到摩托车旁，才把方珑放回地上。说"放"算好听了，方珑觉得他就是把她丢了下来。她没站稳，摔跌在地，本来在 KTV 里就撞伤的屁股更疼了，疼得她咬牙闷哼一声。

方珑抬起脸，死死瞪着周涯，嘴巴仍然不饶人："周涯……我去你的……"

周涯脱下皮衣，随意抛在油箱上。

迎着方珑满含怒火的目光，周涯在她面前蹲下。小臂抵着膝盖，宽厚背脊如山峦微微隆起，T 恤被撑得不带一丝皱褶。

"方珑，这次是最后一次。"他脸上没什么表情，直视方珑，沙哑的声音不急不缓，"下次你再进所里，就算任建白找八人大轿来抬我，我都不会来保你。"

方珑呼吸有点儿急，胸廓一起一伏："不来就不来，今晚又不是我找你来保我的！"

这两人从以前就是这样的相处方式，要么好一段时间冷脸冷眼不理对方，要么三天两头斗气吵架，任建白看得多，早就习惯了。他悄悄往旁边走两步，不想被他们拉进这场战争里。

"嗯，行，你可要好好记住你说过的话。"周涯冷笑，食指朝自己太阳穴点了点，"做事说话之前麻烦你先过过脑子，别每次都是好了伤疤就忘了痛。还有，眼睛能不能擦亮点儿？别净惹这种孬种男人，你瞧瞧你自己，交往过的都是些什么玩意儿？"

他的声带天生受损，声音又低又哑，其实不怎么好听，像口破了洞的钟，能撞响，但难听，风穿洞而过，有些字冒的还是气音。

方珑的呼吸更急了，从胃到食道，再到喉咙，都有明显的灼烧感。她得用力咬住唇肉，才能止住脊椎骨头上来回蹿的一阵阵战栗。那是身体察觉到危险时，最本能的恐惧。

"周涯，你没什么资格训我。"方珑双手攥拳，硬弯起嘴角，"你和江尧就是半斤八两，不然可芸姐也不会在结婚前跑了。"

周涵蓦地一僵，背脊绷得更紧。

任建白也听到了，心里咯噔一声，顾不上那么多，急忙走过来打圆场："好了好了，你们两人能不能不要总是火星撞地球？看在敏姨的分上，和平共处一次，行不行？"

他扬扬手："别在这里吵了，阿哑，你送你妹回去吧，别让敏姨担心。"

路灯的昏黄光晕进不去周涵深不见底的眼睛里，方珑被他盯得发毛，心跳不知何时失了序。她手撑地一下跳起来，丢下一句："不用，都说了我自己回去！"

接着跑到马路边，扬手拦了辆出租车，上了车。

她动作太快，任建白想拦都拦不住，忙问周涵："你真让她自己回去啊？要是她不回家，又在镇上瞎晃悠呢？"

周涵站起身，双手叉腰，慢条斯理地说："她爱上哪儿上哪儿，关我什么事。"

任建白叹气："唉，她好歹是你妹……"

"任建白，我看你对她那么上心，干脆这哥让你当算了。"周涵跨腿坐上车，插上钥匙，"这什么破烂兄妹关系我是不稀罕，谁爱当她哥就去当吧。"

任建白连连摇头："别别别，我伺候不起您家小祖宗。"

排气管轰一声响，周涵把车开到发小身旁，稳稳停住。

任建白以为他还有话要交代，往前走了一步："还有事——唔！"

才说了几个字，他的胸口就结结实实挨了周涵一拳，闷钝痛感瞬间传开来。

任建白咬牙骂："你发什么神经？干吗打我？小心我告你袭警啊！"

"我还没跟你算账。"天冷，周涵说话时唇边有浅浅白雾聚成团，但声音寒凉,"她都快被打成猪头了,你刚才还跟我说她没受什么伤……这叫没受伤?"

上了车,方珑才觉得疲惫,整个人泄了劲,倚在车门上。

车窗外忽明忽暗的灯火让人一时失神。什么江尧,什么吴丹纯,都随着倒退的街景,在她的脑子里逐渐变淡。

是,今晚她是替自己出了口气,但此时一点儿满足感都感觉不到。

她的心里头早就破了个大洞,像无底深渊,怎么填都填不满。

她放着空,任由思绪乱飞,一时没察觉,出租车车头的计价表嘀嘀猛跳。

大姨家在镇北,从派出所过来,车费最多也就十块钱,但当出租车停在巷口时,计价器上显示着红艳艳的"20"。这价格离谱了,明显是出租车司机调了表。

如果是平时的方珑,她肯定要跟司机大吵一架,可现在她连开口说话都觉得累,只想赶紧下车,回家睡觉。结果雪上加霜,她今晚唱歌花了些钱,裤袋里这时候只剩一张十元纸币。

"阿妹啊,赶紧付一付,我还要继续接客的。"司机一直从后视镜里打量她,眼神有些猥琐。

"我身上只剩十块。"方珑把折着的纸币摊开递给司机。

"不是吧?"司机突然大声说,"我看阿妹你长得人模人样的,怎么学人坐霸王车啊?"

方珑皱眉:"是你的表有问题吧?是不是还兜路了啊?"

司机当然不承认:"不可能,我的表好着呢,也没有兜路!要是我兜路的话,你刚才怎么不提出来?到了目的地才说我兜路,我看你就是想坐霸王车!"

镇上的出租车十有八九都动了手脚,居民们以前没少中招,近年来大家选择打车的话,都会上车前先跟司机讲好价格。方珑后悔上车时没有先说好车费,但现在她实在没力气跟司机扯皮。

她拿出手机,打开联络簿。这个钟点,大姨肯定已经睡下了,方珑不想吵醒她。周涯的大排档平日都得开到凌晨两三点,方珑猜他应该是回档口继续忙了。联络簿里还有江尧和吴丹纯的名字,方珑飞快跳过,继续摁着手机键盘的向下键。她一直以为自己的朋友很多,没想到她把联络簿从头摁到尾,一时半会儿竟找不出一个可以过来帮她的朋友。

"怎么说啊阿妹?你没有办法找找家人来付吗?"司机摸着下巴,语气忽然变得轻佻,"要不然这样吧,阿妹你留个电话号码咯?明天我来找你,你再补给我就可以啦。"

方珑终于察觉到司机令人不悦的视线,浑身立刻不自在,她挪了挪位置,往车门方向靠,并把车窗全摇了下来。

这时,车后方有摩托车排气管的轰鸣声传来,且越来越近。

方珑眨眨眼,忙探头往后看。竟是周涯的摩托车,所以他没回店里?

摩托车慢悠悠地驶过来,方珑急忙推开车门,挡住周涯的车:"喂!帮帮忙!"

周涯按了按刹车,一条腿落地,微仰着下巴睨她:"你谁啊?"

方珑知道周涯还在气——他这人小气,每次两人吵架,他都得气足一个礼拜。

但她不同,她能屈能伸。

方珑声音很小:"哥,我钱不够。"

周涯抿紧唇。

狭窄街道上的路灯间距远,光线向来一般,但女孩的眼珠子异常亮,里头藏着星,挂着月。

周渊鼻哼一声:"是谁刚才说不用我管的?"

方珑摇头,立刻否认:"没有啊,别冤枉我,我可没说过这句话。"

她记得她只让周渊下次不用来派出所保她,严格来讲,这两句话是不一样的。

她一摇头,眼里的光也跟着晃起来。

周渊喉咙蓦地泛起痒,不耐地仰了仰下巴:"站一边去。"

司机等得烦了,也下车了,手搭着车顶问:"阿妹,到底还要多久啊?"

周渊踢了摩托车边撑,从屁股后的裤袋里掏出一沓钞票,下车走向司机:"多少钱?"

司机扫他一眼,说:"二十。"

周渊一顿,撩起眼帘,直截了当地问:"表改过了?"

司机噎住,这次他不像几分钟前那样粗声粗气,变得吞吞吐吐:"没……没改啊。"

面前的男人又高又壮,板着张脸,眼神冷漠,这么个大冷夜里他只穿一件短袖,却还觉得他杀气腾腾。

司机有些畏惧,最终退了一步:"给,给十块就好了。"

周渊抽出钞票递过去,司机接过后上了车,嘴里不满地嘟囔着什么脏词。

出租车离开后,周渊回头牵车,这才发现方珑不知什么时候悄悄离开了。他转头看过去,这么丁点儿时间,那家伙竟已经跑出一段距离。脚步声不小,嗒嗒嗒嗒,跳进他耳朵里。

内街狭长,只靠两侧楼房墙上的盏盏壁灯照明。温暖灯火裹着她的身影,像颗入口即化的奶糖。

周渊多看了两眼,收回目光,咬着牙低声骂:"没良心的小白眼狼。"

周洺没急着往内街走，等了一小会儿，才开车驶进去。周家在内街深处的老楼里，停完车后，周洺抓起皮衣上楼。走到二楼时，他刹住脚步。

比他早走的方珑竟站在楼梯拐角，背着手，贴着墙，像是在等着他。

周洺微怔，一时有些恍惚，分不清今夕是何年。

方珑往上望一眼三楼，压着声音说："大姨好像醒了，我见屋里有光。"

周洺就这么站在二楼，没再往上，两人中间隔着半层楼梯。

半晌，周洺开口："怕了？惹事的时候怎么不怕？"

方珑鼓着腮帮，低头随便踢一脚地上的灰："大姨身体不好，你别让她太担心了。"

周洺"哼"了一声，走上楼梯，把皮衣丢到方珑身上，兜头兜脸盖住她的脑袋，说："你那衣服脏得一塌糊涂，很难不让我妈多想。还有，把头发放下来，遮一下脸和脖子。"

方珑扯下皮衣，偷偷甩他一个眼刀，小小的，轻轻的。

他俩身型有些差距，他高，她矮，他壮，她瘦，皮衣穿她身上，就像小孩偷穿大人衣服。

衣领有皮革混着烟草的味道，方珑皱皱鼻子，把拉链拉上。

两人进屋时，马慧敏正坐在座机旁，手拿电话筒。

方珑的手机也在这时响起，嘀嘀嗒嗒的电子音乐声很响亮。

方珑挂掉电话，尽量让自己的声音听起来精神一点儿："大姨，你怎么还没睡？"

马慧敏放下电话筒，有些吃惊，她没想到儿子和外甥女会一块儿进门，说："我早睡了，起来上厕所，见你还没回来，正给你打电话呢。你俩怎么一起回来了？"

"我今晚不是和朋友去唱歌嘛，唱完后，大家伙说要去吃夜宵，我就带他们去哥的店里了。吃完后，哥说他也要回家，就顺路载我回来了。"方珑说谎话信手拈来，说得脸不红心不跳的。

她拨了拨头发，有意拿没红的那边脸对着大姨："怪我，今晚玩得太开心了，忘了跟你报个平安，让你担心了。"

马慧敏柔柔地看了她几秒，叹了口气："人没事就好，不早了，赶紧去洗澡睡觉吧，明天你还得上班呢。"

"没事，我明天排的晚班，大姨，你快去睡吧。"

"行。"

马慧敏看向周涯："阿涯，你进来一下。"

"好。"

自跨进家门，周涯就把身上的刺全收了起来，语气都温柔了不少。

他给了方珑一个眼神，示意她该干吗干吗，接着进了母亲的房间。

卧室有点儿冷，周涯蹙眉："怎么不开暖气？"

今年是冷冬，很早就降温了，马慧敏体弱畏寒，周涯提前买了台新的油汀取暖器给她用。

马慧敏坐上床，摇摇头："开久了太干，喉咙总不太舒服。"

"那明天我再去给你挑个加湿器。"

"不用不用，天气预报说接下来要回暖了，你别浪费钱。"

"这哪能叫浪费？"周涯走到床边，帮母亲掖好被角，问，"有没有哪里不舒服？"

"没有，好得很，就是担心你妹。"马慧敏轻叹，"她是不是又出事了？我看她神情古古怪怪的，脸好像还肿了。"

周涯沉默了几秒，如实道："没什么大事，就是小孩们闹了一下。

已经处理好了,你别担心。"

"伤得重吗?"

"多少有点儿,但都是皮肉伤,养几天就好。"

"这孩子就是脾气不大好,但心里那一块还是善的。"马慧敏握住周涯的手,拍拍他的手背,"阿涯,你当哥哥的多照顾照顾她,毕竟她只剩下我们这俩亲人了……千万,千万别让她跟她爸妈一样,沾上那些不该沾的。"

马慧敏的手背没什么肉,皮包着骨,有输液留下的明显痕迹。

周涯握住母亲羸瘦的手,轻轻拍了拍:"嗯,我知道。"

方珑喜欢洗热水澡。

她喜欢热水从花洒里兜头淋下、体温逐渐变暖的感觉,也喜欢因为泡太长时间水、指腹皮肤变皱的感觉。这样能让她实实在在地感觉到,她还活着。

而洗个热水澡这么简单的一件事,搁六年前,方珑想都不敢想。

她并不在庵镇出生,她的母亲马玉莲是马慧敏的妹妹,年轻时嫁到了离庵镇二十公里远的水山市。嫁的男人名叫方德明,自己做点儿捞偏门的生意,方珑小时候听还未走上歧途的母亲说过,他们家是整条街上最早有轿车的家庭。

方珑长大后回想,她应该是过过一段时间好日子的。

方德明长得好看,但空有一副皮囊,实际糟糕透顶。爱喝酒,爱赌钱,金融危机后生意失败,他更加沉迷酒精,稍有不顺就会对母女俩拳打脚踢。

后来这男人碰了成瘾的药物,还带坏了马玉莲。

方珑看着家里的东西一点点被掏空,看着不到四十岁的马玉莲面黄肌瘦,看着家和母亲都只剩下空壳。灯不亮了,母亲的眼睛也是。

那年方珑才十岁。

马玉莲越来越不管家里的事,方珑得负责起家务活。

洗衣机被卖掉了,电视机被卖掉了,窗式空调被拆下来,玻璃窗空了个口,随随便便用塑料袋和胶带封上。

煤气罐常是空的,冬天里十指浸在水里洗衣服,指头每裂开一个口子都是锥心之痛。

吃饭也是有一顿没一顿的,马玉莲买肉菜回来的话,方珑还能简单下个面给两人吃,但经常她放学回到家,家里乌灯黑火。

一开始还有热心邻居愿意接济她,但或许后来觉得她家的情况太复杂,渐渐也疏远了。

方珑没饭吃,饿得快疯了的时候,她开始偷吃的。她又矮又瘦,校服宽松,袖子里能塞进好多东西。小卖部的咪咪条和牛奶,有的时候对她来说就是一顿饭了,面包店里没盖上盖子的海绵蛋糕,更是难得的美味佳肴。

忽然从某天开始,方德明和马玉莲经常回家了。

方德明甚至给妻子买了新口红和新裙子。

方珑那年才十二岁,小学都还没毕业,但她很清楚,经常出入家里的那些男人为的是什么。

她连家都归不得,每天放学后都在学校里待到快关门,再去家附近的超市门口借盏路灯写作业,等到超市关门,她才回家。

草草洗个冷水澡就躲回自己房间,她会把书桌推到门后挡住。纸巾撕成两半搓成团,塞进耳朵里,这样能让她稍微睡个好觉。她甚至在床垫贴墙的地方,藏了把水果刀。

这样精神紧绷的日子过了快一年,就在方珑即将精神崩溃的时候,方德明被抓了,判了七年。同年,马玉莲因病去世了。

马玉莲的后事是大姨一家赶过来操办的。

在墓地旁,大姨问她愿不愿意搬到庵镇,和他们一起住。

咚,一记敲门声让方珑终止了回忆。

门外传来周涯的低哑声音:"晕过去了?"

方珑搓了搓皱巴巴的指尖,关了花洒:"洗完了,你再等一等。"

大姨家的这套房子,是姨丈年轻时工厂分的房,楼体有些年岁了,老房子面积不小,但浴室只有一间。

门外那人没回应了,方珑只听到逐渐远去的拖鞋声。她擦干身子,趁着浴室里热气弥漫,在洗手盆里手洗了内衣裤。那件沾了污渍的卫衣,她取了个水桶丢进去,倒了些许洗衣粉,打算泡一晚,明天再刷洗。

走出浴室,客厅没人,周涯房间门半掩着,里面有窸窣声响。

方珑走去阳台,把内衣裤晾起来,裤子、袜子则丢进洗衣机里。

她的房间在周涯的旁边,看在周涯今晚给她付了车费的分上,方珑走过去敲了敲门:"浴室空出来了。"

几秒后,里面的人回答:"嗯。餐桌上的东西,你拿进房间里。"

餐桌上有一条干净毛巾和一个不锈钢小锅。锅里卧着两颗鸡蛋,煮熟的。

这组合方珑挺熟悉的,她拿起东西进了房间。

用毛巾包住鸡蛋,在微肿的脸颊上轻轻滚过,热气能舒缓胀痛感。

方珑一边拿鸡蛋滚脸,一边把手机里江尧和吴丹纯的电话号码删掉。

一登录QQ,嘀嘀嘀嘀一阵狂响,方珑没看朋友发来的信息,手摁方向键,找到那两人的QQ。

吴丹纯的QQ签名是今年很红的《心墙》歌词:就算你有一道墙,我的爱会攀上窗台盛放。

方珑翻了个白眼。这首歌她自己也好喜欢,每次去KTV必点,还拿来当过QQ空间的背景音乐和手机来电彩铃。

哪知道,原来她就是那道墙,阻碍着他俩相亲相爱啦!你说气人不气人?

把QQ也清理干净后,方珑把手机关机,拆了背壳,取出电池充电。

她看了眼梳妆台上的台历,上面画着她的排班表。

啊,明天是2009年12月31日了。要换日历了。

周涯听着门外没声音了,才拿着手机去了阳台。

他点了根烟,打了个电话给档口的阿丰。

不知是不是因为快跨年了,这几晚夜游的人多了不少,这个钟点档口还坐满人,很多食材都空了。明天是年末最后一天,外出庆祝跨年的人应该只增不减,周涯抽完一根烟,已经计算好明天得增加多少食材。

挂了电话,他把烟蒂掐灭了放在八宝粥罐里。

这时才发现,自己T恤右肩膀的位置被水滴浸湿了一小摊。

他没多想,抬头一瞥。但只一眼,就移不开目光了。

那些贴身衣物的风格越来越成熟,从或粉或白的蝴蝶结花边,到现在或黑或红的半透蕾丝。就像她本人一样,从一根蔫了吧唧的豆芽菜,到现在成了亭亭玉立的玉兰花。

黑夜能给一些不可告人的心思裹上一层保护色。

周涯没忍住,又抽了根烟。这次火星一闪一灭,速度很急。

他回屋取了换洗衣物,进了浴室。

未散完的水汽里全是她的味道,是一种很甜腻的果香。

周涯皱着浓眉,脱了衣物,再裸着身子放了个水,身上蹿起一股无名火。

花洒开关掰在左侧，是她喜欢的水温。周涯以前试过，对他而言太烫了。他把开关掰至右边，冷水很快倾泻而出。就这么兜头淋了会儿，那股火才压了下去。

周涯抓了肥皂洗头，心里已经骂了自己许多脏词。

他洗得很快，前后不过五分钟。

擦身子的时候，他瞧见地上的水桶。方珑今晚穿的那件衣服在里头泡着。

周涯套上短裤，光着膀子，弯腰把桶里的衣服捞了出来。他拆了块新的水晶香皂，再找了把刷子，在洗手盆里一下下刷着衣服上的污渍。他心里想，这是最后一次帮这小祖宗刷衣服了。等过完年，他就要搬出去。

任建白今晚有一句话说得挺对。方珑快二十岁，早不是个小孩了。

Chapter 02

跨年夜

隔天早上，周洭八点多醒的。

方珑还在睡，马慧敏没在家——最近她身体状况好了些，每天早上都坚持去楼下溜达几圈当作锻炼身体。

厨房的高压锅里有马慧敏煮好的白粥，周洭手脚放轻，舀了一碗，就着餐桌上的豆豉鲮鱼和杂咸，几口就扒拉完了。

他回房间里换了身衣服，牛仔裤和长袖T恤。

一出房门，隔壁的房间门同时开了。他愣住，而刚跨出门的方珑也顿了顿。

方珑先开的口，声音慵懒："你还在家啊？我以为你出门了。"

"准备出去了。你怎么这么早就起来了？"

"尿急，尿急。"

女孩也是够大大咧咧的，说完后丢下周洭不管，小跑进了浴室。

周洭站着一动不动，脑子被刚才看到的画面占据。她身上只着一件宽松长袖T恤，米白色，领口宽松，长度及大腿。袖子过长，跟唱大戏似的。

阳光是从阳台那边淌进来的，柔柔落在她身上，那不算厚的布料会透光，掩不住底下的白雪红梅。

最要周洭命的，是这件旧T恤原本属于他。这件衣服穿久了，布料太薄,还是容易脏的浅色,周涯本来想丢了,被方珑要了去。方珑说它够宽松够柔软,适合当睡裙。

适合才怪!

周涯搓了几下脸,匆匆走到玄关,取了车钥匙,出了门。

砰!关门声很重,先是木门,再是防盗铁门,方珑坐在马桶上,被吓得小腹一紧。

"怎么这么早火气就这么大,更年期啊?变脸变得比三月天还快……"她闷声嘟囔,"这样子哪有姑娘愿意嫁给你啊?笨蛋……"

她方便完,想处理一下昨晚泡在桶里的衣服,结果桶是空的。

她走到阳台,那件卫衣正挂在晾衣杆上,迎着冬日暖阳,白净如新。

有开门的声音,方珑走到客厅,进门的是大姨。

"哎哟,你怎么这么早就醒了?"马慧敏提着菜篮子,问着和儿子一样的问题。

"起来上个厕所。"方珑走过去帮她拎沉甸甸的菜篮子,走向厨房,"周涯刚刚出门,你们碰上面了吗?"

"有的,在楼下聊了两句,他去进食材了。"

方珑把菜篮子放到流理台上,想了想,还是开口问:"大姨,我昨晚在浴室里泡的那件衣服,是你帮我洗的吗?"

马慧敏换好拖鞋,也走进厨房,不解地问:"什么衣服?"

方珑沉默了几秒,摇摇头笑道:"没事没事,是我睡糊涂,记错了。"

周涯坐在面包车里发了一会儿呆,才启动车驶出去。

面包车是专门用来拉食材的,后面两排座椅都被拆了,空间很大,即便每天清洗打扫,还是萦绕着一股淡淡的鱼腥味。

庵镇寨内有多条内河穿过,桥梁也多,周涯往常去的菜市场开着车,很快上了第一座桥。内河河水呈黄褐色,潺潺流动,水不清澈,但没有漂浮垃圾,也没有异味——早些年乱抛乱排情况频繁,河水污染严重,这两年整治过,初见成效。

桥身窄,两侧被地摊占满,进不去市场的菜贩就在这里支摊。

周涯在一菜摊前停了车,推门下车,绕到车后方打开后厢门。

摊主是一对母女,女孩面容稚嫩,先于母亲迎上来,笑容满面:"阿哑哥,还和平时一样吗?"

"对,麻叶、芥蓝、空心菜、春菜……叶菜都多拿一斤,豆芽、芫荽那些就和平时一样。"

"好!稍等啊,我给你装袋。"说完女孩就转身去挑菜。

菜摊大娘笑道:"周老板生意不错啊。"

周涯谦虚:"哪里,也就过得去。阿伯身体怎么样了?"

以前这菜摊是女孩的父亲来摆的,摆了好多年,菜都是他每天清晨在家里田地里现摘的,比市场里的菜稍微便宜几毛钱,但大伯几个月前摔断了腿,重担就落在了大娘身上。

大娘欣慰道:"你真有心,还记挂着他。骨头养得差不多了,过段时间就能好。"

"那就行。"

说话的这么会儿工夫,女孩已经装好四大袋蔬菜,薄膜袋都被撑得变透明了。

"我来拿就好。"周涯走过去,两只手各拎两袋,轻松得跟拎两袋鸡蛋一样。

女孩看着他鼓鼓胀胀的手臂肌肉,脸烫了烫。

她把放在收钱箱旁边的一袋菜角(葱、姜、蒜、香菜、芹菜等,买菜时摊主赠送给顾客的配料)拿过来,递给周涯:"这是给你留的菜角。"

周涯挑眉:"这也太多了吧?多少钱?我一起给。"

"不用不用,谢谢你总帮衬我们家。"女孩把袋子直接放进面包车里,"祝你生意兴隆!"

周涯不推拒了,道了声谢,把钱给了大娘。

面包车离开后,女孩还在伸着脖子张望。

大娘被逗乐:"你一个姑娘家家,怎么像个色鬼老盯着人看?虽然他天天都来买,但你包的那袋菜角也太夸张了,会亏本的。"

"谁叫他长相那么突出啊?"女孩感慨道,"他小时候吃什么才能长得这么高这么壮的啊?压根不像我们这边的人。"

周老板身高一米九,在这小镇里打着灯笼都找不到第二个这么高的人。

菜市场的摊贩们除了叫他"阿哑",也会称他"大只佬"(身体健壮的大个子)。

大娘数好钱,把大张的纸币塞进腰包,零钱则丢进收钱箱,说:"欸,你没听你爸说起吗?周老板应该不是本地人。这附近的街坊都知道,他是被领养的,估计有些北方人的血统。"

周涯进完食材,开车去档口。

大排档晚上六点开门营业,其他员工要下午才上班,档口就他一人。

生腌蟹需要的时间最长,所以他先准备这个。

今天除了三目蟹,他还买到了牛田洋的膏蟹,老板专门留给他的,只只膏满肉厚,生龙活虎。周涯挑了一半来腌,另外一半养进鱼箱里。

大量芫荽、蒜末打底,混合海盐、辣椒、姜末和切碎的金不换。

一只只螃蟹被码进大盆,盖满调料,倒入酱油,最后撒白糖提鲜,封盖冷藏。

生蚝、鲜虾、血蛤之类的小海鲜,要下午才腌,周涯拿活水养起来,先去处理肉禽。

时间充足,周涯准备下午再回档口准备鱼饭和卤鹅等其他菜。

他蹲下身,从养螃蟹的鱼箱里挑了两只个头大的,带回家。

回到家不过十二点,但方珑不在家。

"你妹说超市那边让她提前过去上班,中午不在家吃。"马慧敏瞧见儿子手里拎的袋子,"哇,今天中午吃螃蟹啊?"

"对,牛田洋的膏蟹,我见够肥够大,拿回来加个菜。"

"那珑珑今天没口福了。"

周涯浅浅一笑:"是啊。"

2009年12月31日,这一年的最后一天,方珑被炒鱿鱼了。

她在镇上唯一一家大型超市当收银员,中午到了店里,她就被店长叫去办公室谈话。

店长语气委婉但意思直截了当,让方珑今天下班后收拾收拾东西,明天起可以不用来上班了,这个月的工资会给足,再给她一个月的工资当补偿。

方珑上班时间不化妆,素着张小脸没什么攻击性,态度也没那么冲:"总该给我一个理由吧?"

店长无奈地叹气:"小方,你刚来的时候我还担心过你会不会干活懒散,但和你共事一年,我发现你做事挺认真的,和你合作也挺愉快的。不过……这是大老板的意思,我只是帮忙传达。"

方珑明白了,超市老板的妻子是江尧家的亲戚。

这个小镇太小了,每天在路上走一圈都指不定会遇到几个熟人。

店长看看未掩实的办公室门，压低声音继续说："听说你昨晚闹事闹到派出所了？而且好像有人跟老板说，你以前有小偷小摸的习惯……所以……"

方珑呆站片刻，末了，蓦地嗤笑一声："行，我知道了，我去收拾东西。"

热恋期的时候，方珑觉得自己跟江尧之间不该有秘密，所以把小时候的一些事情告诉了他。现在方珑有些后悔。倒不是后悔在这段恋爱中投入太多，而是后悔昨晚没有多赏江尧几杯酒。

方珑的最后一天班有些忙，买东西的客人很多，最好卖的是啤酒和零食，还有计生用品。毕竟明天是假期。

下班后，她到员工休息室取自己的东西，有同事得知她被炒鱿鱼，特地走过来道别。

方珑和她们谈不上熟，只笑笑跟大家说："有空了会回来看大家。"

她还是有一个比较要好的同事的，叫罗欣，和她一样是收银员，比她大了几岁。

罗欣从包里取出一包烟，对方珑挑眉："去后门？"

方珑点点头。

后门是卸货区，烟蒂满地，两个年轻女子就着浅浅月光，抽一根"散伙烟"。

罗欣替她感到不值："只赔偿一个月工资太少了吧？无端炒你鱿鱼，你应该多要点儿钱再走。"

方珑不想解释过多，扬扬手说："算啦，也不算是无故。"

有个人以前跟她说过，虽然她小时候是走投无路才动了歪念，但做过就是做过，错了就是错了，没有什么借口，未来如果有什么后果，她也需要受着。

那时候她压根没把那人的话听进去，只觉得他啰唆得像个老头子。

"其实我一直觉得，你长得这么漂亮，留在这个小镇太可惜了。"

罗欣倚着墙，斜斜衔着烟，打量起面前的姑娘。

方珑和她一样穿着超市的工服，毫无剪裁的一件长袖POLO衫，方珑却能穿出她自己的味道。她把衣服下摆塞进牛仔裤裤腰里，掐出腰线，扬长避短。扬的是她的曲线玲珑，避的是她身高有点儿矮。归根结底，还是那张脸过分好看。狐狸一样的眼睛，眼珠子又黑又亮，细长眉毛稍微一挑，连女生见到心跳都要漏一拍的。

方珑嘘了口白烟，说："这有什么可惜的？待在小镇也挺好的。"

"我们一个月工资就八百一千，我一个姐妹在省城，同样当超市收银员，一个月能拿两千五呢。"

罗欣抬头望天，今晚无云，月亮很高很高。她继续说："提前跟你说一声，我打算干到过完年，就去大城市找找新的机会了。"

方珑眨眨眼，有些意外："不错啊，打算去哪个城市？"

罗欣笑笑："几个一线城市……哪里都行啊，我这辈子还没踏出过这个小地方呢。虽然学历不怎么样，但有手有脚的，总归不会饿死。"

方珑真诚地祝福她："行啊，那预祝你成功，过几年衣锦还乡的话，可别忘了我哦。"

罗欣又劝了一遍："你真的不考虑走出去？我觉得你比杂志里的模特漂亮多了，出去找找机会嘛，说不定我哪天能在杂志上看到你呢？"

方珑的烟快烧到尽头，她丢到地上，用脚碾灭火花。

她轻笑摇头："不了，这里有我的家，我不想离开我的家人。"

罗欣撇撇嘴："你真的好奇怪啊，年轻人都巴不得往外跑，你倒好，跟萝卜似的一直蹲在这个泥坑里。"

方珑咧开嘴笑:"是啊,我喜欢这个大泥坑!"

两人道别时,罗欣忽然想起一事:"哎呀,前些天我逛街的时候给你买了份生日礼物,还打算过几天再送给你呢。"

"礼物?"方珑睁大眼,很惊讶,虽然她和罗欣能聊上几句,但除了工作场合,私底下她们不怎么联系,没想到罗欣居然还记得她的生日,"你怎么会给我买礼物?"

"上次我生日,你不是给我买了个小蛋糕?礼尚往来呀。"罗欣笑笑,拍了拍年轻女孩的肩膀,"这两天你看什么时候有空,来超市一趟,我把礼物给你。"

方珑胸膛一片暖和,伸手抱了抱罗欣:"保持联系。"

"嗯,保持联系!"

阳历新年的跨年夜。

今晚大排档的客人果然络绎不绝,周涯一直待在后厨灶台旁,被火苗烘得满头是汗。他索性脱了T恤,光着膀子,只留一条白毛巾搭在肩膀上。

客人太多的情况下他不想待在档口前面,要是吼上一整晚的话,他的喉咙早晚要承受不住。但今晚熟客多,他还是得偶尔去前头应酬一下。

炒完一盘花甲,他送出去给客人,结果被客人拉住,硬要他喝一杯。

周涯推拒不了,只好陪喝一口。

别的客人看到了,也要他喝,张秀琴适时过来替他挡酒,笑盈盈道:"你们也知道阿哑嗓子不好,不能喝太多的,我替他敬你们啊。"

客人们挤眉弄眼地调侃她:"哇,秀琴姐,你用什么身份敬的酒啊?"

"用阿哑大排档老员工的身份啊！"

"哦，确实是，秀琴你当年还是个青春靓妹，就已经在阿哑这里卖酒了呢！"有个男客人喝多了，满脸通红，伸手就想揽住张秀琴的肩膀，"你还记不记得？以前你做酒促妹的时候，只要你开口，多少酒我都开单的！"

"所以要谢谢各位老板，这么多年来一直记着阿哑。"周涯往前跨一步，挡在张秀琴面前，声音很哑，"这杯我敬大家。"

老客人们都知道周涯的性格和脾气，也不敢闹得太凶，意思意思喝了两杯就放过他。

周涯收了客人几根烟，分给其他员工，自己只留一根，走出档口，衔进嘴里。

张秀琴追出来，慢慢踱步到他身旁，声音变得柔软："刚才谢谢你啊……"

周涯摇头，示意张秀琴不用再说。

可张秀琴有好多话想跟周涯说。以前她在大排档当酒促小妹时没少受到客人明里暗里的骚扰，很多次都是周涯帮她解围，后来周涯还请她来大排档做厅面员工。

她对周涯有好感，店里很多人都看出来了，可那时候周涯有女朋友。而且……她比周涯大了三岁，所以迟迟没勇气对他表达心意。

现在周涯单身许久了，她就想主动一些，往前走一步。

"周涯，我其实——"

张秀琴才刚开口，就被周涯抬手挡住："抱歉，有什么事以后再说。"

他甚至话还没说完，腿已经迈出去了。

周涯原以为自己眼花看错，直到走到方珑面前，才确定是真的。

他眉心紧蹙，直接问："又出什么事了？"

不怪他这么想，这小祖宗向来无事不登三宝殿。

方珑其实也不知道，自己怎么走着走着就走到大排档来了。

下班后她漫无目的地在寨内走，每每看到电灯柱上贴了招工信息，她就会停下来，看看有没有适合她的工作。就这么一根灯柱一根灯柱地摸过去，等回过神，她已经站在档口对面了。

一肚子馋虫被扑面而来的香气勾了出来——她今晚只来得及啃一个面包，到这会儿已经饿得前胸贴后背。

"没什么事，就是……饿了。"方珑摸摸肚子，求人的时候声音倒是娇的，"周大老板，请我吃饭吧。"

周涯盯着她的眼睛看。

他知道方珑肯定是遇上事了，但她不想说，周涯也没法逼她。

片刻，周涯叹了口气，仰了仰下巴说："到那边等着。"

店里店外的每张桌子都坐满人，周涯指的是骑楼下巷子口一块小空地，方珑"哦"一声，走了过去。

周涯转身回店里，进了杂物间找桌子。

阿丰早见到方珑，屁颠屁颠地跑过来："哇！今晚是什么好日子？居然有天仙莅临小店！"

方珑笑着胡说八道："是啊，是啊，还不快点儿，好酒好菜都拿上来！"

"没问题！我去给你拿你哥私藏的白酒！"阿丰环顾四周，问，"欸，你一个人来的吗？你那小白……你那小帅哥男朋友没和你来？"

以前方珑带过男朋友来档口吃饭，阿丰觉得那家伙挺有吃软饭的潜质。

周涯单手拎着一张折叠桌过来，刚好听到阿丰的发问。

"让开让开。"他声音含糊，"那边有客人要加菜，你过去看一下。"

阿丰还没跟方珑聊过瘾，一脸不情愿："还没给妹妹点菜呢。"

周洉微微皱眉,瞪他一眼:"我来就好,你忙你的。"

待阿丰离开,周洉已经给方珑摆好了桌子:"吃什么?"

方珑从一旁拿了个塑料凳:"随便,能吃饱就行。"

周洉扯下肩膀上的毛巾,快速擦了几下桌面:"能吃饱的可多了,给你俩大馒头你也能吃饱。"

"那我一定要四处宣扬你这是黑店,店大欺客。"方珑有些嫌弃他的行为,"你这毛巾擦过汗的吧?怎么还拿来擦桌子了?"

"放屁,这毛巾干净的。"周洉睁眼说瞎话。

"我不信。"

方珑眼疾手快,从他手上夺过来,凑到鼻前闻了一下。油烟味挺重,方珑一张脸皱成苦瓜,吐着舌头佯装作呕:"咦——都是你的汗臭味!"

周洉把毛巾抢回来,攥成一串好似鞭子,作势要往她身上抽:"方珑你是不是不被抽就浑身不自在?嗯?非要吵架?"

方珑再次表现出能屈能伸的态度,嘻嘻哈哈地笑:"快去给我准备大馒头吧,周老板。"

她的笑声如铃声,可笑意没到眼底。

周洉舌尖顶了顶腮帮,丢下一句"乖乖等着",转身回店里。

方珑敛了嘴角夸张的笑。

大排档的员工她都认识,每个人都过来和她聊一句,都问她今晚怎么一个人过来。方珑想了想,索性回道:"也不是一个人啊,这不还有我哥在嘛。"

那边,阿丰捞起最后一只膏蟹准备过秤。

周洉走过来,问:"哪桌要的螃蟹?"

"十八桌,刚刚你说加菜那桌要的。"

"哦,你去跟客人道个歉,说没了,问能不能改别的。"

阿丰没理解老板这个操作，指着螃蟹说："这不还有一只？"

周涯直接上手，捻起螃蟹身上的草绳，淡声说："这只有主了。"

方珑虽然是个小身板，但胃口挺大。而且她还有个毛病，无论你给她上多少饭菜，她都会全部吃完，一丁点儿都不浪费。后果就是她得紧接着吃几天肠胃药，所以周涯不敢给她做太大分量的菜。

姜葱炒螃蟹、银鱼黄金蛋、冬瓜水鸭汤、芥蓝炒素粿，除了螃蟹，其他每一样都分量减半。

"别硬往肚子里塞，吃剩的放着。"周涯一边上最后一道菜，一边提醒，"吃慢点儿，先喝口汤。饿过头了吃太快，明天够你受的。"

他交代完，准备回厨房，方珑蓦地开口唤他："周涯。"

周涯脚步一顿，回过头。

她没看他，拿起汤勺准备舀汤，声音很轻："我被超市炒鱿鱼了。"

微蹙的眉心瞬间松开，周涯悬着的心也悄悄落下。他问："哦，什么原因？"

"老板知道我昨晚进了派出所。"方珑饿了一整晚，又在寒夜里走了挺长时间，手脚冰冷，说话都在隐隐发抖，"还知道我小时候偷过东西。"

周涯沉默。从他的角度，他能看见方珑头顶上小小的发旋、翘长的睫毛，还有发白的指尖，但看不到她眼里的情绪。

他屈指搓了下眉骨，伸脚钩来一把塑料凳，在方珑对面坐下。

"工作没了就没了，东家不打打西家。"周涯伸手把方珑手中的汤勺和瓷碗拿过来，没再追问，"家里也不等着你养，要是你钱不够用，跟你大姨说一声就行。"

方珑抬眸白他一眼："我哪好意思跟大姨要钱？我妈以前跟大姨和姨丈借的那些，我可能打一辈子工都还不清。"

"那是你自己轴，非要把债往自己身上揽，我妈什么时候跟你提过还钱的事？还不是你自己钻牛角尖？"周涯把舀好的汤放回她面前，"你能吃饱睡好，我妈就能安心。"

第一口汤暖了舌尖，第二口汤暖了胸膛。一小碗汤下肚，方珑觉得五脏六腑都被暖风裹住，水蒸气贴在鼻尖，熨得她好舒服。

她稍微有些精神，晓得回嘴："是谁以前像个小警察一样，说什么'有借就要有还'，然后压着我一家家店道歉还钱的啊？"

"你那能一样吗？你'欠'的那些债，要是不还干净，以后会压着你一辈子的。"周涯的声音有点儿浑浊，清了清喉咙，继续说，"但我爸妈那些钱，是你爸妈欠下的，跟你没半毛钱关系，你就少操心吧。赚那么丁点儿工资，能养活自己就不错了。"

"喊，你这个人说话真的好沧桑。"

周涯斜斜睇过去："你这个人真是油盐不进。"

方珑"扑哧"一笑，终于露出今晚第一个发自内心的笑容。她挑了块蟹腿肉，一边吮，一边吧唧嘴："你去忙吧，不用搭理我，我自己吃就行。"

周涯侧着身坐，背倚着墙柱，屈起一只脚，踩在椅子边缘："忙一晚上了，休息一下。"

"那一起吃点儿？"

"不饿，吃你的。"

"哦——"

周涯也不用问她"好不好吃"之类的问题。他知道肯定好吃。

过了一会儿，隔壁桌有客人兴奋大喊："朋友们，还有一分钟就到十二点！可以倒数啦！"

周涯和方珑不约而同地看表。真的快十二点了。但他俩都不是多么有仪式感的人，圣诞节挂不挂袜子、跨年倒不倒数都没太大关系。

其他桌子的客人也被感染了，渐渐加入倒数的行列中："40，39，

38……25,24……"

周洄扬手招来阿丰,跟他说了几句话,阿丰眼睛亮亮的,点头比了个"OK"的手势。

方珑就在倒数声中,喝完了第二碗汤。

等到倒数结束,大家高举酒杯,互道一声"新年快乐"。

这时阿丰拿着两个空盆当铜锣敲:"阿哑哥说,每张桌多送半打啤酒!祝大家新年快乐!"

一瞬间,大排档欢声雷动,客人们纷纷站起来,冲周洄举杯道谢。

周洄不想多说话,只一一颔首,无声回应。

一回头,他看见方珑笑得狡黠,跟只小狐狸一样。

方珑问:"每张桌半打?是不是听者有份?我也要哦。"

周洄放下腿,站起身,呵笑一声:"想得倒挺美。放个屁给你,你要不要?"

方珑觉得这句话有点儿耳熟,过了几秒才反应过来,是她昨晚在派出所骂过的话!

她龇着牙凶起来:"谢谢!这么珍贵的东西还是留给你自己吧!"

接着低头继续和螃蟹战斗。

周洄缓缓弯起嘴角,掺了雪的眼神很难得地柔了几分。

他认真唤她的名:"方珑。"

"干吗?"

方珑头都没抬。片刻后,她听到一声"新年快乐"。

十二点半一过,一些客人从KTV和酒吧出来,转场到大排档。

尽管有一半食材都沽清了,但店里更热闹了,热炒单子一张接一张。

周洄得回后厨,他提前交代方珑,让她吃完就叫辆车先回家,又叮嘱阿丰不许给方珑拿酒。

但周涯的左眼皮又开始跳了。都说"左眼跳财，右眼跳灾"，可偏偏每次周涯左眼皮跳，方珑都会出点儿什么事，无一例外。方珑到底是"财"还是"灾"，到现在，周涯也分不清了。

好不容易清完所有热炒单子，周涯丢下炒勺，出了厨房。走到骑楼下，一扭头，就看到方珑举着啤酒对瓶吹。周涯太阳穴狠狠一跳，视线飞快扫过桌上和她脚边的空啤酒瓶。粗略一数，连上她手里的，已有五瓶。

阿丰正好从旁边经过，周涯脑子一热，一把扯住他后领，态度不大好："怎么回事？不是交代了不许给方珑拿酒？"

阿丰过了几秒才反应过来老板指的是那位天仙小祖宗，大叫冤枉："不是我给的啊！我刚才一直在忙，也顾不上帮你监督她，是不是小祖宗自己去后头拿的？"

这责任没法追究，喝都已经喝了。

周涯放了阿丰，走过去敲敲方珑的桌子，声音闷闷的："挺能喝？嗯？"

方珑抬起头，一张娇俏小脸粉扑扑的，十足一个刚出锅的小寿包。她舔了舔水润粉唇，勾起嘴角笑得没脸没皮："反正明天不用上班了，今晚不醉不归！"

"不归你个头。"周涯没法直视她水盈盈的一双眸子，低头拿走她手里的啤酒瓶，"我去拿钥匙，送你回家。"

"欸，我还想喝。"

"想都别想。"

方珑吐了一下舌尖："小气老头。"

周涯懒得跟她闹，他跟后厨和阿丰分别交代了一声，再去杂物间里穿回T恤。还有一件运动外套没穿，他拿在手里。

让方珑在路边等，周涯进了后巷把摩托车开出来。

吃饱喝足的女孩乖巧得反常，静静站在路灯下，低垂着脑袋，不知是在数地上蚂蚁，还是在想天上星星。

周涯开到她面前："上来。"

"哦。"方珑和往常一样，踩着后脚踏，跨腿坐到后座。

她还挺有精神地跟阿丰等人挥手道别："我走啦，拜拜！"

周涯无端烦躁，不耐道："扶好扶好，别待会儿摔下来。"

方珑打了个嗝，小声的嘀咕含在嘴里："是不是更年期啊？暴躁得要命……哇啊！"

摩托车突然往前暴冲，方珑没来得及扶住后尾架，身体惯性往后，吓得她大叫。她胡乱往前抓，也不管抓住的是什么，而且抓紧了就用力攥住。

周涯肩膀骤颤，尾椎骨头到后脑勺一瞬间全麻了，差点儿急刹车。

方珑抓住的是他腰两侧。除了攥住他的衣服，也掐住他两边腰肉。周涯不是怕痒的人，但被方珑这么一抓，浑身如被蚁咬，密密麻麻，还不停地往骨头深处钻。

他稳住车头，咬着槽牙，转过头骂："方珑你抓哪儿呢？！"

方珑知道周涯刚才是故意的，屁股坐稳后，毫不客气地甩了几个巴掌到周涯的肩背上，也大声骂："周涯你浑蛋啊！是不是想要我条命？"

"我要你条命干吗？拿来清蒸还是爆炒？"周涯嗤笑，"身上没三两肉，塞牙缝都不够。"

"臭老头！"

两人骂骂咧咧的声音伴着摩托车排气管声远去，老街逐渐安静下来。

大排档有客人这时才问张秀琴："你家老板什么时候交了这么个

女朋友啊？是挺年轻挺漂亮的，但脾气看上去不大好啊。阿哑那么憨实，以后岂不是要被她骑到头上？"

张秀琴替客人收拾桌子，说："你误会啦，那是阿哑的表妹！哪是什么女朋友……"

"哦，误会，误会！"

张秀琴嘴角的笑容有点儿僵。以前她没怎么放心上，今晚才发现，周涯在方珑面前仿佛变了个人。平时忙活一晚上，大家都听不到周涯开口说几句话，而且他的脸上总是一个表情，就算应酬客人，他也是不急不缓的态度。可对着方珑，周涯的表情是生动的。就算两人斗嘴吵架，周涯同样板起脸，但和平时相比，其中是存在些许微妙的差别的。

张秀琴把脏盘子收到一旁的餐具桶里，忽然回头，看向街道尽头。

摩托车的尾灯早消失在夜里，留给她的只有淡淡的失落。

摩托车往镇北开，一束强光照亮前路。

后座的小祖宗安静许久了，周涯也没刻意找话题说话。

他有挺长一段时间没载过方珑了，她自己有摩托车，她的前男友们也有摩托车，轮不到他接送。

时间再往前推的话，得到方珑念职高的那几年了。有段时间，周围乡镇和村落出现一名流窜的强奸犯，庵镇虽然还没出现受害者，但难免人心惶惶。

方珑念的职高在镇南，马慧敏担心她的安全，让周涯负责接送她上下学。那时候的方珑比现在还难伺候，两人一整天说不上几句话。周涯抽烟开车，一声不吭，方珑坐在后面听歌，也一声不吭。两人中间隔着方珑的书包。

直到后来那人被警察抓住了,周淮才结束"保镖"任务。

今晚的周淮有些心猿意马,双手一直发烫,微微出汗。他和方珑靠得很近,近得他能感受到她的呼吸,一下接一下,吹在他后颈,吹在他耳后。迎面来的夜风冷冽,身后却是恼人春风,周淮被裹挟在一冷一热中间,有些难熬。

好不容易来到家附近的那座桥。和早上的光景截然不同,此时桥上无人无车,没了大小摊贩,显得桥面宽敞不少。桥下河水依然潺潺,月光被推成银絮片片。

车开至桥中间时,周淮背上忽然一重。他深吸一口气,一只手缓慢刹车,一只手已经往后,反手虚虚扣住方珑的手臂。

长腿踮地,周淮回头。

方珑睡着了,侧着脸,脑袋歪歪地抵在他背上。

反手护着她的这个姿势有些别扭,但周淮还是保持了一会儿,才慢慢收回手。

他没急着开车,先慢慢抽了根烟。为了让方珑睡得更舒服一些,他往前稍微倾身,再放松肌肉。烟抽完,方珑没有转醒的迹象,反而还开始磨牙和说梦话。

脊椎骨头成了传声筒,把女孩在唇齿间咀嚼的呢喃梦呓,传到周淮的耳朵里。

"快过年了……

"工作……难找……

"要包……红包给大姨……"

周淮静静听着,连呼吸都不敢太重,怕吵醒了她。

片刻以后,他把一直搭在油箱上的运动外套摊开,往后一甩,披在方珑背上。再抓住两只袖子,穿过两人的腋下,袖口绕回到他胸前,打了个死结。虽然画面有些奇怪,但这样做能把方珑稍微固定住,免得她往两侧滑。

周涯换挡,用很慢的车速往家里开。

沙哑难听的声音也放得很轻,轻得像一团云絮:"找不到工作就找不到,有我养你。"

方珑蓦地睁开眼。她躺在床上,视线可及范围是她熟悉的天花板,窗帘不完全遮光,漫进来薄薄一层路灯灯光。

身上盖的拉舍尔毛毯闷得她满头大汗,脖子、胸、背都汗津津的,衣服黏在身上很不舒服。

方珑坐起身,低头一看,她穿的还是超市工服和牛仔裤。把她抱回家的那个人,只是帮她脱了外套和袜子,再把她掖在裤子里的衣服下摆扯了出来。许是那人觉得,这样子她睡着会比较轻松舒服吧。

把她抱回家的那个人……

方珑有些胸闷,脑子晕晕沉沉的。总觉得刚才好像做了个奇奇怪怪的梦,具体内容记不住,只剩一种陌生的失重感残留在身体里。

她把毛毯踢到一旁,脱下工服,把衣服当作毛巾,擦了擦身上的汗水。

内衣早浸满汗,散着一股汗酸味。她皱着鼻子,嫌弃地把内衣脱下来,重新擦汗。

电子表和手机被人好好搁在床头柜上,方珑摸过来看了眼,凌晨两点出头。

她穿回衣服,下床取了条睡裙,打算去上个厕所,顺便洗个澡。

她没穿拖鞋,光着脚走出房间。瓷砖有点儿凉,冷意让方珑总算有了些实感,灌满糨糊似的脑子也稍微清醒了一些。

她无意识地转头瞧一眼隔壁周涯的房间。房门阖着,没什么声音。

方珑想,估计是已经睡着了吧。

但走到浴室门口,她知道自己猜想错误。

浴室门没完全阖上,留着巴掌大的缝。里面没开灯,但和房间里一样,有楼下路灯的光渗进来,浅浅地覆在浅蓝砖面上,勾兑得迷离暧昧。

客厅和餐厅都很静,所以方珑能很清楚地听见浴室里的声音。有水珠蹦落在地砖上的声音和男人喘气的声音。水滴声很有规律,每间隔两三秒就啪嗒一声。气音则毫无规律,忽短忽长,忽重忽轻,虫儿似的钻进方珑耳中。

心跳扑通扑通地加快,方珑双颊发烫。她知道这是什么声音。

那扇门像潘多拉盒子的盖子,明知不能打开不能窥探,方珑还是不受控地往前走了两步。

从门缝望进去,先入眼的是洗手台。墙上的镜子不小,倒映着磨砂透气窗那头的光,也倒映着淋浴间里的周涯。男人背对着镜子,一只手撑墙,出了镜子的范围,方珑看不到。只见他头低垂着,肩背微弓,麦色肌肉在昏暗中显得更黑了,一整片泛着粼粼水光。方珑看不清细节,但她想,应该会有水珠顺着肌肉线条往下淌,消失在光的尽头。

那暗处又有什么呢?

方珑把脑子里的胡思乱想,全归咎于那五瓶啤酒。

忽然,镜子里的男人骂了个脏词。

方珑吓得肩膀一颤,捂住口鼻往后退了两步。她以为周涯发现了她的偷窥。

周涯并没有发觉隔墙有"眼",他只是越来越烦躁。

刚才回到家楼下,方珑睡得挺沉,周涯试着唤了两声她都不醒,于是干脆把她打横抱回家。抱着女孩上三层楼对他来说轻而易举,可后劲十足。

回到家后，周涯连拿条热毛巾帮方珑擦脸擦手都做不到。

因为在帮方珑扯出裤腰里的衣服下摆时，不小心瞅见的一小截白皙肚皮和浅浅的肚脐眼，已经让周涯心里高筑的城墙裂开缝。

周涯用冷水压了好一会儿都没用，不把"火"泄出来的话，他怕是整晚都睡不着。

像这种时候，他一般不愿意去想方珑。他们是家人。就算没有血缘关系，她还是喊他一声"哥"，喊马慧敏一声"大姨"。

"方珑……方珑……"理智到底是输了，周涯将压在心里的名字小心翼翼地取出来，摊在月光下暴晒。很快，他脑子白花花的，最后瞎说了什么话都记不得了。

周涯拿下花洒，打开水龙头，用冷水洗澡。

挫败感并没有因此减退，反而越来越强烈。像条"嗞嗞"吐信子的蟒蛇，从他脚底往上攀，绞着他的身，缠住他的脖，与他直视，露出淬毒獠牙，提醒着他，千万不要行差踏错。

他低头站在冷水下，水声掩盖住了门外微乎其微的异响。

方珑屏住呼吸小跑回房间，直到把门紧紧关上，才敢长吁一口气。

刚才周涯的声音很多都是气音，但方珑还是听出来，他在唤她的名字。

她无比懊恼，果然是好奇心害死猫，为什么要偷看呢！

方珑跳上床，扯着被子兜头盖住自己。仿佛这样做，她能假装没有醒来过，也就不会窥见周涯的秘密。刚才的画面都是梦一场，对不对？

不对。

方珑哭笑不得，只要她一闭上眼，脑子里就会跳出来周涯刚才说的那句话。

小腹里好像放飞了一只受惊的蝴蝶,不停地扑腾着翅膀四处乱飞。那一声声低喘,催熟了盛蜜的玫瑰。

"喂……"
"方珑……"
周涯接连唤了方珑几声,但对方像被谁勾走了魂魄,她低头盯着碗,勺子一圈圈搅着粥,就是不吃。
"啧……"周涯不耐地皱眉,伸长手臂,两指在她面前的桌面上笃笃敲了两下,"喂,醒醒。"
方珑被吓一跳,瓷勺一时脱手。她没来得及抢救,眼睁睁看着勺柄沉进香粥里。
"干吗?"她撩起眼帘,飞快地瞥一眼圆桌对面的男人,又垂下眼帘,低头去捞勺子。
"你是没睡醒还是聋了?喊了你那么多声都不应。"周涯食指在半空点了点方珑的碗,"再搅下去得变水了啊。"
他今早去菜市场,鸡档来了一笼走地鸡,品质很好,他挑了半笼,打算在今晚大排档的菜式里添一道白切鸡。其中一只拎回家,斩成细件,泡香菇,加冬菜,熬一锅香甜暖粥。
今天是阴天,寒风簌簌,吃口热粥,胃很舒服。
"对对对,我聋了……"方珑一边嘀咕,一边直接含住勺柄,吮走上面挂着的米粒,"昨晚那几瓶啤酒肯定是假酒,喝得我脑门一阵阵痛……"
周涯眼皮一跳,又"啧"一声,从手旁的纸巾筒里扯了一段纸巾,抛到方珑面前:"怎么不懒死你?拿纸擦!"
方珑没接,也不说话,微皱着眉心,眼神复杂地看着周涯。
昨晚她几乎一夜未眠。中途她还是去洗了个澡,这次她先确认了周涯的房间里有鼾声,才匆匆走进浴室。

原来浴室门锁的锁芯不知什么时候坏了,关上门,不到半分钟,它又会自动弹开来,得拿水桶顶住。

淋浴间的地面还是湿的,空气里皂香未散。周涯过得糙,不用洗发露、沐浴露和洗面奶,总拿一块香皂一条龙式解决全身上下。那香皂没有特定的味道,普普通通的皂香,不是果香,不是薄荷香。

但没有特别明显标志的气味,其实也是一种独一无二。

周涯又洗冷水澡,方珑一想到都打哆嗦,把热水开关掰到最大。

冲澡的时候,她像中了蛊似的,不停地回忆起周涯在淋浴间里的举动。她低下头,看着水流的方向。银灰色的下水道盖子上形成浅又小的漩涡,她就这么看着它转啊转。

周涯被她看得心跳快了两拍,再开口居然有些结巴:"又……又怎么了?"

这姑娘今天真有些奇怪,是宿醉的原因?不应该啊,方珑酒量马马虎虎过得去。虽不至于千杯不醉,但喝五瓶啤酒离醉还挺远。

方珑动了动眉头。

白天周涯的声音和他昨晚在浴室里唤她名字的声音有些差异,语气也截然不同。这让方珑再次怀疑,昨晚她到底有没有听错?

周涯唤的真的是她的名字?还是和她名字接近的哪位女生?

方珑真巴不得昨晚她喝的是假酒,能让她耳鸣五分钟。这样她就可以装作什么都听不到了。

马慧敏端着砂锅从厨房走出来:"怎么吃着吃着又吵起来了?"

"没吵。"

"没吵。"

两人难得默契爆棚,异口同声地回答。

"哈哈,其实我觉得你们现在多吵吵也挺好的,家里热闹。"马慧敏一双眼笑得弯弯的,把锅放到桌子上,问,"剩下还有大半碗,你们谁还能吃?我是不行了,好饱。"

周涯抬抬下巴:"给她吧,吃粥她得吃一碗半才够。"

方珑捂着碗摇头:"不,不,我也吃不下了。"

周涯有些讶异:"吃这么点儿就够了?粥水不抗饿,没多久就消化完了哦。"

方珑翻了个白眼,越发觉得昨晚肯定是她听错了。这男人对着她,嘴里没半句好听话。

周涯没等到她回嘴,也无所谓,取来砂锅,拿粥勺直接端锅吃。

马慧敏问方珑:"欸,珑珑,你今天还上晚班吗?"

方珑不想马慧敏担心太多,还没有告诉她被炒鱿鱼的事,打算等找到新工作了再说。她说谎向来不用打草稿:"对的,我吃完就出门。"

闻言,周涯斜眸睨她一眼。

方珑回看过去,瞧见他眼神里的揶揄。餐桌下的脚抬起来,她习惯性地朝他小腿踢过去,想要警告他不要在马慧敏面前说漏嘴了。

周涯早有预感,空出一只手往下,啪一声精准地拍到她的脚踝。

"哟——"方珑倒吸一口气,慌忙收回腿。

马慧敏正在就水服药,听见声响转过脸问:"怎么啦?珑珑。"

方珑连连摇头:"没事。"接着继续埋头吃粥。

其实周涯没用什么力气,但她觉得脚踝又痛又痒,宛如被蜜蜂蜇了一针。

狼吞虎咽地扒拉完粥,方珑回房间换上超市工服和牛仔裤准备"上班"。

马慧敏一句"路上小心"还没说完,方珑已经出了门。

"这姑娘,风风火火的……"马慧敏饭后犯困,打了个哈欠,"对了阿涯,浴室门坏了,你看今天有没有空修一下?"

浴室门的问题周涯也是早上才发现,他点点头:"我早上出去时买了个新锁回来了,待会儿洗完碗就来整。"

"行,辛苦你啦。"

"对了,妈。"周涯喊住马慧敏,想了想,说,"我打算过完年搬出去。"

马慧敏眨眨眼:"怎么突然想搬出去……"

她忽然想到什么,眼睛亮了亮:"哦,我知道了,你是不是交了女朋友?那赶紧搬赶紧搬,两人世界更重要!"

在这件事上,马慧敏总觉得对不起周涯。周涯之前有个稳定交往的女朋友,本到了谈婚论嫁的阶段,周涯也存了笔钱付新房首付,但家中突降变故。先是周父意外身亡,再是马慧敏接连手术住院,周涯把储蓄全拿出来了,买房子和提亲的事也没了下文。没多久之后,马慧敏就听说周涯和那姑娘分了手。马慧敏也能理解,周家的条件确实不怎么样,遭姑娘家人嫌弃也无可厚非。

周涯的大排档生意越来越旺,周涯重新存了钱,在镇政府旁的新小区买了套房子。他让马慧敏搬过去住,但马慧敏不乐意,让他把房子留着作婚房。只不过,她迟迟没听见周涯交新女友的消息。

周涯愣了愣,摇头道:"不是,我没交女朋友。"

"啊……我还以为快能喝到媳妇茶了呢。"马慧敏的嘴角耷下来,"那你怎么突然想搬出去了?"

"始终男女有别,我住在这儿,方珑可能会不大自在。"周涯起身收拾碗筷,"或者你和方珑搬去新厝(方言,指房屋)住,我住这边也可以。"

"那也是,你们都是成年人,是该有自己的生活空间了。"

马慧敏没多想,望一眼客厅朝阳处的黑白遗照,缓声道:"搬家就免了,我可要和你爸一直住在这里的,等你和珑珑以后都有各自的伴儿,周末带上娃娃回来陪我吃顿饭就好。"

软绵绵的一句话,有些词却像不长眼的锥子,把周涯心脏凿开血淋淋的洞。

过了会儿,他哑声开口:"妈,我……"

"嗯?怎么啦?"

"没事。"

周涯在心里对马慧敏说了声"对不起"。

他知道母亲的心愿,她希望能早日见到他成家立业,希望能早日抱上大胖孙子或孙女。

小镇男女大多早婚早育,他身边的同龄人,有的人小孩都快上小学了,像任建白,明年也要当爸爸了。

可周涯知道他做不到。他清楚,方珑早晚会找到适合她的另一半,会嫁人,会生子,会有属于她的人生。到那个时候,或许他就能彻底放下了。

在那之前,他只能做个守口如瓶的哑巴,把喜欢方珑这件事,装进带锁的盒子里,深埋在阳光照不到的泥土下。

周涯第一次见方珑,是在她刚满月的时候。

那年他十岁,是成为"周涯"的第五年。

母亲很开心,给这个素未谋面的外甥女买了一条金手链,还织了两件小毛衣。父亲说小姨丈是城市人,做大生意的,叮嘱他要礼貌,要开口叫人。

周涯的声音不好听,在外头习惯了不说话,但父母期盼的,他会尽力做到。

这还是周涯第一次离开庵镇,他们一家三口坐上铁皮大巴车,颠簸了一两个小时，转了两三趟车，才到了小姨家。

窗式空调哗哗吹着凉风，冰箱里冰着饮料，桌上有一个糖盒，装着五颜六色的瑞士糖和金币巧克力。

那天的小姨和小姨丈都穿白色衣服，周涯有些恍惚，觉得小姨抱在怀里的那小女娃，未来应该会长成动画片里的小公主吧？穿长裙子和黑皮鞋，走路时有蝴蝶、小鸟跟在她身旁。

母亲把熟睡的小娃娃抱过来，周涯探头去看。脸圆唇红，睫毛翘翘，闭着眼，嘴角有口水。

周涯咽了好几次口水，在心里练习了几次，才开口叫她的名字，方珑。没想到这娃娃忽然睁开眼，撇着嘴，吸了吸鼻子，"哇"的一声哭出来。

周涯吓一跳，大人们哈哈大笑。那做生意的小姨丈还调侃他，说是不是因为他的声音太奇怪，吓到了小丫头。

小姨很少回庵镇，回来也是一个人带着小包大包的，吃完中饭就赶着回水山市。

逢年过节，周涯依然会陪着父母，搭一两个小时的车去小姨家。小姑娘会走了，小姑娘会说话了，小姑娘会双手作揖对他说"周涯哥哥新年好"。

周涯以为会一年年看着方珑长大，但没有。

那年他十八岁，从技校毕业后去了一家大排档当学徒，工资交一半给父母，一半存起来。他还想着今年有工作了，可以给小孩们包红包了，快春节时，父母却说今年不用去小姨家拜年了。

后来周涯才听母亲说，金融危机时，小姨丈的生意被波及，周家还借了一笔巨款给他们家周转。大人们向来不愿意把这些事情说得太明白，周涯没法了解得太具体。之后很长一段时间，他为生计奔波，骨子里也多少有些寡情，渐渐便淡忘了小姨一家子。

直到三年后,他因要事需要去一趟水山市,母亲拜托他,办完事有时间的话去小姨家看看。

周沨办完事已是晚上七点,快赶不上回庵镇的大巴车了,但他还是决定替母亲去看看小姨和方珑。

小姨家的地址没变,单元楼的防盗门形同虚设,周沨直接上楼,手里拎一袋水果和一盒曲奇饼干。

他没想到来开门的是方珑。她不认得他了,从门缝里警惕地盯着他,问他找谁。

小姑娘十岁左右,不高,一双黑眸嵌在略显苍白的脸上,在楼道昏暗光线里,多少显得有些骇人。

周沨蹲下身,尽量和她平视。他重新和她做自我介绍:"我是你大姨家的周沨哥哥,方珑,你还记得我吗?"

女孩认真地打量着他,约莫过了半分钟,才解开锁链放他进屋。

她说:"我不大能记得你长什么样子,可我记得你说话的声音,很难听。"

周沨本应该气笑,可他满脑子只剩下惊讶。

方珑没有长成穿漂亮小裙子的小公主。她穿着过分肥大的校服,袖口、领口都有些脏,及肩的黑发有些厚度,发尾乱糟糟的,不像是认真理过发,更像是在家里照着镜子,拿美工剪刀剪的。

而那曾经窗明几净的家,如今可用家徒四壁来形容。窗式空调不见了,玻璃上空出的大洞用电话购物的海报狠狠地贴住;电视柜上空空如也,进口电视和音响都消失了;客厅矮几上杂乱铺放着作业簿和课本,旁边有包开了封的干脆面……

空气中还隐隐约约飘荡着一股酸味,这味道对周沨而言很陌生。

他问方珑爸妈去哪儿了,方珑低头抠着已经红彤彤的指尖,说他们都去工作了。

周涯又问他们现在在哪里做生意,方珑想了想才说:"棋牌室。"

周涯没再问了。听见小孩的肚子咕噜咕噜叫,周涯问她晚上吃了什么,方珑指着那包干脆面。

家里没肉菜,冰箱空得可怕,只剩几颗鸡蛋和几罐小菜。隔夜饭倒是还有一大碗。

用完了调料罐里的最后一小撮盐巴,周涯给方珑炒了个蛋炒饭。材料有限,好在闻起来还可以,蛋液裹着饭粒,颗颗分明。

小孩倒是个不客气的,狼吞虎咽,吃相不怎么好看。

趁她吃饭的时候,周涯下楼,到附近的食杂铺,买了些粮油调料,鸡蛋都挑了一大袋。

再上楼时,方珑已经吃饱了。

周涯把东西留给她,再从钱包里抽出所有百元钞票给了她。其实也不多,就几张而已,周涯有些后悔,出门没多带点儿钱在身上。他把周家的电话,还有他的小灵通号码抄在方珑记作业的本子上,叮嘱她有什么事,可以随时给大姨或他打电话。

回庵镇后,周涯把在方家看到的情形告知父母。母亲唉声叹气,直说方珑是个苦命的娃,跟着这样不负责任的爸妈,不知以后会变成什么样子。

母亲一直试图和小姨保持联系,甚至偷偷拿钱给她,想改善她和方珑的生活。因为这事,父母两人没少闹矛盾,而沾上恶习的小姨判若两人,那些接济都像投进咸水海,一点儿水花都没有。

周涯没有等到方珑的求助电话,等来的是小姨的死讯,还有小姨丈被逮捕的消息。

再后来,他们就把方珑带来庵镇生活。

青春期的女孩像只刺猬,防备心极强,性格冲动,看谁都不顺眼。

方珑爱挑衅周涯,周涯则不爱惯着她,两人一天一吵,两天一闹。

周父周母说他俩都是石头,整天硬碰硬。

方珑刚进初中时没少惹麻烦,很快成了老师眼里的问题少女,周涯隔三岔五就得去学校替她擦屁股。不过由于周涯读书的时候也是半个问题少年,对方珑没把心思放在学习上这件事向来睁一只眼闭一只眼。

但有些原则性的问题,周涯忍不了。

方珑有小偷小摸的习惯。经过面包店"顺手"拿一个面包,经过水果店"顺手"拿一个苹果,经过文具店"顺手"拿一支圆珠笔……

有一次在小卖部拿饼干的时候,她被店老板当场逮住。

周涯过去解决,给店老板递烟赔款,但方珑一身硬骨头,憋着股劲死活不愿意道歉。周涯也硬,手掌用力摁着她的脑袋,怎么都要她低头。

回家后,周涯找出鸡毛掸子,追着方珑抽了她几下。方珑被他抽哭了,气得拿着玻璃杯砸到他身上,玻璃碎了一地。她说话都带着恨,说周涯谁都不是,没资格管她。意思是,周涯是捡来养的,喊他一声"哥"都是给大姨面子。

周涯没说话,他抽了方珑多少下,就还了多少下给自己,啪啪声干脆利落。末了,他抛下鸡毛掸子,说就算没有资格,他也要管她。

之后他逼着方珑把偷拿过东西的店铺全说出来,亲自压着她一家家店去给店主道歉赔礼。

有那么一阵子,周涯和方珑的关系势成水火,直到方珑上了职高,稍微成熟了那么丁点儿,两人的关系才缓和了些许。

周涯也说不清,是从哪天开始他看方珑的眼神里多了些东西。

一开始他并没有察觉,是任建白有天半开玩笑地说:"周涯,你只有在你妹面前才不像个哑巴。"

等周涯察觉到那晦涩不明的心意时,已经太迟了。

曾可芸跟他提分手，一方面是因为周家经济条件一般，家里人反对，另一方面是曾可芸觉得，周涯并没有那么爱她，所以她也不想坚持了。

　　周涯没有挽留，并衷心希望曾可芸能早日找到如意郎君。

　　对方珑，周涯试过压抑，试过疏远。可他的生活里全是方珑留下的痕迹，无论怎么做都是徒劳。

　　第一次在梦里出现方珑的脸，周涯陷进强烈的自我厌恶中。可压抑得越厉害，方珑越常出现在他梦里。

　　她成了一株喜阴的爬山虎，在他左心房阴暗的那一面肆意生长。

　　他以为的兄妹情，掺进了不该有的男女之情。

　　就像放错调料的一道菜，它不应该被端到台面上来。

Chapter 03

生日礼物

新的一年，家里的日历都得换。

马慧敏前些天去买菜的时候，已经买好了 2010 年的挂历，她把只剩薄薄一页的旧挂历取下来，挂上新的，撕下封面。

周淮给浴室门换上新的门锁，来回试了几次。

走回客厅时，母亲还站在那本新挂历前，手里拿着支笔，一边翻，一边画。

周淮把工具箱放回柜子里，问："妈，你不是说要去睡午觉吗？还在忙什么？"

"趁着这会儿记得，先把重要的日子标到挂历上。珑珑的生日、她妈妈的忌日、你爸的忌日，还有你的生日。"马慧敏一页页往后翻，"还有，我看了一下，今年的好日子挺多的，尤其是下半年，好多日子都适合结婚、搬家，所以啊……"

马慧敏欲言又止，没有说得太明白。

周淮哭笑不得："我只要搬家，没有要结婚。"

"你可上点儿心吧，再不抓紧的话，我就要给你介绍相亲对象了啊。"马慧敏白他一眼，"你知道吗，最近我去楼下散步，那些跳广场舞的老太太、老阿姨，都争着要给我塞她们家姑娘的照片。"

人总是有些势利的，虽然周淮外貌条件优秀，但早些年家里的条件一般,没几家上门说媒,如今眼见周涯买了新厝,生意红红火火,还是单身,便越来越多人想要将家里的姑娘介绍给他认识。

马慧敏之前想尊重周涯的想法,希望他能找到一个真心喜欢,而对方也真心喜欢他的姑娘,一直没想干涉他的感情生活。但要是周涯还是这么单身下去的话,她可就要出手了。

周涯清楚母亲的想法,浅浅弯起嘴角,有些无奈:"好,我努力,我抓紧。"

等母亲回房间午休,周涯掀开挂历。

1月10日,日期旁边的空白位置标注着:珑珑生日。

就在大排档那条街的街尾,有一家电脑店。

一半磨砂一半透明的推拉门上,贴着醒目的红字:宽带、维修。

周涯在门口停好摩托车,推门走进去,秦百乐从电脑显示屏后方飞快地抬起头,看清来人,又飞快地潜下去,大声道:"你随便坐!等我玩完这局啊!"

周涯"唔"了一声,走过去瞄了一眼显示屏,发小正忙着玩打僵尸的游戏,鼠标哒哒地响。

像进了自己家似的,周涯熟门熟路地走进店铺后方的小房间,里头有张小沙发和茶几,桌上摆着茶盘。

他坐下来,按下热水壶的加热按钮,敲掉茶碗里的旧茶渣,等水沸腾,洗了茶碗后,再捏两撮茶叶放进去。

第一遍茶水先洗茶杯,周涯刚码好瓷杯,外头游戏音乐声就停止了,秦百乐掀开门帘布,朝周涯抛了根烟:"你够积极的啊,还专门跑过来一趟,等晚点儿我送去你铺头不就行了?"

"又没多远,我正好顺路。"周涯接住烟,但没有抽,先放在茶几上,"电脑里面的系统软件什么的都装了吧?"

"装了装了,我拿给你看。"秦百乐折回去柜台旁边。

周涯微伏着背,右手执茶碗掬茶,目光斜斜扫过去,落在秦百乐一瘸一拐的双腿上。

秦百乐拎着一个大纸盒回来,在周涯面前打开,里面装着一部笔记本电脑,是当下最受年轻女孩喜欢的型号。

"最近粉红色这部买的人特别多,大城市都缺货,我好不容易才托人留住货。"秦百乐启动电脑,递给周涯,语气揶揄,"这么大手笔,你这是准备送给谁啊?"

周涯懒得解释:"我自己用的,行了吧?"

"你觉得我会信?"

"你信不信关我什么事?"

新的笔记本电脑体积小巧,外观时尚,开机速度和方珑现在在用的那部老古董台式电脑相比,就像改装过的跑车和人力三轮车。

"装了最新的 Windows 7 系统,杀毒软件、浏览器、QQ、听歌软件、视频软件,还有修图软件,我都先给你预装了。"秦百乐口渴,拿起茶杯一饮而尽,继续说,"如果她拿到手后不喜欢,再卸载就好。"

"你刚玩的那游戏,也给它装一个吧。"

"行!"秦百乐笑起来眯着眼,好像只坏心眼的老鼠,"还说是自己用……"

周涯瞪他:"怎么?你这游戏限制不让我这种成熟男士玩啊?"

秦百乐哈哈大笑。

粉色笔记本电脑被重新装进盒子里,周涯缓声问:"手术的事,你考虑得怎么样了?"

秦百乐一顿:"啊?什么手术?"

周涯不耐地"啧"一声,瞥向他的脚。

他和秦百乐最早是在隔壁县城的福利院里认识的,秦百乐和他年纪相仿，比他晚两年被送到福利院。他俩都是孤儿。

周涯是因为喉咙问题迟迟没被领养家庭选中，秦百乐则是因为腿脚问题，他的右髋关节有些毛病，先天性的，痛倒是不痛，就是走路总一跛一跛。

后来周涯被周家领养，长大几岁后回了一趟福利院探望老师和阿姨，也和秦百乐重遇。现在想起来也有点儿老土了，当初俩小孩上了学，都会写字了，便交换了地址，后来一直保持着书信往来。

秦百乐成年后离开了福利院，去深市打了好几年工，最终还是因为腿脚问题，回来庵镇开了家电脑维修店。

其实秦百乐可以通过做手术来改善跛脚的问题，但手术费用不低。

这些年他凭着自己的本事攒了些钱，不过他有一个谈了好几年的女朋友，女方家人一开始嫌弃他没有房子，秦百乐便拿出所有储蓄买了套二手房。结果女方家人还是不同意，说就算秦百乐有了房子，也不过是个有房子的瘸子。

秦百乐嘴角还勾着笑，但声音里听不出什么情绪："唉，都瘸了这么多年了，又不影响生活，做不做手术的，没什么差别啊。"

周涯"嘁"了一声，直截了当地说："要没差别，你现在早就结婚了。"

他俩认识太多年了，向来有一句说一句，藏着掖着反而显得别扭。

所以秦百乐也没恼，捂住自己胸口佯装中箭，表情和语气都夸张："你这人怎么一开口就往人胸口扎刀啊？要不还是干脆别说话算啦！"

"不说话，真当我是哑巴啊？"周涯没好气道，"你别拖了，该做做，差多少钱我给你补上。"

秦百乐睁大眼："哟呵，这是什么暴发户口气？"

周洱正经道:"我跟你正儿八经说话呢,你别总嘻嘻哈哈。"

秦百乐敛了笑,低头默了片刻,才开口:"接下来要花钱的地方还多着呢,我这腿能凑合就凑合吧,先把婚顺利结了,等未来挣钱了,再考虑吧。"

"怎么?又要花什么钱?"

"阿乔爸妈不让阿乔嫁我,无非就是觉得诚意不够,那我就拿出我的诚意嘛。"秦百乐掰着手指头算,"过完年我想给阿乔买辆车……彩礼总是要的吧,婚宴也得摆啊,三金、婚纱照、蜜月……这些都得花钱。还有,结了婚之后,就得准备生孩子了,那养小孩的费用也不少的啊。"

周洱挑眉:"嚯,你这想得也足够远。"

"这也叫远?这很正常好吧!虽然阿乔总叫我不要在意她的父母,说就算我什么都没有,她也要跟我在一块儿……"秦百乐蓦地拍了拍自己的大腿,很用力,"我这模样,能谈到阿乔这样的女朋友,已经是上辈子修来的福气了。而且我是真的很爱她,也想尽我所能,给她尽可能好的生活。"

他紧了紧手指,把棉裤攥出皱痕:"我不想她过得惨兮兮的,还要被人嘲笑,'看吧,她过得这么惨,都是因为她嫁给了个瘸子'。"

周洱一直没开口打断他的话。

"我这心情,别人不明白不要紧,但你肯定是能理解的吧?"秦百乐仰了仰下巴,指向沙发上的电脑盒,"而且你看看你自己,不也想着给对方最好、最贵的东西吗?"

方珑找了几天工作,均以失败收场。

小镇有它可爱的地方,也有十分明显的缺点。地方小、机会较少,加上临近春节,很少有店铺或单位在这个节骨眼招人。

最后还是任建白老婆——林恬给她介绍了一份工作。

林恬的堂姐挺有本事，在镇中心开了家少女精品店，从一开始的一格铺面，做到现在四格铺面打通，从一开始的女装，到现在服装、鞋袜、箱包、首饰、化妆品一应俱全。

林恬的堂姐每个月都会去一趟省城，从"十三行"到批发市场都走个遍，精品店上新的那一天，就是小镇女孩们最开心的一天。

临近春节，店里进了许多新货，但走了两个店员，林恬的堂姐急着招人，而林恬知道方珑工作没了，就跟堂姐讲了一声，顺便替方珑多说了几句好话。堂姐说方珑可以来试试，只不过试用期的工资不会太高。

方珑当然没问题，工资稍低也没关系，只要每天有工作做，她就不会心慌。

毕竟有过工作经验，方珑很快就适应了新的工作环境。不算上她，店里还有另外三个店员，都是年纪比她大几岁的姐姐。

方珑每天的工作就是理货上货、打扫卫生、回答顾客的咨询、留意饰品袜子之类的小物件会不会被人顺手牵羊等等。

春节穿新衣，来置办过年衫的客人一日比一日多，方珑每天都站到小腿发酸，讲到喉咙沙哑。她想要好好表现，这样春节时或许有机会多收一个红包当奖金，春节后也有比较大的概率能留下来继续工作。

生活像颗气球，眼见着一天天胀起来，只不过在她生日的这一天，还是出现了一根刺，把她的生活再次扎得稀巴烂。

那天大姨早早跟她约好，说要给她做大餐，让她晚饭回家吃，所以方珑跟店里请了晚上的假。周日店里的客人很多，方珑从早上开始就忙得像颗陀螺，中午都只是匆匆咬个面包了事。下午，她正服务着一位试鞋的客人，店里进来两位客人，是她认识的。

是吴丹纯,还有吴母。

吴母看她的眼神嫌弃得很,像在菜市场看到什么臭鱼烂虾,差点儿就要捂住口鼻了。

吴丹纯的表情恰好跟她母亲相反,她眨着一双无辜的大眼睛,语气惊讶地问:"方珑?你来这里工作了啊?超市那边呢?"

吴母鼻哼一声,明显故意提高了音量:"谁家超市敢请这种劣迹斑斑的店员啊?岂不是抓了只老鼠进米缸?"

她的声音很大,店里的其他客人和店员纷纷看过来。

方珑能感觉到心跳在变快,手心隐隐出汗,但她这次忍住了,没有回应那对母女,收回视线,专注服务眼前的客人。

吴母鼻哼一声,拉着女儿去楼上看衣服。

过了好一会儿,客人终于决定好要买的鞋子,方珑进仓库帮她取了双新的送到柜台结账,一扭头,就见吴丹纯站在货架旁。她手里拎着两双鞋子,娇声唤:"方珑,这两款有36码的吧?麻烦你帮我拿一下,我想试试看。"

对方脸上笑意盈盈,仿佛一个礼拜前的闹剧完全没有发生过。

其他同事都在忙,方珑背在身后的手攥了攥,耷拉嘴角,深呼吸一个来回,才应道:"好,我这就去拿。"

吴丹纯挑了一双棕色短靴和一双黑色玛丽珍皮鞋,都是她平日很中意的风格,清纯又优雅。

方珑抱着两个鞋盒走到她面前,屈膝半蹲在地上,把鞋子从鞋盒里拿出来,声音淡淡的:"这两款都是昨天刚到的货,是今年秋冬很流行的款式,简简单单搭一件大衣或裙子就很好看,很有气质——"

吴母也坐在旁边,哼笑一声:"我女儿本来就很有气质,跟某些人不一样,整天满嘴脏话,动不动就动手。"

方珑没给她眼神,只再深呼吸一个来回,解开两双鞋的鞋带,轻放到吴丹纯脚旁,说:"你试试看。"

吴丹纯没接着母亲的话继续往下说,但也没替方珑说话。她分别试了两双鞋,一会儿说颜色不喜欢,一会儿说有些顶脚,方珑按她的要求,再去拿来同款不同色,或同色不同码的鞋子给她换。

吴丹纯还是不喜欢,看中别的鞋子,又让方珑去换。她长相阴柔斯文,眉心微蹙的模样看上去楚楚可怜、毫无心机:"抱歉啊方珑,你是知道的,我买东西比较挑,向来要花些时间的。"

方珑手脚麻溜地收拾着地上的鞋盒,仰头冲吴丹纯笑了笑:"嗯,鞋子和男人一样,都得穿上脚了才知道合不合适、喜不喜欢,要不然花那么多时间挑来拣去,最后还是挑了双容易崴脚或顶脚的鞋子,那就得不偿失了呀,对吧?"

吴丹纯嘴角僵了僵,还没来得及回嘴,方珑已经捧着一摞鞋盒走远了。

最后吴丹纯还真挑中一双皮鞋,还另外选了一套过年衫,牛角扣外套、格纹毛呢短裙和荷叶边衬衫,是店门口的人形模特身上展示的同款。

刚才吴丹纯试穿后,有另外一位店员夸她比电视剧里的千金小姐还要漂亮,夸得吴母眉飞色舞,立刻拍板买下来。

方珑后来去给其他的客人拿鞋子,不知什么时候,吴家母女已经结完账离开了。她悄悄长吁一口气,把胸口的怒火往下压。哼,真希望周涯也能在场,睁开眼睛好好看看,她才不是整天只会惹是生非的小丫头!

夜幕四合,方珑准备下班。

店铺后方有一间休息室,空间比仓库还小,放一张小沙发和矮几让店员吃饭用,旁边是一个储物柜,店员们共用,大家换下来的衣服和包袋都统一放在这里。

方珑换回自己的衣服,背着包刚走出休息室,就遇上其中一位店员莹姐。

老板娘这会儿不在店里,莹姐又是店里最资深的店员,方珑刚来店里几天,跟其他店员还没那么熟络,不过该打的招呼不能少,她便跟莹姐交代了一声:"莹姐,那我先回去了。"

莹姐缓缓点了点头,但目光一直盯着方珑的包看,方珑归心似箭,没察觉异样。

方珑走出店门,她的摩托车停在路边树下,刚走到车旁,包里的手机响起来。

是马慧敏来电,方珑接起:"喂,大姨。"

马慧敏问:"珑珑啊,你大概什么时候回来呀?你哥准备蒸鱼啦!"

大姨的声音听起来很开心,方珑不知不觉地勾起嘴角:"我刚下班,十来分钟就能到家!"

"行,那我跟他说一声。"马慧敏笑着说,"你别开太快,记得戴头盔,路上小心。"

电话那边除了大姨的贴心叮嘱,还能听见猛火热炒的声音,唰啦一声,像在方珑的胸口浇上一泼热油,烫得她眼眶发热。

那股熟悉的烟火气息,似乎就这么传到了她的鼻间。

她揉了揉有些潮湿的鼻子,声音软了下来:"知道啦!"

方珑从摩托车后箱里取出不经常用的头盔,很听话地戴上,正准备上车,匆匆从店里跑出来的莹姐喊住她:"阿妹!你先别走!"

方珑手里还拿着车钥匙,问:"怎么了莹姐?"

莹姐皱着眉头,双手叉腰,眼神明显不像往日那么友好。她上下扫视了面前的年轻女孩一个来回,落在方珑腰侧的斜挎小包上,看了几秒,最后看向方珑的眼睛,试探地问道:"阿妹,你刚才在休息室里,有没有从我的包里拿些什么东西?"

冬天的天黑得很快,对面居民楼亮起一格格灯火。

周涯在阳台上抽第四根烟,楼与楼之间的距离不远,他可以清楚看见对面那户人家的客厅。

有的人家已经早早吃完晚饭,一家老少坐在客厅吃水果、看电视,其乐融融;而有的人家,像是他和马慧敏,放着一桌子菜一口都没碰过,还满心焦灼地等着今天的主人公回家。

他吐了口烟,抓起发烫的手机,按下拨打键,很快传来系统女声:"您拨打的电话已关机——"

左眼皮一直在跳,跳得周涯心烦意乱,注意力怎么都没法集中,脑子里有许多画面一闪而过。还有半根烟没抽完,周涯没心情等了,直接掐了烟,抓起手机走回屋内。

他去厨房把热在蒸锅里的菜端出来,再给马慧敏舀了碗白粥,马慧敏快步走过来,欣喜地问道:"珑珑要回来了吗?"

周涯放下瓷碗,走向玄关:"没呢,电话还是没人接。妈,我去她工作的地方看一眼,你别等了,赶紧先吃饭。"

马慧敏一下子耷了肩膀:"她明明说她下班了,十来分钟就会到家……现在天都黑了,她还没回来,电话又联系不上,该不会……发生了什么事吧?"

墙边的衣钩挂着黑色皮衣,周涯取下穿上,因为咬紧了后槽牙,他的下颌线绷得很紧。

回过头时,他让自己的表情尽量放松,安慰母亲:"应该不会的,要真出了事,这会儿也该有人联系家里了——"

马慧敏倒吸一口气,急忙挥手打断他的话:"呸呸呸,乱说什么话！重新说一次！"

周涯重重拍了两下后脑勺："嗯，我乱讲话。总之你先吃饭，不用等我，我找到人了就给家里打电话。"

马慧敏没辙，只好点点头："那你路上小心……"

周涯已经在心里过了一遍将要走的路线，他打算先去精品店，再去方珑经常出现的几个地点找找，像快餐店、奶茶店、KTV……

怎么都没料到，他刚下了楼，方珑便推开楼道门走进来。

两人皆是一愣，伫在原地。

方珑先开口问："你……你要出去？"

心脏像月亮一样悬了一整晚，却没有因为找到了太阳而往下落，周涯心里憋着股气，压着情绪问："你去哪儿了？电话关机了知不知道？你大姨以为你出了事，差点儿都要给任建白打电话了。"

他语气没多好，往日要是他以这个态度说话，方珑准会像被点燃的炮仗，一下子跳起来，但今天她只轻轻"啊"了一声，往包里掏了掏，摸出手机。

"刚才手机摔了一下，散架了，电池不知道摔到哪里去了，所以……"方珑声音很轻，低着头，指尖扒拉着空壳手机，"亮不起来了。"

楼道的廊灯只剩一颗灯泡，像烂掉的鸭梨，光线昏昧不清，等周涯适应了昏暗，便看清了有些狼狈的姑娘。

她今天早上出门的时候穿一件棕色的连帽卫衣，外搭一件薄绒马甲，下半身穿短裙和连裤袜。

马慧敏总念叨她穿得太少，让她别总仗着自己年轻就胡乱来，以后上了年纪膝盖要痛的，但方珑说上班时店员们都得穿店里的挂板衣服，而挂板衣服经常是裙装，她提前这样穿，方便到店后换装。

反观眼前。卫衣帽子被随意塞在背后，马甲肩背处鼓起一团，衣领处的帽绳一条垂在胸前，一条落进领子里，方珑没穿长袜，大冬天的光着一双腿，而刚刚方珑掏手机之后，斜挎小包没合上，周涯就着不甚明亮的光线，瞧见包里胡乱塞着一团袜子，她就这么光脚套着帆布鞋，两只鞋的鞋带都松松散散……

周涯心沉了沉，双手叉腰，伏下背去看低头的姑娘，态度不经意地变软："发生什么事了？"

发丝在她脸侧晃荡，周涯看着她撇了撇嘴，把手机塞回包里。

方珑抬起头，连名带姓唤他："周涯，我好像，又把事情搞砸了。"

她不发脾气的时候，眉毛的形状很温柔，眉毛轻盈地贴着眉骨，瞳孔很黑，显得眼仁更大，但不怎么亮。像是一口不愿被打扰的深井，廊灯的光太弱了，照不进她的眼里。

周涯侧过脸，简单检查了她的左右脸颊，不问发生什么事，只问她："受伤没有？"

方珑一顿，片刻后摇摇头："没有，今天没打架。"

周涯的眉心一直皱着没松，视线继续往下。

她有些许疤痕体质，小时候挨过打，一双本该像白瓷一样的细腿，留下了些许陈旧疤痕，淡淡的，像某种花的花瓣。不过没有新增的伤疤，别说乌青，连泛红都没有。

周涯确认道："没被人欺负？"

方珑这次停顿的时间更长一点儿，末了还是摇头："没，谁能欺负得了我？"

"行，你牛。"周涯直接伸手绕到她脖子后，把胡乱堆成一团的卫衣帽子揪出来。

他竟还能弯起嘴角笑，语气似是调侃，又似是安慰："那能搞砸成什么样子？只要老白没喊我去保人，在我这里就不算糟。"

男人长得太高，肩膀很宽，像座山似的，把楼道的光遮去了一半,染上金光的微小灰尘飘浮在他发顶。

方珑有些晕晕沉沉,膝盖酸软无力,心跳快了许多,不知是因为饿过头了,还是因为刚才在精品店里发生的事。

她细声嘟囔:"真的很糟哦,可能会影响你和老白的多年兄弟情哦。"

"得了吧你,净瞎操心……"周涯侧身让了条道,"快上去吧,你大姨在家等着呢。"

"大姨现在还没吃饭吗?"

"我刚想出去找你,把菜重新热了,让她先吃。"

"那就好。"

方珑往上走,刚走了半层楼梯,被周涯喊住:"把鞋带系上,甩来甩去,待会儿踩到得摔倒。"

方珑回头,没好气地瞪他一眼:"今天我生日,能不能说点儿好听的啊?"

周涯挠了把后脑勺:"行,今天之内我都注意。"

方珑走到二楼,蹲下身简单绑了绑鞋带,再整理了衣服,才继续往上走。

进门前,方珑深吸一口气,扬起笑。

开门进屋,她对着在客厅沙发坐着的马慧敏打了声招呼,声音高亢嘹亮:"大姨!我回来啦!"

马慧敏闻声而起:"珑珑!你可算回来了!怎么手机关机了啊?"

方珑一边换鞋,一边把手机电池不见了的事告诉马慧敏:"没事,我有一块备用电池在家呢,待会儿安上就能用。"

马慧敏说:"人没事就好,赶紧洗手吃饭吧!"

周涯看一眼餐桌,刚才给马慧敏舀的粥一口没被碰过,菜盘子都用另外的盘子倒扣着。他明白马慧敏还是想等方珑回来。

周渊把菜都拿去再热一遍,那条清蒸白枪鱼有些可惜了,稍微过了火候,其他的肉菜海鲜倒还行,一张圆桌被摆得满满当当。

方珑换了身衣服出来,看着这么一大桌子,肚子里的馋虫被勾得直叫唤,她欢喜地原地蹦了两下:"我能喝酒吗今晚?"

周渊瞥她一眼,终是问:"喝哪个?"

家里有春天时酿下的桑葚酒和青梅酒,也有夏天时酿下的荔枝酒和杨梅酒,一罐又一罐,存放在靠墙的玻璃柜里,静待着开启。

方珑舔了舔嘴角,眼睛这时候又有了光芒:"我都要!"

"想得倒挺美……放……"周渊刹住车,这句话后头还跟着一句不大好听的,但他刚才答应了方珑,所以只白她一眼,走去拿酒杯,说,"先开荔枝酒吧。"

方珑笑嘻嘻:"行!"

三人围着饭桌坐,马慧敏本也想喝口小酒,但周渊不让,她只能以茶代酒,高举瓷杯,笑道:"祝我们珑珑二十岁生日快乐!"

方珑眼睛泛起水汽,她举起酒杯,笑着跟马慧敏的杯子碰了碰:"谢谢大姨。"

周渊提了提杯,但没跟她们碰杯,只低声道了句:"生日快乐。"

正想收回手,酒杯被方珑凑过来的杯子碰了一下,发出清脆的响声。

方珑努着嘴,似乎有些不情不愿:"也谢谢你咯……"

两人对视几秒,周渊先移开目光。他的心脏好像也被谁轻轻地撞了一下。

待马慧敏睡下后,周渊拎着两瓶分装出来的荔枝酒和一兜子水煮花生,上了六楼。

602 室住的是任建白和他老婆林恬,周渊没直接按门铃或拍门,发了条信息过去。

没一会儿,里头木门打开,客厅很暗,只有鱼缸里的灯充当光源。

任建白竖食指在唇前:"嘘,我老婆刚睡下……"

周涯见他一身睡衣外头裹了件厚外套,明白他的意思,仰了仰下巴,晃了晃手中酒瓶。

几十年朋友不是白当的,任建白咧开嘴笑,鬼鬼祟祟地从外套两边的口袋里摸出两个玻璃杯。

因为楼层高,任建白结婚后,任父任母搬去另一套老房子住,将这套房子留给小两口。

两兄弟和往日一样,在任家的天台上喝酒,他们常这么干,天台设备齐全,打开折叠桌,塑料凳一摆,像模像样。

夏天时还能在这儿烧炭烤肉,但今晚只有瑟瑟冷风,任建白把脖子缩进外套里,佝偻着背,像个小老头似的小口抿酒。

果酒香甜,口感清爽,不过任建白还是要咂着嘴嫌弃一句:"这酒甜滋滋的,就适合小姑娘喝……我们俩成熟猛男,还是得喝啤的白的才带劲。"

"不喝拉倒,还给我。"周涯长臂一伸,想去夺任建白的玻璃杯。

任建白急忙护住:"我也没说我不喝啊。"

"喊。"周涯跷着脚,丢了两颗花生米进嘴里,嚼碎了才问,"所以……方珑是和店里的一个员工闹矛盾了?"

任建白"嗯"了一声。

晚上林恬接到堂姐打来的电话,得知傍晚时店里发生了件事:有个叫莹姐的员工,放在休息室储物柜的包里的东西丢了,怀疑是方珑偷的。

休息室里没有监控,对方拿不出证据,两人在休息室里吵了一架,差点儿闹到要报警,后来林恬堂姐做中间人调解,但两人仍是不欢而散。

周涯觉得事情经过肯定没林恬堂姐说的那么简单。他两指拈起一颗花生，稍一用力，花生壳开了口："那你堂姐现在的意思是？"

任建白拿起酒瓶，给周涯的杯里斟满，说："她说会调查的，但我看够呛。"

他瞟周涯一眼，声音闷闷的："堂姐还说，在没调查清楚之前，让方珑暂时先别回店里……"

周涯拿酒杯的手微微停顿，眉毛早就皱得跟山峰峡谷似的，冷笑一声："凭什么啊？又不是她干的，凭什么不让她上班？"

"对，我也是这么说。"任建白鼻子有点儿痒，他屈指蹭了蹭，继续说，"但听说今天下午店里来了对客人，跟方珑认识……其中一个阿婶，叫店员们要小心方珑，说她手脚不干净——"

啪！周涯把喝空的杯子重重拍到桌上，打断了任建白的话。

折叠桌本就单薄，他力度不小，震得上头的花生壳轻飘飘地跌落几个，周涯不吭声，只半耷着眼皮斜睨任建白，阴影之下，一双眸子看上去深不见底。

任建白心里发毛，知道这是周涯发火的前兆。

他把桌上的花生壳往里拢了拢，脾气和音量都提上来，替周涯先把火发了："你说说这都什么人啊？眼瞎还口臭！亲眼瞧见咱们小祖宗偷东西了吗？这就是恶意诽谤！什么手脚不干净，我看说闲话的那人嘴巴才不干净！"

周涯从烟盒里敲了根烟出来，衔住烟嘴。

任建白见状，拿起火机打出火苗，凑到他面前，吞吞吐吐地问："那，阿哑，万一……我说的是万一啊！如果真的是小祖宗她——"

"任建白，你不想我们现在打一架的话，就把话收回去。"周涯再次打断他的话，深吸一口烟，再缓缓吐出来，白烟在夜风中消散，现出周涯已经变得锋利的目光,"方珑这人,毛病是一大堆,但至少她敢做就敢认。"

任建白一噎,只听周涯继续说:"既然她说她没有拿,那就肯定没有拿,对她这一点,我还是有些信心的。"

方珑今晚洗澡洗了很久,浑身皮肤烫得发红,指腹皮肤泡得发皱。她仰着头,睁着眼睛去接那些热水,直到眼珠子酸涩到受不住了,才合上眼皮。

下午发生的事历历在目,无论她怎么洗都洗不去那些画面。

傍晚那会儿莹姐喊住她,说包里有东西不见了,问方珑有没有开过她的包。

突如其来且莫名其妙的指控让方珑冒了怒火,但她还是耐心压下情绪,反问莹姐为什么会觉得是她拿的。

店门口来往的人多,还有客人进出店铺,莹姐提出回休息室再说话,方珑同意了。

一回到店里,另外两位店员正凑在一起窸窸窣窣聊着什么,方珑一望过去,两人便顿住,不约而同地闭上嘴,分头去服务客人。

进了休息室,莹姐把自己的包拿出来,泄愤似的摊开在方珑面前,说这里头本来应该有一条金手链,是她上班前摘下来放进去的,本来是怕工作期间戴着戴着不小心弄丢,结果现在手链不翼而飞。

方珑还是那一句话,反问莹姐为什么会觉得是她拿的,而不是另外两个店员拿的。

莹姐也不拐弯抹角了,说下午她帮那对母女结账的时候,对方提醒她多留个心眼。她听那个阿婶说起,方珑为什么会被上一个工作单位炒了鱿鱼,就是因为她手脚不干净,对方还说方珑是个惯犯,以前没少因为这种缺德事被人逮进局子里。

至于另外两个店员，她们共事一两年，如果真有人存坏心，她的金手链早就丢了。

方珑一下子便想到是谁在背后编派她，耳边嗡嗡作响，脑子一片空白。

理智线啪的一声断掉，方珑懒得跟莹姐争论，直接把自己斜挎包里的东西一股脑儿全倒出来，东西噼里啪啦掉一地，手机摔开了背壳，电池也掉了出来。

之后，她把身上的衣服一件件脱下来，先脱薄绒马甲和连帽卫衣，蹬了帆布鞋之后，她把牛仔短裤和长袜一并往下褪。

就在她反手准备脱内衣的时候，莹姐的尖叫声充斥整个小小休息室。

其实那时的情形方珑记不太清楚了，只知道几近全裸的自己，赤脚站在冰冷的瓷砖地板上。

披头散发的模样肯定很狼狈，但她仍昂首挺胸地对莹姐说，她没有偷那条金链子，别把屎盆子随随便便往她头上扣。

是，她曾经是走过歪路，过过一段是非不分的时日，但如今她坦坦荡荡，对得住天地良心。

浇在脸上的水渐渐失去了温度，方珑"哎哟"了一声，赶紧关了水龙头。

一不小心她就把热水桶里储起来的热水都用完了，得重新烧，不然周涯晚点儿只能洗半温不热的澡。

镜子上蒙着雾，方珑抹了几下，转身回头，从镜子里看着自己肩背上浅浅的疤痕。

好一会儿，她才擦干身体，把浴巾盘在头发上。

她的护肤品很简单，一瓶化妆水和一罐润肤霜，全身都能抹。

精品店里最近来了一批外国牌子的高档护肤品，水、乳、精华、面霜,还有眼霜、唇膜……一套下来比她一个月的工资还贵,她实在下不去手。

润肤霜好用着呢,也就天冷的时候她得薄薄抹一层,等到天气暖和了,她只擦护肤水就足够了。

每个月的工资,方珑会拿一半交给大姨,剩下一半除了偶尔和朋友出去唱唱歌、吃个饭,其他的她都存起来了。她想买部新电脑,家里旧的那台老爷机是周涯以前用的,实在跑不动了,只是打开"扫雷"都怕它随时要寿终正寝。

走出浴室,餐厅和客厅亮着灯,但不见周涯的身影,方珑没多想,往自己房间走。

那晚不小心在浴室门外窥探到的那一幕,方珑选择了逐渐淡忘,这样她与周涯打照面,也不会那么尴尬。

说是这么说,其实这几天她总尽量避开周涯,能不碰面就不碰面,像今天楼道里那样的面对面对话,已经好些天没有过了。

在家时她一般都不关房间门,只虚虚掩着,门刚推开,方珑就愣住了。

靠窗的书桌上,那部被她用亮晶晶的闪钻贴纸装饰过的老古董台式电脑旁,立着一个长形大盒子,里面是部笔记本电脑。

方珑心跳快了一些,她不记得她在家里提起过她攒钱想买电脑的事啊,为什么周涯会知道?

任建白蹑手蹑脚地进了家门,刚把木门关上,身后就幽幽响起老婆的声音:"终于舍得回来啦?"

他打了个寒战,忙回过头,妻子肩披睡袍,抱臂站在卧室门口,挑着眉看他这个夜归人。

"老婆你怎么起来啦?上厕所啊?"任建白嬉皮笑脸地凑过去,

"我和阿哑上天台谈谈周家小祖宗的事。"

丈夫还没走近，林恬已经闻到他身上的烟酒味，撇嘴、皱眉、捏鼻子："哎哟，你臭死了！这是喝了多少啊？"

任建白哈了口气自个儿闻了闻："没喝多少，就周涯家里自酿的那些果酒，今天为了方珑生日，开了坛荔枝的。"

林恬眼睛一亮："啊，我也想喝荔枝酒！"

刚说完，下一秒她就摸着微微鼓起的小腹，嘟囔道："但我不能喝啊……"

"我知道你馋这口，刚才就让周涯回头给你每个口味都留一瓶，等半年后就能喝了！"任建白弯腰伏背，捧住妻子的后腰，往她肚子上亲了一口，"小东西啊小东西，你妈妈为了你，可是付出了好多好多，这个不能吃、那个不能吃。你可得乖乖的啊，别闹腾，别让你妈太累啦。"

林恬被他逗乐，掐了他手臂肉一下，没好气道："小东西嫌你嘴巴有味道，隔着肚皮都能闻到哦。"

任建白直起身，挺胸收腹，对妻子正儿八经敬了个礼："请领导放心！我现在就去洗澡刷牙，保证上床睡觉的时候不带一丁点儿二手烟的味道！"

林恬确实是起来上厕所的。过了孕早期，她的妊娠反应减轻了许多，最近挺能吃，且动不动就犯困，晚上不到九点就想上床睡觉了。

她方便完回房间睡下，不多久，洗完澡的任建白也进来了，在她身边躺下。

任建白知道妻子容易手脚冰冷，从被窝里寻到她的手，捂住，低声哄她："快睡。"

林恬胸膛里暖洋洋的，往后蹭了蹭，说："明天我去找堂姐了解一下情况，你让周涯和方珑都别太担心，这里头肯定有些误会，讲明白就好啦……"

她和任建白是家人介绍认识的，也就是相亲。

她是在外地上的大学，读师范专业，毕业后为了当时的男友留在大城市里打拼，却遭到男友背叛，心灰意冷后回到老家，进了一所小学任职。

家里人不停地给她介绍对象，但她一直无心投入一段新的感情中，一年又一年，不知不觉就二十六岁了，母亲天天在她耳边念叨，说"这是小镇女孩适婚年龄的最后临界点""再多一岁连相亲的资格都要没有了"。

林恬被闹得心烦，便在相亲名册里头随意选了一个，打算先应付一下母亲的催婚。而这个被她点兵点将点到的，就是任建白。

小镇没什么罗曼蒂克的地方，他们初次见面约在一家铁板牛排馆。

任建白给林恬留下的第一印象不怎么样，他迟到了快一个小时，来的时候衣衫凌乱，嘴角还挂了彩。

他咧着一口大白牙，说是来的路上看到有人当街抢劫，他追了两条街才把贼追上。

林恬那会儿觉得他好傻，明明是他休班的日子，还那么尽力干什么。但后来看着他被牛排烫得龇牙咧嘴的模样，林恬竟忍不住笑出声。

和任建白交往之后，林恬慢慢接触到任建白的其他朋友，比如周涯，至于方珑这个小姑娘，林恬也早有耳闻。

小姑娘是有些张扬，有些叛逆，不过林恬与她相处得越多，越能感受到她的爱憎分明。

她就像只小刺猬，面对伤害她的人，她会竭力反抗，把身上的刺都探出来，而面对对她好的人，她只会翻个身，露出她最软的那块肚皮。

说方珑故意偷同事的东西，林恬是不信的，所以她打算明天去找堂姐，替方珑多说几句好话。

结果隔天，还没等林恬出门，方珑已经找上门了，还给她带了瓶荔枝酒。

方珑跟林恬道了歉，说："要不精品店这份工作，还是算了吧。"

不是做贼心虚，也不是耍小脾气，她昨晚几乎一宿没睡，冷静下来，认真思考，最终做出这个决定。

无论老板娘后续会不会查明真相，但既然莹姐等人已经对她有了既定成见，如果她继续在精品店里工作，未来难免还会有像今天这样的事情发生。

说到底，这份工作是林恬帮忙介绍的，虽然方珑问心无愧，但她不想因为她的这些破事，让林恬和她堂姐有了龃龉，也不想坏了周、任两家的关系。

而且从老板娘让她先别上班的态度来看，方珑觉得她再努力，也撑不过试用期了。

毕竟不是每个人都能像大姨和周涯一样，会无条件包容她，接纳她，给予她一次又一次改过自新的机会。

Chapter 04

寒冬灯塔

从精品店请辞后,方珑面了两家服饰店和一家餐厅,都被对方婉拒。

倒是在找招工信息的时候,有贴小广告的大叔问她有没有兴趣去当"KTV 公主",说收入好高的,在 KTV 陪人唱唱歌就有钱收。

方珑当然没兴趣,她又不是刚入社会的无知少女。

小镇里头的机会不多,但小镇外面的机会不少。

因为许多工人在春节前离职回乡,南部沿海一带许多工厂和商家在过完年后,都会面临缺人的情况,一些本地 QQ 群里每天都有招聘启事。

近一点儿的,是隔壁城市的玩具厂或内衣厂,远一点儿的,是省城的服装厂、深市的电子零件厂、莞市的鞋厂……

流水线作业,有入职培训,包吃包住,开出的月薪是方珑在超市当收银员的三倍。

罗欣已经由朋友搭路,决定去大城市闯一闯,她听闻方珑在镇上找不着合适工作,又一次问她要不要一起离开小镇。

方珑还是拒绝了。

短时间内丢了两份工作,方珑不想让大姨担心,暂时还没跟她坦白,每天她都会早早出门假装"上班",在外头溜达到"下班"时间才回家。

1月中旬,冷空气南下,温度持续下降,这一晚实在太冷了,方珑骑着摩托车,脸被夜风刮得发疼。

她想找个地方吃口热乎的,又想省点儿钱,身体动得比脑子快,小摩托车把手一扭,她熟门熟路地开到周涯的大排档。

快十点,还没到夜宵摊最忙的时段,大排档只坐了两三桌,周涯和店里几人围坐着喝工夫茶、聊天。

见到方珑来,周涯有些惊讶,他还没开口,阿丰已经蹦起来了:"哇噻!今晚什么风把天仙又吹过来啦?"

方珑笑嘻嘻:"正好路过,来蹭口饭吃。"

阿丰也笑:"以你那食量,一口饭可不够。"

周涯站起身,走到方珑面前,问:"今晚没吃饭啊?"

方珑偷瞄两眼客人们桌上的菜式:"吃了,就是天气冷,饿得快,想吃口热的。"

为了节省不必要的开支,她这几天都只在面包店买一包吐司,一顿半包,就着牛奶或白开水,塞饱肚子就完事。今晚肚子不争气,太早消化完晚餐,叽里咕噜响。

"那你真来对时间了,今天天冷,阿哑哥做了咸菜猪肚汤!"阿丰压低声音,"我盼着今晚客人不多,这样猪肚汤才有剩,拿来煮粿条汤,哇,想想都觉得爽!"

周涯抬肘撞了他一下:"客人不多,损耗是在你工资里扣?"

阿丰急忙说:"开玩笑,开玩笑!"

阿丰讲得绘声绘色,方珑也自然而然地回忆起周涯煲的猪肚汤味道。

汤水奶白浓郁,猪肚软中带脆,虽然放了许多胡椒,但喝下肚不觉得辣,身体被熨得暖洋洋,很快会冒出汗,再来一口咸菜解腻……

口腔里自动分泌出津液，方珑不争气地吸了吸口水，点头如捣蒜："好好好，来一碗！"

周涯挑着眉戏谑道："还点上菜了呢。"

方珑也挑眉睨他："不行啊？"

"行行行，我哪敢逆你意？不给你吃，你得在地上撒泼打滚。"周涯浅笑，手指指向墙边的鱼箱，"想吃虾还是蟹？今天的虾个头够大——"

"今晚不吃海鲜了，就来一碗猪肚汤。"方珑突然还想吃一样东西，"然后，你再炒个蛋炒饭给我就行了。"

周涯顿了几秒，重复了一遍方珑的要求："蛋炒饭？"

方珑点头："对啊，不知道为什么，这两天总馋这口。"

周涯微微挑眉："行。"

不到十分钟，炒饭和汤都摆在方珑面前。

她先喝几口汤暖暖胃，再开始吃饭。

明明是好简单的蛋炒饭，方珑自己也会炒——以前周涯炒饭的时候她就在他旁边晃来晃去，步骤和调味学到足，可做出来的蛋炒饭还是和周涯的有些不同。至于具体是哪里不同，方珑也道不明。

正好店里来了客人，周涯去厨房忙了会儿，再出来时方珑已经一个人干完大半盘炒饭了。

他皱了皱眉，走过去敲了两下桌子："差不多得了，哪有人大晚上吃这么多饭？也不怕睡觉时硌胃啊？"

方珑实实在在地打了个饱嗝，把盘子往外推了推，免得自己抵不住诱惑："剩下的打包？明天我用微波炉热一热，中午能再吃一顿。"

周涯没应她，但直接端起盘子去后厨了。

这么会儿工夫，档口又来了几桌客人，店里的人一下子忙起来。

方珑这才发现，今晚张秀琴和另外一个厅面小妹都不在，阿丰身兼多职，忙得团团转。

方珑逮着机会问阿丰："怎么秀琴姐和小梅今晚没来？"

"秀琴姐人不舒服请假了，小梅不干啦。"

方珑惊讶："小梅辞职了？怎么那么突然？前些天我还看到她了啊。"

小梅之前是店里一位服务员，年纪和方珑相当，是店里一位厨师的远房表妹，平日负责传菜和清理。

阿丰叹了口气："唉，估计是觉得太累了吧。这工作不适合年轻姑娘，日夜颠倒，细碎功夫多，而且什么客人都会遇到，面皮薄一点儿都顶不住。"

方珑能明白。大排档做的都是晚上的生意，凌晨两三点都不一定能下班，食客们喝酒摇骰，二两酒入肚，说的话做的事自然都不大像样，尽管有周涯、阿丰等人帮忙盯着，但女服务员还是常常会遇到骚扰事件。

阿丰又去忙了，方珑吃着吃着，觉得一人占着一张桌子有些不好意思，喝完汤准备先溜。

忽然听到后厨传菜窗口处传来急促的叮叮声，还有周涯沙哑的叫唤声："人呢？快上菜啊！"

可阿丰和其他店员都在前头帮客人点菜，实在走不开。

今天天冷，大家都点热炒，后厨热气腾腾。

周涯颠着锅，突然听见小窗口那边有人大声问："喂，这些得送哪一桌啊？"

周涯循声看过去，是方珑。

抽油烟机的声音很大，周涯几乎用喊的："怎么是你？阿丰他们呢？"

方珑也喊："都在忙！你告诉我哪一桌就行，我来送！"

周洭沉默了几秒,才说:"椒盐油筷鱼是九号桌的,杂鱼鼎是七号桌的,两份炒素粿,分别是四号桌和一号桌的……能记得住吗?"

方珑语气轻松:"小菜一碟啦。"

周洭提醒:"杂鱼鼎很烫,你记得拿布垫着!"

方珑小声嘟囔:"啰唆。"

她来回跑了两趟,刚把那几盘菜送完,小窗的上菜铃又响了。

这次有热汤,小窗口有点儿低,周洭半弯着腰叮嘱:"汤很烫,拿稳点儿。"

"放心吧,不会给你添乱子的。"

方珑懒得拿抹布,干脆双手往袖筒里缩,直接用外套袖子垫着,捧起大碗转身走了。

周洭蹭了蹭鼻尖,回炉灶旁继续干自己的活。

方珑再送了几回菜,有客人扬手,粗声粗气地喊:"小妹!来半打啤酒!"

方珑脚步不停,声音嘹亮地应了声:"行嘞!"

她抱着六瓶啤酒过去,客人见她面生,好奇地问:"小妹,你是新来的服务员啊?还是酒促?"

方珑熟练地开瓶,笑笑说:"都不是,阿哑是我哥。"

"哦!原来是老板家属。"客人又问,"小妹今年多大啦?"

正好有别的客人招手唤她,方珑没回答他,帮忙开了最后一个酒瓶,丢下一句"慢用",去招呼别人了。

越夜客人越多,阿丰见方珑下场帮忙,一开始多少有些不好意思,会赶紧过去帮她忙,后面他自己也忙得飞起,是真顾不上了。

本来以为挺娇气的一小祖宗,干起活来倒变了个样子,见她游刃有余地游走在每桌客人之间,不怕脏不怕烫,阿丰也稍微安下了心。

方珑知道大排档的活不简单,但只有真正经手,才知道到底有多琐碎。

陀螺似的忙了不知多久,她终于有空喘口气,在角落的塑料凳坐下。

只可惜屁股还没坐热,又有客人结账欲走,方珑起身,走去传菜窗那儿准备拿厨余桶来收桌子。

有人比她快了一步。周涯拎起厨余桶,目光从方珑沾了油渍的衣服袖口一掠而过,说:"剩下的我来就行,你先回家吧。"

"没事,我看你这儿今晚人手不足,就帮帮你吧。"方珑语气中有种大发慈悲感。

阿丰路过,竟也能没头没脑地插上一嘴:"刚才真有些忙不过来,谢谢小祖宗您的帮忙啊!"

方珑道:"客气,客气。"

周涯没接话,拎着桶去收拾杯盘狼藉。

刚腾出来的空桌很快被新的客人占上位,阿丰去招呼记菜,方珑从消毒柜里取出餐具,给客人一一摆上。

这组客人比较讲究,自带两包菊普茶,让方珑帮忙泡壶茶。

方珑不知道茶壶放在哪里,走到杂物间,瞧见周涯在里头,背对着门,窸窸窣窣不知在找什么。

"周涯。"方珑尽量让自己的语气声线还像往常一样,"有客人要泡茶,我找不到能用的茶壶。"

周涯侧过身,手里拈着两块花布料,想了想,说:"在热水机旁边的柜子里,有可以泡大壶茶用的茶壶。"

方珑说"好",转身要走。

周涯及时开口唤住她。

他把手里的布递过去:"虽然拆了包装,但是是新的,先凑合着用。"

方珑接过来抖开。原来是袖套,洗碗用的那种,白底小碎花,不知在角落里被遗忘了多久,折痕明显,还有些泛黄。但确实是新的,布料没有下过水的痕迹。

方珑一时没反应过来:"给我这个干吗?"

周涯眼帘半耷,垂眸盯着她的袖口看:"袖子都脏了。"

方珑怔住,抬起手,往前凑了凑才看清,袖子上还真沾了些油渍。

她的外套是黑灰色的,袖子也是深色的,其实污渍并不明显。

周涯却能看到。

她心跳无端变快,也不走了,站在杂物间门口挡着路。

本来她想调侃几句,像常用的"你年纪是大了点儿但眼力还行",话都滚到舌尖了,蓦然转了个弯。

"周涯,"方珑勾了下嘴角,但眼神挺认真,"你为什么总对我这么好啊?"

周围嘈杂,杯盘当啷响,划拳声此起彼伏。

杂物间这边却很安静,门里门外的两人你看着我,我看着你。

半晌,周涯用看傻子的目光睇她:"原来你也知道我对你好啊?我以为你就是只小白眼狼,成天没心没肺的。"

他大大方方地承认:"好歹兄妹一场,对你好也是应该的,我答应过我妈会照顾你。"

方珑其实一开口就后悔了。

瞧瞧她问的这是什么问题!

周涯的回答,她觉得很合理、很正常,但不知道为什么,心脏无端地有点儿难受,仿佛成了水果摊上的一颗苹果,被谁经过的时候,悄悄地掐了一把。

她干笑了两声:"哈哈,我开玩笑的,你干吗这么认真回答啊?"

说完她找了个借口,离开了杂物间。

方珑没再回头,所以她也没能看到,在她转身的那一瞬间,周涯嘴角微扬的弧度立刻扯了下来。乌云汹涌袭来,掩去他眼里的所有光芒。

当晚的猪肚汤周涯特意留了一些,收店后煮了锅粿条汤当员工餐,方珑也留下来分了一小碗。

得知方珑最近在找工作,阿丰猛地一拍大腿:"这不刚好?我们缺人,小祖宗你缺工作,那你正好来店里帮帮忙,让哑哥给你发工资!"

其他员工也赞同,纷纷附和。

"原来以为你是十指不沾阳春水的大小姐,没想到挺能干的。"

"对啊,应付客人也挺有一套的,小姑娘做这行得面皮厚点儿才行,没那么容易让客人带着跑。"

"而且还勤快、不怕脏,干脆真的来店里干吧,有你哥看着,也不会遭人欺负。"

男人们七嘴八舌,周涯重叩几下桌子,浓眉紧皱:"一个个大老爷们,话怎么那么碎啊?赶紧吃完收铺了。"

阿丰提醒周涯:"接下来越来越多人返乡,生意也会越来越好。我们一时半会儿肯定请不到人的,而且请了新人,还得花时间教他。我看小祖宗挺行,至少菜式她都懂,就算让她来负责招待和记菜,估计都没问题的。"

周涯抓了一把今天刚炒的花生在手上,慢条斯理地嚼:"我们这庙小,供不起一尊大佛。"

方珑一直没怎么出声,在小脑袋瓜里盘算了许久,忽然开口问:"那工资多少啊?"

阿丰眼睛一亮,忙道:"像小梅那样子的话两千一个月,包吃,周一店休。"

方珑眨眨眼，没想到一家大排档的服务员，工资比她在超市时高出那么多。

"长假虽然只能休一两天，但工资会翻倍哦！"阿丰继续游说着，突然膝盖被踹了一脚，疼得他差点儿把嘴里的东西全喷出来。

周洭冷眸瞪他："吃饱了是吧？吃饱了就去洗地板。"

"我可以来店里干。"方珑笑着，可爱的虎牙露出来，"反正春节前我肯定是找不到工作了，就来帮你们渡过难关吧。"

她的人生原则之一，是不能跟钱过不去。有工作，有钱，她才有安全感。

周洭丢了最后一颗花生进嘴里，毫不客气地说："话说反了吧？有你在店里说不定才是难关。"

方珑就坐周洭旁边的位子，习惯性地给了他一肘子，没好气道："周洭，你是不是炒菜炒多了，猪油糊了眼啊？你问问大伙儿，我今晚的表现怎么样？没一百分也能拿个八十分吧？"

阿丰直点头："八十分少了，能拿九十九分。"

方珑笑："少一分去哪儿啦？"

阿丰说："怕你骄傲！"

"哈哈——"

众人皆笑，只有周洭不是滋味。

方珑见他闷闷不乐，抬肘又撞了他一下，戏谑道："怎么说啊？周老板。难得我这尊大佛不嫌弃你的小庙，请我呗？稳赚不亏。"

周洭没同意，也没反对，拍拍手上的盐粒，站起身时动静很大。

"随便你。"他闷声说道。

于是方珑就风风火火地上岗了。

马慧敏还挺赞成她去大排档帮忙的："好啊，在自己家里的店干活，不用总看别人的脸色！"

方珑瞥一眼周涯，撇着嘴说："那可不一定……"

周涯眼睛斜过去，淡声问道："什么意思？"

"呵呵。"方珑皮笑肉不笑，"哪有什么意思，别多想。"

马慧敏交代周涯："多照顾珑珑啊，别让她太累、太辛苦，做做晚市就行了，别跟着你熬到半夜一两点。"

周涯嗤笑，自嘲道："怎么我觉得我这是搬石头砸自己脚？"

方珑倒是不怕累不怕苦，只要周涯给足工资就行。

因为张秀琴生病请了几天假，所以前几天方珑稍微忙了点儿，有人听说大排档来了位漂亮小妹，还专程跑来店里吃饭。

阿丰总会在适当的时候跳出来，提醒客人这位漂亮小妹是老板的家属。知道有这层关系在，大家开玩笑时也稍微客气一些，没往有颜色的地方带。

突然有一晚，方珑接到了精品店老板娘的电话，对方同她道了歉。

方珑有些讶异，老板娘说："莹姐那事就是摆了个大乌龙，休息室那储物柜用的时间太久，隔板有缝隙，那金链子卡在不起眼的角落了。"

但老板娘也没问她还愿不愿意回精品店工作，只让她找个时间来精品店，把那个礼拜的工资结了。

方珑心中有数，没再多问，隔天白天去店里领取了两百块钱的薪酬，跟老板娘道了别。至于其他同事，方珑连看都没看她们一眼，径直离开了精品店。

张秀琴病愈后来上班，见到方珑惊讶不已。

晚饭高峰期过去后，她找了个空当，趁着周涯在档口前休息的时候走到他身旁，说她老家有一堂妹刚职高毕业，想来庵镇投靠她。

"本来小梅走了，我想让我那堂妹来试试看的，没想到……"

张秀琴回头瞄一眼，方珑正和阿丰坐在一块儿，两人看一本杂志，时不时大声讲、小声笑。她收回目光，继续说："没想到方珑会来店里帮忙。这厅面的活可不简单，她做不来的吧？"

周涯望着对面街的路灯，言简意赅道："她做得还行，没拖后腿。"

张秀琴一噎，嘴角笑容微僵："但她应该只是这段时间来帮帮忙，没法干长久的吧？"

周涯声音低哑："不知道。"

身后的那两人又在嘻嘻哈哈，周涯心生烦躁，含糊骂了句："笑什么笑！"

张秀琴没听清："啊？"

周涯沉默了一会儿才说："年后让你堂妹来试试看，合适就留下。"

张秀琴眉毛扬起来，开心地点头。

那边，方珑的注意力总让不远处的男女吸引过去。

方珑听不见周涯和张秀琴在聊什么，只觉得他们站得很近，两人的背影被暖黄灯光温柔包围着，很温馨。男的宽肩窄腰，女的身材窈窕，站在一块儿，还挺像一对……

阿丰察觉到她的视线，循着望过去，忽然冒出一句："话说，以后说不定你要喊秀琴姐一声'嫂子'呢。"

方珑倒吸一口凉气，双眼睁得又大又圆，声音压低，但语气很激动："她……她……她和周涯？"

阿丰挤眉弄眼地笑："秀琴姐喜欢你哥啊，这事大伙儿都知道，虽然你哥没明讲，但我觉得是迟早的事吧。"

方珑不知不觉地松了口气，甩一个眼刀给阿丰："你别瞎造谣好吧？"

"别冤枉我啊，这不叫造谣，这叫预测。"阿丰食指搓拇指，做了个数钱的手势，"要不我们来开个赌局？"

"赌什么？"

"赌你以后用不用喊秀琴姐一声'嫂子'咯。"

方珑胸腔又鼓又胀，闷闷的，好像装了几块石头。

她不想继续这个话题，丢下一句"赌你个大头鬼"，起身去干活。

几天工夫，方珑已经习惯了大排档琐细烦杂的工作，和档口员工们相处得也不错。

偶尔有稍微难缠一点儿的客人，她四两拨千斤便能应付过去。

她每天最期待的是晚上的两顿员工餐，丰盛得让人发指，尤其晚市前的那一顿，六菜一汤，有鱼有肉，偶尔还会出现龙虾和鲍鱼。

方珑边吃边想，周涯这样真能赚到钱吗？

她骑摩托车上班，周涯也是，收铺后，两人同一条路回家。

一般她在前面，周涯跟在后头。从后视镜里，她总能看见周涯的摩托车头灯，还有在黑夜里一闪一灭的猩红火星。

灯光很亮，像海那边的灯塔一样。

这个冬天不怎么见得到阳光，小城像被裹在一床半湿的棉被里，冻得马慧敏白天在家都得开油汀取暖器。

这天难得出了太阳，马慧敏急忙给林恬打了个电话，想跟任家借天台晒晒被子。

林恬当然没问题："阿姨你随时上来，天台门我给你开着。"

她考虑了一下，又说："要不你等等我，我下来帮你拿被子吧？"

马慧敏忙道："不用不用！千万不用！你这时候得少做点儿粗重活，我自己拿上来就好啦！"

早上十点，周涯去买菜，方珑还没起，马慧敏先去周涯房间，捧着他和自己的被子上楼，至于方珑的，马慧敏打算等她睡醒了，再拿她的上楼晒。

三楼到六楼，也就三层楼，不过马慧敏捧着两床被子，还是费了些体力。晒完被子，马慧敏下楼，快到五楼的时候，膝盖一发软，竟失足从楼梯上摔了下去。

周涯买完菜，面包车往大排档开，手机响了，他拿起来一看，是方珑。

他按了接听键，一声"喂"还没出口，话筒那边的人已经大喊："周涯，大姨摔倒了！她……她……她现在站不起来！我不敢，不敢乱动她！你快回来！"

周涯蓦地咬紧后槽牙，往左猛打方向盘。

这弯转得太急，车后一袋袋肉或菜，顺着惯性往一旁倾斜。

周涯一边掉头往家里开，一边稳住情绪，向方珑询问马慧敏现在的状况。

方珑刚才是被门铃声叫醒的，摁铃的林恬语气很慌张，告知她马慧敏摔倒的事。

她从床上蹦起来，不顾自己蓬头垢面，急忙往上跑。

马慧敏被楼梯边角撞到了尾椎骨头，全身使不上力，其他地方倒是没有什么不适。

周涯赶到家里的时候，五楼楼道里站满了街坊邻居，而马慧敏在方珑的搀扶下，已经可以站起身了。

有邻居喊："阿哑回来了！"

大家给周涯让出条道，马慧敏刚疼得满头冷汗，这会儿嘴角却还能挂上笑，对儿子说："哎哟，你回来干吗？就是摔了一下，没什么大碍……"

方珑神情罕见地严肃:"什么叫没什么大碍?你刚才站都站不起来!"

周淮把身上的皮衣外套脱下来,递给方珑,背过身准备背起母亲,直截了当地说:"我送你去医院。"

马慧敏睁大眼,连连摇头:"就摔了一下,在家擦擦跌打酒就好了呀,何必去医院?"

"必须去。"周淮不跟她讨价还价。

林恬也在楼道里,还有其他邻居,都劝马慧敏得去医院看看。

老太太是害怕去医院的,总觉得自己只要踏进医院,就会无端地确诊出这个或那个病症。

可儿子的态度很坚决,马慧敏没辙,最终还是趴上周淮的背。

"我,我也要去医院!"方珑抱紧周淮的皮衣,疾步跟着他下楼。

"你先回去换衣服。"周淮走得挺快,但每一步都很稳,气息平稳,"脚不觉得冷啊?"

方珑这才想起来,自己着急出门,身上还穿着充当睡裙的宽松T恤,连裤子都没套上,一双膝盖冷冰冰的。

马慧敏抬头冲她喊:"珑珑,你不用去!才多大的事啊,我过会儿就回来啦!"

"不行,我得跟着!"方珑坚持要去,扒着楼梯把手往下喊,"周淮,你用车送大姨先去医院,我换完衣服自个儿骑车过去!"

说这么几句话的工夫,周淮已经快到三楼了。他抬眼,点了点头。

方珑赶紧回了家,洗漱换衣,抓了摩托车钥匙跑出门。

隔壁街就有一家医院,不是特别远,方珑骑车往那儿赶的途中,脑海里蓦地跳出好几个画面。

一闪而过,像蝴蝶扇动翅膀那么快,但方珑还是捕捉到了。

记忆中的画面里，趴在周涯背上的那个人，是她。

马慧敏拍了片子，尾骨没有骨折，医生让她回家休息静养，这几天先观察情况。

"哼，我都说没多大事，不用来医院……"马慧敏屁股疼，没法像平时那样坐着，得稍微侧着身，避开疼痛处。

她闷声道："看吧，医生还不是让我回家擦药，多休息少劳累就行了？"

"哎呀，你这个年纪摔到尾骨，问题可大可小，当然要给医生看看。"方珑撇着嘴念叨，"还有，你要晒被子，怎么不喊我帮忙啊？"

"你昨晚睡那么晚，想让你多睡一会儿。"马慧敏揉了两下泛酸的膝盖，叹道，"大姨这副老骨头真是不行了，整天不是这里疼就是那里酸……也不知道还能不能看着你俩……"

闻言，方珑头皮一麻。

这句话马慧敏可没少说，方珑很清楚后头会接着什么，无非是马慧敏觉得自己时日不多了，怕没法见到她和周涯各自成家，怕没法抱到孙子或孙女……

她赶紧打断马慧敏的话："呸呸呸！打住！不许说！"

周涯去付钱拿药了，所以马慧敏可以趁着他不在身边多说几句。

这会儿马慧敏再回想刚才从楼梯摔下来的瞬间，多少有些后怕了，无端悲从中来，她的话没被方珑打断，她反而还握住方珑的手，在方珑手背上拍了拍："珑珑你还年轻，人又长得漂亮，大姨是不担心的，但是周涯都已经快三十岁了！都说'三十而立'，要是当年他没跟可芸分手的话，大姨这会儿估计都能当奶奶啦……"

方珑顿住，有股气在胸腔里乱窜。

她微微皱眉，左右环顾，不见周涯的身影，才压低声音问马慧敏："大姨，那时候周涯为什么会和可芸姐分手啊？"

马慧敏说："还能是为什么？是我和你姨丈拖累他了呗。"

镇医院不大，好几个科室都在同一楼层，候诊区有几个小娃娃正把长椅当道具，玩起了捉迷藏。

马慧敏一直盯着孩子们看，语气遗憾："那会儿周涯的储蓄都花在我俩身上了，可芸的家里人觉得周涯太穷了，不乐意他们继续在一块儿。"

"就因为钱的事啊？"

"对啊，要不还能因为什么？"马慧敏疑惑地看向她。

方珑抿紧嘴唇，嚓了声。

几年前，也就是曾可芸和周涯分手没多久之后，方珑在超市里遇到来买东西的曾可芸。

她和曾可芸虽谈不上能手牵手一起逛街，但见面打声招呼，或坐下来聊聊天还是没问题的，那天她趁着没别的客人，拉着曾可芸聊了几句。

方珑还记得，那时候曾可芸说，她和周涯分手，是因为周涯的心思不在她身上。

当时方珑义愤填膺，还替曾可芸骂周涯，说他表面上装得一副好有原则的样子，原来不过是颗烂了的大西瓜，一肚子坏水！

周涯刚从药房窗口拿到马慧敏的药，鼻子一痒，没忍住，猛地别开脸打了个喷嚏。

他正想扯起袖子随意擦擦，旁边有人递过来一张纸巾："用这个吧。"

看着站在面前的曾可芸，周涯怔了片刻，才接过纸巾："谢谢。"

曾可芸浅浅笑着，瞥见周涯手里拎着的X光片袋子，问："你来拍片？哪里受伤了啊？"

"不是我，是我妈今早摔了一跤。"周涯把纸团揣进裤袋里，垂眸瞄一眼曾可芸隆起的小腹，很快移开目光。

曾可芸问："阿姨没事吧？"

周涯很客气："你有心了，无大碍。"

"那就好。"

对话就这么停住了，两人站着有点儿挡住别人的路，周涯先迈腿，往旁边走了几步，曾可芸转身跟上，他停，她便停。

没等到周涯问起，曾可芸抢先解释："我来产检的，还有半个月就到预产期了。"

周涯这次回答得很快："嗯，恭喜你。"

和他分手后不到半年，曾可芸结婚了。

结婚对象比曾可芸大了七八岁，家里做茶叶生意，除了在镇上最高档的酒楼设了喜宴，还回男方村里，在祠堂门口摆了几十桌流水席，一时风光无两。

周涯没收到喜帖，但收到了曾可芸发来的短信，说她要结婚了，周涯托去吃席的朋友包了个红包给曾可芸，在那之后，没再跟她联系过。

只不过小镇很小，抬头不见低头见，像这样的偶遇无法避免，再见曾可芸，周涯的内心平静得好似无风吹过的湖面。

曾可芸不经意地摸着圆鼓鼓的肚子，笑着问："你呢？什么时候结婚啊？我好还个人情红包给你。"

"早着呢，八字都还没一撇。"

"那你还不抓紧啊？过完春节，你都三十岁了。"曾可芸说完又摇摇头，"不对，这边都算虚岁，你早三十岁啦。"

"怎么你也加入催婚行列了？"周涯弯起嘴角笑了笑，"女朋友都还没有呢。"

曾可芸微微睁大眼，有些惊讶。

周涯是个好人，但他不是一个柔软的人。和周涯交往的那段时间，曾可芸总觉得他像块石头，躁起来的时候像在火里烤红的石头，冷下来的时候像丢在冰水里的石头。

他不常笑，常冷着张脸，因为嗓子的关系，他也不爱说话。

但眼前的周涯和曾可芸记忆里的周涯有些差别，他柔软了许多。

曾可芸敛了些笑，有些话已经到嘴边了，到底是觉得不合时宜，最终什么都没说。

周涯没再继续这个话题，左右看了眼附近，问她："你一个人来产检？"

"我妈陪我来的。"曾可芸缓了几秒，继续说，"本来我俩准备回去了，我隔老远瞧见你，想着还是得过来跟你打声招呼。"

"行，你替我给阿姨带声好。"周涯提起手里的袋子扬了扬，"我也得回去了，我妈和方珑还在那边等着。"

"啊，你妹也来啦？那你快去吧。"

周涯点了点头："走了。"

曾可芸在原地站了会儿，直到看不见男人高挑的身影了，才转身离开。

她护着肚子，避开人群，慢慢走出医院大门，走到路边。有几个摩托佬和出租车司机在大声吆喝，曾可芸找了辆出租车，谈好了价格，上了车。

自从第一次做B超之后，丈夫和婆家对她的态度就冷淡了许多，就连自己的母亲都劝她要不这一胎就算了，下一胎再努力。

那时候曾可芸如坠冰窖，一瞬间便看明白了她这趟婚姻的尽头。

这好像就是许多乡镇女孩的命。

从小就要学会烦琐的步骤,每个初一、十五都要烧纸拜拜;不用成绩太好,反正读完职高之后要么去大城市打工,要么就找个有些家底的男人赶紧嫁了;收下的彩礼是一分都没碰着,那可是留给弟弟的"老婆本";结了婚得三年抱俩,最好第一胎就是男娃,第一胎不是的话,就接着生,一直生到男娃为止……

望着灰扑扑的天、灰扑扑的街,曾可芸觉得自己也是灰扑扑的。

肚子里的小娃娃在动,她轻轻抚摸,忽然有些绝望。

她觉得这个即将到来的小生命,和这个小镇一样,都是灰扑扑的。

周涯回去接马慧敏,还想像刚才那样背她去取车,马慧敏不依,觉得丢脸,在方珑的搀扶下,一脚深一脚浅地走到停车场。

周涯的面包车改装过,后头还放着食材,前头只能坐两个人。

扶马慧敏上车后,方珑对周涯说:"你先送大姨回去,我去买点儿东西。"

周涯问她:"买什么?"

"待会儿你就知道了。"方珑挥挥手,往自己的摩托车跑去。

开车回家的路上,周涯忽然觉得是该多买一辆家用轿车了。

小镇路窄,老区更是如此,开车远不如骑摩托车来得方便,停车也麻烦,所以周涯一直没想多添一辆代步小车。

目前这辆面包车只适合买菜搬货的时候用,载多一人还得自带一张小板凳坐在后头,想带马慧敏和那伙出去玩两天都不行。

他和方珑是前后脚回的家,方珑把刚在医院旁的小超市里买的用品拿给马慧敏,一样一样仔细介绍:"大姨,这个坐圈你这段时间在客厅追剧的时候可以用上,坐着屁股没那么疼。还有我给你挑的这个拐杖,你试试看,我刚一根根试过,这根很轻,但结实,这几天你去哪儿都得用它啊。"

马慧敏自然感动，心中感慨万千："我们珑珑真是长大了，都会照顾人了，谢谢你啊。"

突如其来的道谢让方珑有些赧然，努着嘴嘀咕："哎呀，你跟我客气什么……"

周涯打了条热毛巾，拿过来给马慧敏擦脸擦手，睇一眼那两样小物件，嘴角已经不知不觉地勾起弧线，调侃道："妈，别夸她，这人不经夸，一夸得飘到天上去了。"

方珑狠瞪他："闭嘴吧你！"

来回跑一趟医院，再安顿好马慧敏，已经将近午后两点了。周涯的肚子咕噜直叫，这才想起大伙儿还没吃午饭，赶紧往厨房走，想随便煮个面，大家将就吃两口。

没料到厨房里已经有人了。

方珑站在炉灶前，手执煮面用的长竹筷，正往锅里搅着，荡起一阵一阵袅袅白烟。

她侧对着厨房门口，毛衣袖子卷到手肘处，束起的头发让一截雪白脖颈露出来，正午的阳光轻轻熨上去，连脖子上的绒毛都能看得清清楚楚。

周涯脚步放缓，隔着一段距离，看着那被白蒙蒙水汽包裹住的人。

平静如镜的湖面，轻轻松松被她搅出一圈圈涟漪，在周涯的胸腔里撞来撞去。

方珑夹起一根面条，心急想尝软硬，嘟嘴才吹了两下，就想往口里送。

身后忽然响起一道低沉的声音："小心烫死你。"

方珑吓得手一抖，面条又掉进滚汤里。她猛回头，甩了周涯一个眼刀："烫死是没有，但要被你吓死！"

"你胆儿可没那么小,比我拳头都大。"周涯走近两步,举高手摁开抽油烟机,"这顿你煮?"

"嗯,就煮个面。"方珑没吃早饭,早就饿了,见周涯在马慧敏房间里倒腾,她便想着简单做点儿吃的。

牛腩高汤是周涯之前煮好,再分装成一袋袋冻在冰箱里的,加点儿水,解冻煮化就可以下面条了,她还放了牛肉丸和软烂的牛腩块。

面条差不多软了,方珑撇干净锅缘的沫儿,再丢进去一把洗好的生菜,关了火。

"我来。"周涯言简意赅,从她手里接过筷子,拿起旁边的大瓷碗,很快捞起一碗又一碗。

方珑把袖子放下来,又想当作防烫手套来捧面碗。

周涯白她一眼,语气嫌弃:"你这件是毛衣,沾上油了我很难给你洗的。"

方珑撇撇嘴:"谁用你洗?我每次都想自己洗来着,但你每次都偷偷帮我把衣服洗了。"

周涯顿了顿,下一秒说话竟磕巴起来:"没……没有……不是,我没有……"

方珑不管他,捧着面碗往外走,丢下一句:"喊,敢做不敢认啊你。"

抽油烟机的声音很响,可周涯仍能清楚听见她轻飘飘的这句话。

阳光暖和,水汽蒸腾,周涯屈指蹭了蹭眉骨,发现自己热得流了汗。

Chapter 05

摇摇欲坠的墙

临近春节,出外打工的人逐渐回流,小镇街上出现少有的车水马龙的景象,街铺张灯结彩,节日气氛一天比一天浓。

大排档生意好得不行,每天傍晚还没开始营业,就已经有客人上门。

还多了不少外地的游客。

方珑不解,不明白怎么会有人愿意驱车几十公里甚至上百公里,专程来这犄角旮旯的小镇吃一顿夜宵。后来听好几个客人说,他们是从博客上看到一位旅游博主发的日记,专门找过来的。

周涯刚忙完晚市,从后厨出来,见方珑和店里的人围坐在平时喝茶的桌子旁,一群人聊着这件事聊得挺兴奋,他便凑过去瞧一眼。

有人给周涯让了个位子,他坐下,插上话:"博客?不就是写日记的地方?"

方珑正搜着客人说的那位博主,闻言有些讶异:"你居然还知道博客?"

她知道周涯连QQ空间都不用,这样的"老古董"居然知道博客?

"'居然'是什么意思?被你说得我好像就要进棺材一样……"周涯白了方珑一眼,伸手在她面前勾了勾,"给我看看。"

方珑撇撇嘴，把手机递给他。

这位博主看起来小有名气，每一篇日记的阅读数和评论数都很多，他们途经庵镇，路上随意问了几个路人，路人们不约而同地都同他们推荐了"阿哑"。本来博主对这种小镇大排档的出品不抱太大期待，结果"阿哑"却成了他们此行最喜欢的餐馆。

日记中图文并茂，博主认认真真地给每道菜都写上点评，把大排档夸得天上有地下无，还附上了"阿哑"的具体地址，让网友们路过庵镇的话，一定要去试试看。

"哥，我们在美食网站上的评价也很不错，都夸我们味道好、分量足、价格低！"

阿丰把自己的手机也递给周涯，显摆道："你看，你看，我们是整个庵镇的餐馆里头分数最高的，别的大排档……老罗家、亚强家，这上面都有，但评价都不如我们。"

另一个店员咧着嘴笑："那几家哪能比得上我们家？老罗家的海鲜不够新鲜，亚强家喜欢看人下菜碟，细弟家就更不用提了，自从换了后厨班底，口味就越来越差，没几个人说好吃，能挨到现在都算大家给老铺面子——"

"好了好了，干好我们自己的活就行，别人的事少管。"周涯打断他们，二指合拢，在桌面上敲打了两下，提醒大伙儿，"有些话你们在私底下偶尔说说就算了，在外头就管好自己的嘴巴，别什么话都往外蹦，清楚没？"

阿丰有点儿得意忘形，跷着二郎腿说："我们说的也是事实啊，可没污蔑他们，哪像某些店，因为我们生意红火，就在外头编派我们，往我们身上泼脏水。"

方珑眨眨眼，睇向阿丰："有人说我们坏话吗？"

"对啊，小祖宗，你不知道，我们一步步走到今天有多不容易，呜呜呜……"阿丰戏瘾上来了,佯装悲伤擦泪。

有客人来了,周涯站起身,冲阿丰的后脑勺打了一巴掌:"戏真多……干活吧你。"

"哎哟!疼!"

"哈哈哈——"

晚上回家,周涯像平日一样,待方珑用完浴室,他才去洗澡。

洗衣机里的衣服得洗大半个小时,他擦着头发回了房间。

半阖房门,他倚着床头坐着,摸来手机,打开浏览器。他搜了搜,找到方珑他们今晚提起的那个博主,刚才他看得潦草,这次认真地看完了整篇日记。

"写得倒挺实在。"他的嘴角不知不觉扬起了笑。

看完后,周涯没关掉网页,在搜索栏里熟门熟路地打入一个账号名。网页一跳,进了方珑的博客——这是他之前有一次跟方珑借了电脑办点儿事,无意间看到的。

方珑一般三四天更新一次日记,写写平日发生的小事,骂骂遇到的不顺,偶尔发发照片,有的时候也会用某首歌的歌词来代表那一天她的心情。

周涯自认是一个挺无趣的人,生活几乎被家庭和生意占满,明明岁数也不算太大,但年轻人喜欢的那些消遣他都不喜欢,上网除了看看社会新闻,就是泡在方珑的博客里了。

在这里,他能得知方珑的喜怒哀乐,当然,方珑以前和男生交往时更新的那些恋爱日记,每次都会让他难受好一阵子。

分手后,方珑会把那些日记和照片都删干净,他才舒坦一些。

周涯看了一会儿,听见外头洗衣机的声音停了,便放下手机,走去阳台把衣服晾了。

随后检查门窗都关紧了，他才回房间准备睡下。

临睡前，周涯又看了一眼方珑的博客，意外的是，她在五分钟前更新了。

周涯摁了几下按钮，点进去浏览最新的这篇日记。

方珑发了好几张照片，拍的都是她的电脑屏幕画面。

是上次周涯让秦百乐替他预装的那个游戏。

方珑的文字看上去挺开心的：最后一关也太难了吧！僵尸王好难打啊！但是我终于过关啦！植物们万岁！

周涯笑了笑，看来他得去问问秦百乐，最近还有什么电脑游戏受欢迎才行了。

还有一天就到除夕。

除夕到大年初三大排档是不营业的，于是这天傍晚，周涯做了一大桌子菜，当作是提前的员工年夜饭，大家欢欢喜喜地吃完，准备站好最后一天岗。

晚市很快过去，到了夜宵时段，门庭若市，店里所有备用的折叠桌都用上了，骑楼下和店里都坐满人。

喝酒的客人多，方珑来来回回地跑，总有客人想拉她喝一杯，她嘻嘻笑着拿周涯当挡箭牌，说"我哥不让我喝酒"。

其中一桌客人很面生。四个男人，胯大腰圆，满脸横肉，说着非本地口音的方言，摇骰子的声响很大，嘴里也没几个干净的词，一看就不是善茬。

阿丰找了个机会，小声提醒方珑："小祖宗，这一桌我来负责就好，你离他们远点儿。"

方珑明白阿丰的意思，点点头："知道啦，谢谢你。"

阿丰倒赧然起来，挠了把后脑勺："客气啥！"

这桌客人自个儿带了酒,很快四人喝完一瓶洋酒、两瓶白酒,见没酒了,一个光头男举起手左右挥动:"喂!服务员!"

方珑离这桌最近,恰好刚送完菜,手上没别的工作。她没有立刻应答,犹豫片刻,本想找阿丰或其他员工帮忙,可大家都在忙。

但也就这么几秒钟工夫,那光头男已经不耐烦,直盯着方珑喊:"这儿呢!喂,聋了是吗?"

方珑陡然生起一股无名火。

来"阿哑"的这段时间,虽然她也遇过不少酒醉的客人,但像这么不尊重人的客人,她还是头一回遇见。

她压下火气走过去,竭力忽视几人肆无忌惮的打量,耐着性子问:"几位大哥需要什么?"

光头睨她一眼:"有什么啤酒?"

"Z牌啤酒。"

"烂酒……"光头男不屑道,"只有这个了?"

"对,啤酒只有这个牌子的。"

"那行吧,拿一打过来。"

方珑提了一篮子酒过来,放下就想走,光头男不乐意了,嚷嚷着:"怎么回事?第一天出来做啊?不知道要帮客人开酒?"

他说的话明显意有所指,同桌另外三个男的都笑出声。

方珑没忍住性子,翻了个白眼,刚好在眼角余光里看见,档口前头的张秀琴望了过来,但对方很快又回过头去招呼其他客人。

方珑想着速战速决,黑着脸,不多话,开瓶器一卡一翘,几个瓶盖很快叮当落地。

光头男目光如鼠,从上往下,落在年轻姑娘曼妙的曲线上。他"喊"了一声,和同伴说:"这年头的小姑娘就是有个性,一个个脾气大的。"

其他男人笑声猥琐，附和道："都欠收拾。"

方珑在心里已经把他们打了一顿，但她不想给店里的人添麻烦，硬是忍住恶心，开完最后一个瓶盖。

她转身，才刚走出一步，蓦地停住。因为有人朝她的屁股打了一巴掌。

周涯左眼皮狠狠一跳，同时听到了外面的嘈杂声。

他想都没想，丢下大铁勺直接往外跑，其他厨师在后头喊他，他完全听不进去，满脑子都系挂着那个人。

餐厅中，一个光头男捂着脸骂骂咧咧，脸和衣服上全是汤汤水水，脑袋上还挂着一条咸菜。

旁边几个男的，一个蒜头鼻扶着光头男，另外两个则指着方珑大骂，还想冲上前，被阿丰和另一个男店员拦下来了。

方珑在骂人方面向来不是省油的灯，她的嗓门大得能盖过那两个男人的声音，不带重复的骂人的话噼里啪啦地往外倒。

张秀琴这时候挡在方珑面前："好了好了，方珑你先冷静下来，有话好好讲……"

方珑大喊："讲什么，他手都摸我屁股了！是不是得了帕金森控制不住手？有病就早点儿去医院！"

"你老母……"光头男在同伴的帮助下站稳，"你哪只眼看到我摸你？还有，就算摸你又怎么了？出来卖酒还把自己当盘菜，就是欠收拾！"

他气得面红耳赤，像辆坦克一样横冲直撞过来。

阿丰他们想拦都拦不住，眼看光头男就要抓住方珑，几人急得大吼大叫——

"喂！你干吗呢？！"

"方珑你快走！"

"别碰她！"

此时，周涯一个箭步向前，扯住方珑的手一下子把她拉到身后，自己往前挡住了光头男，还顺势推了他一把。

"啊！"光头男踩到地上的瓷盘，踉跄两步，滑倒了。

砰的一声巨响，光头男这次把桌子都撞歪了，桌子上的酒瓶乒乓落下。

他晕了片刻，仰头瞪着这个不知打哪儿冒出来的男人："你谁啊？"

周涯牢牢挡住方珑，太阳穴的青筋往外冒，浓眉好似两把随时准备出鞘的利刃，腾腾杀气已从他的狭长眼眸中流露出二三分。

"这家店的老板。"周涯垂眸，狠盯着光头的手看，沉声问，"你摸她了？"

有人撑腰，方珑音量更大，立刻告状："对！他摸我屁股！"

左眼皮还在跳，周涯抬手用指骨压了压，微微回头，哑声警告："你安静点儿，往后站。"

光头男站起来，嗤笑道："谁摸她？有谁看到了？"

他扭头问他的那几个同伴："你们看到我摸这女的了吗？"

几个男人自然不认，纷纷摇头："没有！"

光头男又问附近的客人："你们呢？大家看到我摸她了吗？"

这几个男人看着就不好对付，客人们哪敢蹚这趟浑水，事情发生得突然，大家也确实都没看到，于是没人回答，有的人还轻轻摇头。

光头男看回面前比他高了一个头的男人。

周涯逆着白冷灯光，眼眸很黑，绷紧的嘴角和肩膀都散着生人勿近的气息。

"你刚才说，你是这家店的老板？"光头男给同伴递了眼色，问周涯,"你姓周?"

闻言,周涯表情没怎么改变,只是沉默了几秒,才说:"对,是我。"

光头男扯起嘴角笑得猖狂:"你这儿有监控吧?要是在监控里能看到我摸她屁股,那我给她跪着道歉都行。"

阿丰气极了。档口只在酒水柜那边安了监控,而且也是防小人不防君子,平时基本只是做做样子。他正想骂那光头男摆明了就是来挑事闹事的,忽然瞥见周涯给他比了个手势。阿丰立刻会意,找准机会往店外跑。

后厨的厨师也跑出来了,甚至连洗碗阿婶都叉腰站在一旁,人数方面大排档占多数,可就谁先动手这件事,成了罗生门。

光头男的气势越来越凶:"你这个当老板的怎么管员工的?一言不合就掀盘子泼客人?我看你这店以后也别想在这里开了!"

其他男人嘴里接连骂着,而且他们像是要给光头男壮胆,竟也抓起桌上的碗盘直接往地上摔。

陶瓷破裂声刺耳,刮得方珑眼眶一阵阵发热。她突然抬手,扯住了周涯的手臂,咬牙切齿地自辩:"周涯……这次真不是我先动手……"

"我知道。"在满堂混乱中,周涯的声音低沉似水,却掷地有声,"我信你。"

加起来不过六个字,可每个字都像钟杵,重重撞在方珑胸口。

周涯轻拍一下方珑的手背,往前走两步,直接问光头男:"监控没有,你想怎么解决?"

光头男指着方珑,恶狠狠道:"叫她给我掛茶道歉。"

不用等方珑夯毛,周涯直接冷声拒绝:"没门。"

光头男没想到店老板会回绝得这么快,气得像条凸眼金鱼,腮帮子一颤一颤的："你……你……你……你说什么？"

"我说，让她斟茶道歉，没门。"周涯睥睨着光头，低哑的声音里听不出什么情绪，"不过来者是客，既然你不大满意我们的服务，那作为老板，我是该敬你一杯。"

周涯拎起篮子里还未开的啤酒，用后槽牙咬开瓶盖，一口吐远。

也不管光头男几人乐不乐意，他直接对瓶吹。

喉结不停上下滚动，周涯几口就灌下一瓶啤酒。末了，他倒扣酒瓶，只剩一两滴酒液从瓶口坠落。

光头男皮笑肉不笑的："吹一瓶就完事了？"

周涯二话不说，再拎起一瓶，咬开瓶盖。

方珑气得浑身发抖："周涯！你不要喝！"

她要冲上前，被其他员工拦住。

周涯没搭理方珑的阻止，很快喝完第二瓶。

这次没等光头男他们说话，周涯拿起第三瓶啤酒。

方珑的脑子里嗡嗡响，视线里的画面一点点泛白。光头男、阿丰、张秀琴及其他客人和员工，谁都看不见了。方珑只能看见周涯的背影，磐石一般，立在她的世界中央。

周涯喝下第三瓶，刚把啤酒瓶搁下，就听见有人大喊："哥！小心！"

余光里闪过一道亮光，周涯本能地抬起手来挡。但他的速度慢了点儿，脑袋被人从侧方砸了个啤酒瓶子。

身子晃了晃，他先是眼前一白，再有阵阵钝痛传来。

酒瓶碎成几截，玻璃碎屑飞溅，酸涩啤酒入了眼，他的眼珠刺疼难忍。

一个没完，光头男学着同伙，又抓了一个瓶子砸过来。这次周涯有了准备，稍微避了避，酒瓶直接砸在他肩膀上。

光头男把手里的啤酒瓶残骸丢到一边,语气极其恶劣:"让你嚣张!就这么个破店,老子分分钟给你们拆了!"

事发突然,在场的人都没想到光头男一伙会直接动粗。

周围的客人惊慌失措,害怕被波及,纷纷起身站远。

方珑是最先动的。她脑子里嗡的一声,像是有根弦绷断,下一秒她从地上抓了个空酒瓶,握着瓶颈,重重往桌上一敲。当啷一声脆响,玻璃瓶立刻断成两截。

尖刺铮铮,直对着光头一伙。

方珑站在周涯身前,一双黑眸淬着火含着恨,死死盯着那光头男:"你们几个再给我碰他一下试试看?"

周涯有只眼睛进了酒,睁不开,模糊不清的视线里,他只看到了方珑起伏不停的肩膀。

个子小小的,养了这么多年,怎么养都养不高……

肉都没几两,就敢站在他面前给他挡……

各种情绪汹涌袭来,周涯屈指压住额头,胸腔胀得快要炸开。

其他档口的员工也忍不了了,几个男的被怒火遮了眼,全冲过来:"你们要干什么?啊?"

甚至有位员工跑去卤味砧板那里取了把菜刀,想像方珑那样冲过去。

光头男一伙本来还想冲方珑嚷嚷,一看这阵势,不约而同都往后退了两步。

"都……"在浓烈的酒精味道里,周涯闻到了些许血腥味,他抹了把脸,大声呵斥拿菜刀的员工,"菜刀是用来做这种事的吗?给我放回去!"

员工替他感到不值:"阿哑哥,是他们欺人太甚!"

周涯一眼扫过去,毫不掩饰眼里的狠戾锋芒。

一瞬间，员工几人心里皆怵，慢慢地放下了手里的武器。

就剩方珑，她依然紧握着手里的半截啤酒瓶。

这时，从远处传来警车鸣笛声，很小，但在黑夜里听得十分清晰。

阿丰也从外头跑进来，大叫："警察来了——"

店里一地狼藉，老板一身狼狈，阿丰愣了几秒，很快反应过来，火从脚底板往上冒，冲过来就想替老板报仇："我……我跟你们拼了！"

"别冲动！"周涯冲他吼了一声。

阿丰颤了颤肩膀，看了周涯一眼，才缓慢停止动作，但红透的一双眼死死瞪着那几个男人。

光头男和另外几个男人互看一眼，撇撇下巴，撂下几句狠话，接着很默契地同时往外跑。

阿丰气不过，边追边喊："打完人就想跑？我看你们就是存心来拆场的吧！"

周涯听得头疼，对张秀琴说："去把他拉回来，车牌记下就行。"

张秀琴心有余悸，连连点头，问他："你，你怎么样了？有没有受伤？"

周涯没心情搭理她。他往前走一步，目光一直锁在方珑涨红的耳郭和眼角。

"方珑，可以了。"

周涯声音软下来，一只手握住她发颤的腕子，另一只手则缓慢地掰开她的手指。

她握啤酒瓶握得太紧，指尖已经发白，手指冰凉，周涯很耐心，不敢太急，最后总算把她手中的啤酒瓶取了下来。

"方珑，可以了。"他站得离她很近，说话时嘴唇几乎贴着她的发顶，"可以放下了。"

方珑深吸一口气，蓦然回首。她眼里像盛着一汪血，看得周涯心颤。

方珑迟迟不出声，嘴唇被她自己咬得红肿。

周涯也不开口，但虚虚圈着她手腕的那只手一直没有松开。

突然，方珑猛抓起他的手，低头张口。像只应激过度的野猫，死死咬住周涯的手臂。

"那帮人属老鼠的吧？跑得可真快……"任建白嘴里衔着烟，声音含糊不清，"不过还好你有先见之明，提前让阿丰去把他们的车牌拍下来了。放心吧，我今晚不眠不休，也给你挖出这帮人是从哪里来的。"

"抓到了又怎么样？能让我也兜头兜脸地砸两个酒瓶吗？还是能让我剁了他那只咸猪手？"方珑还在气头上，双手抱臂，扭头一直看着车窗外倒退的路灯，阴阳怪气道，"长得牛高马大有什么用？平时和我吵架打架气势倒是挺足，这会儿怎么就怂了？被人欺负成这样，连句脏话都不敢回！"

周涯坐在后排座的另一边，任由身旁的女孩骂他外强中干、无用无胆。

方珑能叽叽喳喳地骂人，总比硬憋着气、字都不蹦出一个要好得多。

警车内的空间有限，周涯得双腿敞开才坐得稍微舒服，右手则架在车门上，屈着肘，骨节分明的手指松松垂在半空。

小臂被咬的那一块肉此时仍隐隐作痛。而痛感会转化成酥麻，细细密密的，像淋了雨的爬山虎攀满他全身，快要把他的理智和意志力全部掩埋。

这样的情景任建白可没怎么见过，频频抬眸，看着后视镜里周涯吃瘪的表情，心里头直乐。

"不过妹妹啊,你哥这么做有他的理由。"任建白左手捻烟,"以前你哥和你一样是个暴脾气,搁以前,他才不会这般忍气吞声。"

周涯皱眉,瞪向前排的人:"你少说句话会死啊?"

方珑终于把头扭回来,看着他"啊"了一声:"哟,这脾气刚才是离家出走了吗?现在终于回来啦?"

周涯又不吱声了。

任建白见气氛终于轻松了一些,嘴角也提了提,继续忆当年:"你姨和姨丈当年没少被老师叫去学校,后来你哥开了店,一群人还喊他……喊他是什么'庵镇老大'!"

这称呼实在太土了,方珑忍不住笑出声,坏情绪瞬间散了不少。

周涯听不下去,别脸看向窗外。

要不是任建白还穿着警服,周涯肯定送他一脚丫。

"你哥刚开店那会儿,偶尔会有流氓或醉酒佬像今晚这样,喝着喝着一伙人就闹起来。你哥那时候太年轻,冲得很,一言不合就吵起来了,员工们也不是省油的灯,见老板都上了,自己怎么也得上啊。这不,还得靠我们民警来调解。"

指间的烟一直没收回来,任建白看了看,已经快烧到尽头。

他索性弹开烟蒂,再关上车窗,声音不再被风吹散,清晰了许多:"年纪上来了,一身硬骨头被磨得七七八八,又有了重视的人、事、物,做事自然不像小时候那样冲动了。"

方珑听到重点:"重视的人、事、物?"

"对啊,像我,现在做什么事情之前,都会先想想我老婆。你哥呢,大排档和你姨就是他的心头肉。"任建白想了想,补上一句,"还有你啊,现在你也是你哥——"

周涯忍不住了,猛抬脚往驾驶座椅背踹,打断任建白的话:"话真多。"

任建白大叫:"欸欸欸,这可是公家财产,小心我告你!"

"开快点儿,我全身都是啤酒味,臭死了。"

"真不用送你去医院看看?"

"干吗去医院?"周涯往椅背倒,闭上眼,"屁事没有。"

之后的五分钟车程里,任建白还是絮絮叨叨地说着今晚的事。

而后排坐的两人,一人闭眼小憩,一人撑颊望窗,没人再开口应过任建白的话。

任建白把两人送到巷口,掉头回派出所。

方珑走在前头,周涯跟在后面,两人脚下的影子忽远忽近。

上楼时,周涯终于开口:"方珑。"

二楼楼梯拐角的楼道灯最近坏了,楼梯间里浸满月光,方珑停下脚步,回头俯视比她低了半层楼梯的男人。

"今晚的事你别往心里去,那群人是冲我来的。"周涯一只手插着裤袋,一只手垂在身旁,因为用喉过度,声音嘶哑干涩,"不是你,也会是别的员工受骚扰,或者挑饭菜毛病,总之目的就是要我出现。"

方珑微微睁大眼睛,她没往这方面想过。

她问:"你怎么知道那群人冲你来的?"

周涯解释:"那光头男先确定我姓周,是店老板,才开始把事情闹大的。"

方珑睁大眼:"这又是为什么啊?"

周涯淡淡一笑:"小镇就那么大,生意都被我家做了,别人吃白果,自然得眼红。"

闻言,方珑又感觉到,自己的心脏被谁掐了一下,而且这次有点儿疼。

"听你这语气,还挺自豪?"方珑不自觉地抠起指甲边缘的死皮,闷声嘀咕:"所以这种事经常发生?怎么在家时没听你说起过啊?"

"这点儿破事有什么值得往家里带的?他们也没那熊胆敢把事情闹大,无非是想看我吃点儿苦头罢了。"

喉咙很干,周涯喉结滚了滚,才继续说:"苦吃了,我店照开,钱照赚。"

说最后一句话的时候,他的语气还真应了今晚光头男说的"嚣张"。

周涯不喜也不屑同行竞争,向来想着做好自己的生意就好,但他管不住别人的想法。

小镇太小,市场就这么大,一块大饼,他占的分量多了,自然会被人盯上。

最近"阿哑"的名气确实大了一些,生意也比别家红火,枪打出头鸟,周涯早就料到不会事事顺心如意。只不过,今晚方珑被牵扯进来,有那么几个瞬间,周涯很想不管不顾地冲上去,把那光头男打得满地找牙。

周涯往上走了两级台阶,看着方珑说:"还有,今晚的事别告诉我妈。"

许是月光的缘故,方珑觉得他的五官和轮廓都柔和了不少。光影的界线变得很淡很淡,像张随时能穿破的网。

她找回以往两人吵架斗嘴时的状态,刻意大笑一声:"真是风水轮流转啊,之前可都是我跟你说这句话。"

周涯浅笑:"对啊,没想到我居然有求着你别报告家长的一天。"

方珑定定看了他几秒,在心跳开始加快之前,赶紧转身,快步往上走:"行吧,以前你替我保密,现在我也替你保密一次。"

回到家,两人很默契地没有开客厅大灯,放轻手脚,直接回各自房间。

方珑先去洗澡,她没洗头,只淋了淋身子,很快回了房间,空出浴室给周涯。

周涯进了浴室,脱下衣服,背对镜子。

被酒瓶砸到的肩膀有些泛红,但没有伤口。伤口在脖侧后方的位置,不过是指甲盖那么大的划痕,现在已经止血了。不痛不痒,周涯没在意,照常洗澡。

方珑的衣服裤子都放在洗衣机里了,周涯把自己的放进去,加了洗衣粉后启动。

两人的衣服在滚筒里很快搅在一起,她的红,他的黑。

周涯浑身有点儿燥热,只穿了条运动棉裤,上半身裸着,也没擦干,在阳台抽了根烟,等水汽被夜风吹得半干才回房。

方珑的房间门关着,门缝没有光亮,他在门外呆站了几秒。到底还是没敲门。

只是一推开自己的房门,他又愣住。

他的房间只亮一盏床头小灯,薄薄一层暖黄,温柔地落在盘腿坐在他床上的女孩身上。

这个画面,跟他许多个梦里的场景一模一样,这让他一时分不清虚实。

方珑拍拍床垫,主动招呼:"愣着干吗?过来啊。"

周涯双脚像被钉在地上:"你在我房间干吗?"

方珑白他一眼,伸臂把床柜上的小药箱拿过来:"你那伤口总得处理一下。"

周涯有时候觉得自己挺贱的。

因为怕越界,总对方珑恶言恶语,恨不得把她推到十万八千里远。但当对方抛出一点儿甜头,他又像个无可救药的人,总对自己洗脑，自欺欺人地对案上神明发誓，说这是最后一次。

他反手关门，一步步走向床边，问："你怎么知道我有伤口？"

方珑咕哝："我又不瞎。"

"只一点儿破皮，不处理也没事。"嘴巴是这么说，周淮还是坐到床边，"贴个创可贴得了，我又不是你，不像你那么娇气——"

啪，方珑甩了一巴掌到他硬邦邦的肩膀上，没好气道："你这人怎么那么别扭呢？我一片好心想帮你处理伤口，你非要呛我两句心里才痛快是吧？"

周淮嘴唇抿成一道线，不吭声了。

方珑跪在他背后。灯光暗，周淮皮肤又黑，她眯着眼往前凑，寻找了好一会儿才找到那渗血的小伤口。她说："看到了，你低头。"

"好。"周淮这会儿很配合，微伏下背脊，斜歪脑袋，把伤口袒露在方珑眼中。

男人的身上散着熟悉的皂香，发根还带着湿意。

取棉签，蘸碘酒，轻涂在伤口周围。

一米二宽的加长单人床，对周淮来说仅仅够日常使用，承载两人时稍显逼仄。

应该说，整个小房间里的空气都好像变得稀薄。

气氛安静得有些诡异，他俩很少像当下这样靠得这么近。

方珑清了清喉咙，先开了口："刚才老白在车上说的事，都是真的？"

她的声音就在耳边萦绕，周淮的耳朵有点儿发痒，稍微侧了侧头，才反问她："哪些？"

"你别乱动。"方珑说，"你小时候的那些。"

周淮没开口回答，只点了点头。

任建白说的那类事情，其实在那段时间里没少发生，周淮记不清了，只知道，那时候他不反击的话，被欺负的就是他和任建白或者其他弱者。

"那群小青年混社会的，总在我们学校门口欺负小孩。老白被拉去后巷几次，后来实在没钱了，那群人就让他回家偷。"周涯语速很慢，"后来他偷钱被阿叔阿婶发现，被打了半宿，整栋楼都知道这事，我也就知道了。"

"之后你就帮他出头了？"

方珑觉得自己问了句废话，要是不出头，那就不是周涯了。

"嗯。"周涯想了想，多提一句，"这事儿你别在他面前提啊。"

"知道啦，谁都有过去。"

不知不觉，棉签多绕了许多圈，麦色的皮肤浸了碘酒，颜色更深了。

周涯有些不自在，提醒道："好了没？"

方珑"嗯"了一声，丢开棉签，习惯性地前倾凑近，对着沾满碘酒的那一处，努唇吹了吹。

浑身瞬间像过了电，周涯尾椎一麻，忙回头问："喂，怎么还吹呢？"

"哦，我习惯了这样做，以前帮我妈处理伤口的时候——"

方珑说至一半，蓦然怔住。

因为周涯转过头，两人的距离一下子缩短了许多。

唇到唇的距离不过一掌长，同样温热的呼吸糅在一块儿，越来越滚烫。

同住屋檐下这么些年，他们中间似乎总画着一条线。

年龄、称呼、家庭关系。

像相邻房间中间隔着的那道墙，像读职高她坐他摩托车时挡在两人中间的书包。

但那条线其实很模糊。

习惯、气味、喜好。

像总出现在后视镜里的车灯,像洗衣机里搅成一团的衣裤。

像现在。

仿佛被一股潮湿气流裹挟其中,方珑无法动弹。

她没敢看周涯的眼睛,目光往下,一直停在他的嘴唇处。她也知道,周涯同样在看着她的嘴唇。

频率不一的两道心跳声震耳欲聋,扑通,扑通。

门外忽然响起拖鞋趿拉的声音,门内的两人同时倒吸一口气。

周涯立即站起身,方珑则做贼心虚似的,飞快往后挪到墙边。

周涯站在门边听了片刻,用气音说:"估计起来上厕所。"

方珑点点头。

马慧敏确实是起来上厕所,过了一会儿,周涯听到马桶冲水声。接下来他只要等马慧敏回房,把小祖宗赶紧送走,锁上门,就完事。但马慧敏在他门外停下脚步,还敲了敲门:"阿涯,你这么早回来啦?"

方珑想都没多想,直接扯起周涯叠得整齐的被子盖到自己身上,像条毛毛虫,蜷在被子里。

她脑子一团乱,不明白为什么要鬼鬼祟祟地躲起来,不明白为什么心脏要蹦得那么欢。

不明白,为什么刚才有吻上周涯嘴唇的冲动。

周涯看着床上隆起的一团,烦躁地挠了把后脑勺。他一边取下挂在门后的 T 恤,一边回答:"对,妈你等一下。"

他穿好衣服,用力往下扯了扯衣摆。

周涯只拉开一半的门,没往外走,挡着母亲的视线:"妈,起来上厕所呢?"

"对啊,看你门缝有光,想着你还没睡。"马慧敏看一眼旁边的房门,"珑珑应该是睡了,你们一块儿回来的?"

"对,今晚生意好,东西早早就卖完了,就早点儿收铺。"

"那就好,明天不用早起,你俩想睡到什么时候都行。我没什么事,你快睡吧。"

"行。"

待马慧敏回房,周涯才把门轻轻阖上。

他两步走到床边,一把掀开被子,声音很低:"回去吧。"

方珑被闷得双颊泛红,呼吸急促,胸廓不停起伏:"大姨回去了?她看出来什么了不?"

周涯双手叉腰,反问:"有什么能让我妈看出来的?"

方珑躺着,视线正好对着周涯的大腿。

她无端张了张嘴,欲言又止。

周涯很快察觉她的异样,猛转过身,语气变得不耐:"快走。"

方珑也不敢再逗留,下了床,拉开门,探头探脑,见外面没人,脚底抹油地回了自己房间,药箱都忘了拿。

房间又安静下来,周涯动作不变,就这么叉着腰站了两三分钟,等情绪慢慢退潮,才脱了 T 恤,倒到床上。

他的头发还没全干,一只手屈肘压在后颈下方,刚好捂着那伤口。那儿还残存着方珑的痕迹。

忽然,他骂了自己一句,用很脏的粗话。都快三十岁的人了,怎么还跟不济事的愣头儿青一样?

此时,同样躺在床上的方珑,心跳依然飞快。她抓了抓手臂,好缓解酸酸胀胀的异样感。

他们的中间还是隔着一道墙,但摇摇欲坠。

那些说不清道不明的感情越来越多,压在两人心里,成了一块一块又聋又哑的石头。

Chapter 06

买一赠一

除夕的年夜饭，周家和往年一样是围炉，周涯从下午就开始准备，熬高汤，片鲩鱼，斩龙虾。

方珑则陪着马慧敏处理白果，为饭后甜点芋泥白果做准备。小刀剖开银杏，牙签挑去白芯，再抛进水里浸着，步骤很简单，过程很解压。

方珑很喜欢做这件事，应该说，她很喜欢大姨家过春节的这种气氛。

小时候她不记事，等到了能记事的年龄，那几个农历新年过得是一年不如一年。

没有新衣服新鞋子她都不在乎，得到的压岁钱被方德明拿去当赌资也不心疼，方珑难过的只有当别人家都在开开心心地吃年夜饭时，唯独她家冷冷清清。

刚开始的几年，马玉莲还会特地去买菜回来，做三四道菜，一家三口简单吃顿饭。但菜还没吃完，方德明就会急匆匆出门，留下她和马玉莲两人在家。

而后面那几年，马玉莲也渐渐不在家里过春节了，又或者回来一趟，给她带点儿吃的，就算年夜饭了。

"大姨，你知道吗，我有一年的年夜饭，吃的居然是汉堡和薯条。"

方珑觉得挺妙的，以前那么难过的一件事，如今她却能微笑着，看似轻松地把它说出来："那时候我们班里的同学，每个人都吃过麦记了，还有人在肯记开了生日会，就我没吃过。"

马慧敏问："麦……麦什么？"

方珑顿了顿，很快笑着说："哦，就是快餐店，我们镇上也有。"

大城市和小城市有差距，小城市和小镇有差距，庵镇没有麦记和肯记，但有山寨的快餐店。

马慧敏晓得了："哦，就是吃炸鸡汉堡的店。"

"对对对，麦记跟它差不多。我那时候也好想吃一次，没想到居然会在除夕吃到，是妈妈专门去给我买的。"方珑说着，又挑了一颗白芯出来。

有些以前总藏在心里的话，也像被那根牙签尖尖撬出来了。

"哎，你妈也真是……哪有人在大年夜里吃那玩意儿啊？"马慧敏忍不住叹了口气，"我知道她不喜欢下厨，但过年嘛，好歹煮几个热菜啊。"

方珑把最后一颗白果丢进不锈钢盆里，笑了笑，说："虽然那次的汉堡和薯条都冷掉了，但我开心得像个傻子似的。只是等到寒假结束，开学了，我回学校跟同学提起我过年时吃了麦记，同学们都觉得奇怪，我才知道，没有哪个家庭会在大年三十那一天吃快餐。"

马慧敏心疼不已，牵来她的手，拿湿毛巾仔细擦拭她的指尖，缓声安慰："都过去啦，咱们珑珑的福气在后头呢。"

方珑笑得眉眼弯弯，虎牙尖尖，她斜着身子倚过去，碰了碰马慧敏的肩膀："不用等到后头，现在就是我最有福气的时候！"

周涯手握菜刀，正片着雪白鱼肉。

他刚才已经把炉火和抽油烟机关了，整个厨房很安静，他可以把那姑娘说的每一个字都听得很清楚。听着听着，他从眉头紧锁，到不知不觉勾起嘴角笑。

冬天天黑得快,家家户户亮起灯,旧楼和旧楼之间距离很近,坐在饭厅,都能听到别人家里电视机的声音。

方珑把客厅的电视机挪了挪位置和方向,这样在饭桌打边炉的时候,他们也能看春晚。

她迫不及待地走到酒柜前,拿起玻璃杯问:"大姨,你今晚喝点儿吗?"

"喝啊,喝啊,我想喝——"马慧敏突然噤声,偷瞄一眼周涯。

周涯刚给卡式炉换了个新的燃气罐,咔嗒一声扭开开关,燃起一圈蓝色火苗。

他"呵"了一声:"今晚破例,你可以小喝一杯。"

马慧敏笑弯了眼,像小孩一样比了个剪刀手:"耶,谢谢儿子!"接着走过去和方珑一起挑酒。

瓦煲代替不锈钢锅,奶白汤水很快沸腾冒泡。

虽然饭桌旁只坐了三人,周涯又是个闷瓜,但方珑一张小嘴叽叽喳喳的能抵十个人。

春晚每个节目她都能聊上几句,桌上一直都热热闹闹的。

马慧敏一开心,多抿了两口米酒。情绪随着酒意上来,她又喜又悲,眼角逐渐湿润:"我这辈子没做过什么大事,最骄傲的,就是把你们两人都领回家里。也不知道我还能活几年,能不能看着阿哑娶媳妇,珑珑嫁得好……"

方珑忙道:"呸呸呸,大姨你是要长命百岁的人,别说这种不吉利的话啊。"

马慧敏说:"生死天注定,我从不强求的,就是希望能在走之前,看到你们都好好的……"

周涯也听不下去了:"妈,我们现在也挺好的。"

马慧敏手背拭泪，瞪他一眼："哪里好？连个女朋友都没有，整天顾着赚钱，孤家寡佬……你看看你身边的同学，看看楼上老任家，先成家后立业，你这顺序都颠倒了。"

话题兜兜转转，还是离不开周涯的感情问题。

马慧敏喝了酒，吃饱后很快困了，方珑陪着她进屋，马慧敏悄悄对她说："珑珑啊，如果你身边有合适的女孩子，就帮你哥介绍介绍呗。"

方珑不知道从什么时候开始，胸腔里像被填进一块块石头，硌得心慌。

"一直跟你很要好的那姑娘，叫……叫……"马慧敏回忆了一下，想起来了，"叫吴丹纯，我看她挺好的，又乖又漂亮——"

方珑直接打断马慧敏的话："大姨，她已经有男朋友了。"

前男友和前闺密搞在一起这种破事，方珑没跟马慧敏提过。

对家人报喜不报忧这一点，原来她和周涯也很像。

"哦，那就算啦。"

马慧敏没再继续这个话题，拉开床柜抽屉，从里面拿出两个红包，笑盈盈地递给方珑："大姨等不到十二点了，提前把红包给你，新年乖大（长辈送给小孩的寄语，祝对方新的一年多听爸妈的话，并快快长大）啊。"

方珑鼻子一酸，抿着唇接过："谢谢大姨。"

两个红包，都是大的，但一厚一薄。

马慧敏解释："厚的那个是你哥给的，他没备利是封（红包），拿了钱给我，让我替他包。"

方珑浅浅一笑："好，那我待会儿跟哥说声谢谢。"

但方珑没有和周涯当面道谢。

马慧敏在场的时候，他俩相处还能自然一些，马慧敏一不在，他们就各做各的事,尽可能地保持距离,连眼神都没有交集。心照不宣,欲盖弥彰。

没有看完春晚,方珑早早回了房间。

睡不着,她找了本小说想转移注意力,看了不知多久,窗外忽然响起炮仗蹿天的声音。一声接一声,在黑夜里砰砰开出花。

她最后还是打开QQ,给周涯发去一句:红包收到了,谢谢老板。

又一颗花火升空,手机同时嘀嘀嘀响。

方珑点开看,是周涯发来的:新年乖大。

马慧敏娘家的亲戚很少,婆家那边倒是有几个姑子。但因马慧敏无法生育又领养周涯的事,很多年前她和婆家的关系就不大好,周父去世后,她更是跟婆家断了联系。

不用四处走访友拜年,马慧敏乐得清闲,周涯也是。

不过每年的大年初一,周涯都必须去一个地方。

这天他起了个大早,天还没全亮,他开了厨房的顶灯。

周涯从冰箱里拿出昨晚提前备好的胡萝卜泥,一点儿一点儿加进面粉,把二者慢慢揉在一起。

清晨空气湿冷,但他上身仍只穿一件背心,左手扶盆,右手抓面,一抓,一按,一抓,一按,手臂用力时,青筋从皮肤下方微微鼓起。

他重复着动作,直到面团成型,颜色像夏天的枇杷。

等面团发酵的时候,他把同样提前准备好的豆沙馅拿出来,分成一份份,无需称重器,手指一掂他便知道分量足不足。

他担心吵醒马慧敏和方珑,已经尽量放轻动作,但刚想往面团里加豆沙馅的时候,他还是听到了房门打开的声音。

周涯停了动作,听着熟悉的拖鞋趿拉声越来越近。

"这么早就开始忙了?"方珑走到门口,懒懒地倚着门框。

"吵醒你了？"

"也不是，睡前水喝多了……"方珑打了个哈欠，声音也懒懒的，"你在做什么？"

"豆沙包。"

周淮朝她摊开手，掌心中央有一小颗球状面团，嫩橘色的，但和他麦色的掌心一比，竟显得颜色格外浅。

方珑眨眨眼："豆沙包？为什么是黄色的？"

周淮没回答，虚虚笼着面团，另一只手拇指往面团中间轻压，很快压出一个凹陷。

把团成团的豆沙馅推进凹陷里，虎口一收，面团便收了口。

四周安静，没人开口说话，方珑静静看着那颗面团，在周淮手中很快变得圆润光滑。

喉咙不知不觉有点儿发痒，她挠了挠脖子，看着周淮拿起案板旁的一大把牙签，松松握住，尖头对着面团，轻轻在面团上扎出浅浅的纹路。

方珑突然"啊"了一声："是'橘子'吗？"

周淮抬眸看她一眼，点头："嗯。"

他放下牙签，拿起筷子，用筷尖在面团上压出一个深一点儿的小洞，再取一根牙签，刻出"橘蒂"的花纹。

眨眼间，一颗"橘子"便栩栩如生，仅差叶子。

方珑刚想问，周淮已经先于她回答："等会儿蒸好了，再往上插树叶。"

周淮往旁边让了让，流理台上的洗菜筐里，装着清洗干净的碧绿叶子。

他拈起一片带梗绿叶，在面团上比画了一下，说："昨晚在楼下偷偷摘了一把。"

厨房的窗户不大,窗外还是昏黑一片,年前刚换了节能灯泡的厨房顶灯很亮,所以那颗橘子模样的面团,空气中飘浮的面粉颗粒,还有周涯嘴角不经意现出的笑意,方珑都看得一清二楚。

方珑呼吸微微急促起来,心跳声震耳欲聋。

"摘那么多,楼下的树都要被你薅秃了!"方珑急忙转身离开,"对了,我要上厕所,厕所……"

周涯呵笑一声,继续给面团里填豆沙馅。

方珑上完厕所,洗了洗手,自来水的冰凉让她打了个冷战,睡意也被赶跑不少。

她本来想直接回房间,可双脚好像不受控制,又朝厨房走了过去。

周涯听到声响,头都没回,说:"你回去睡吧。"

方珑还是站在厨房门口:"你得做多少个豆沙包啊?"

"四五十个吧。"

周涯动作很快,没一会儿,案板上已经排好一列面团,只不过还没做纹路。

他说:"这包子没多大,孩子们一口就能吃完,也就是意思意思应个节。"

方珑背着手,往前走了两步:"你对孩子们还真上心。"

周涯斜睨她一眼,一句"我对某个小孩最上心"都来到嘴边了,硬是被他咽回肚子里。

他得继续当个哑巴。

周涯没应,继续搓面团,方珑就在旁边看着,半晌,她提议:"我帮你做后面的步骤吧,这样你能快点儿做完?"

周涯挑眉:"你可以?"

"不就是拿牙签戳戳戳?这有多难啊……少小看我。"方珑把睡衣长袖往上卷,"我也想给孩子们做点儿事,就算是我的一份小小心意吧。"

方珑知道周涯今天的行程,他每年春节都会回福利院一趟。

前段时间周涯已经给孩子们买了不少礼物,同那些琳琅满目的文具、玩具和生活用品比起来,这些准备下锅蒸的包子或许不值几个钱,但饱含着周涯的心意。

方珑很认真地把一颗颗面团做成"橘子",再码进蒸锅里,有了帮手,周涯的效率高了许多,没一会儿,就蒸起第一锅包子。

两人很少开口说话,只默契地做好自己手里的工作,此刻无声胜有声。

窗外天色渐白,顶灯不再是唯一的光源,随着晨光,人影的位置和薄淡也慢慢有了变化。

不知不觉,他的影子,盖住了她的身子。

把最后一个包子放进锅里,方珑举起双手伸了个懒腰:"大功告成!"

周涯把蒸屉搬到蒸锅上,盖上盖子开了火:"行了,你赶紧回去睡觉吧。"

"我又不困……"刚说完方珑就打了个哈欠。

哈欠会传染,周涯也打了一个。

他瞥向方珑,顿了顿,指着自己的脸,对她说:"你脸上。"

方珑不明所以:"啊?"

"沾了东西。"

"在哪儿?"

方珑抬手摸脸,但摸不准地方,周涯一时没忍住,伸手过去,屈指,帮她把脸颊沾上的面糊蹭掉。

周涯收回手:"行了。"

方珑挠了挠刚刚被蹭到的皮肤:"哦……你待会儿几点出发?"

"八点半。"

方珑又"哦"了一声。

两道目光相撞,再移开,方珑嘴唇有点儿干,她舔了舔:"那我去——"

周湟几乎和她同时开口:"你今天有什么计划吗?"

目光再次撞在一块儿,这次谁都没有躲闪。

方珑摇头:"没有,打算就在家里待着。"

周湟一只手撑着灶台,另一只手撑腰,低声问:"那你要不要,跟我去一趟福利院?"

晨光让厨房里氤氲的水汽有了形态,轻盈且温暖地裹住男人的身体,让他变得柔软,也让方珑胸腔里的那一块块石头,成了可以随意搓揉的软面团,成了可以飘上天空的轻气球。

她本应该拒绝的,嘴皮子上下一碰,却鬼使神差地应了声:"好啊。"

"你的伤口,不用贴创可贴了吗?"

面包车行驶在国道上,车速快了不少,车窗车门的密封性一般,风声咻咻,冷意总能从细小的缝隙挤进来,方珑坐在副驾驶位,一边问,一边来回搓着发冷的双手。

周湟想了两秒,才反应过来,方珑问的是他前两天被玻璃划伤的那道口子。

"早不用贴了。"周湟左手握方向盘,右手往后,摸来自己的皮衣,抛到方珑怀里,"盖着。"

"啊?不用——阿嚏!"话音未落,方珑已经打了个喷嚏。

"别嘴硬,让你多穿一件你不听。"周湟想了想,突然说,"等过完年，我会买辆新车。"

皮衣很挡风，只一瞬身子便暖和起来，方珑揉揉潮湿的鼻尖，双手套进皮衣又宽又长的袖筒里，问："买辆新的面包车吗？"

"啧，我干吗多买一辆面包车？想买辆正儿八经的，能载人的。"

"也是，你这辆车载货是方便，但想再多坐一个人的话，还得自带小板凳。"

方珑回头看一眼，后车厢的一大半空间装着大箱小箱，都是周涯给福利院孩子们买的礼物。还有几个叠在一块儿的蒸笼，里头装着他们刚才做好的"橘子"豆沙包。

"嗯，得多买辆家用的。"时间算早，国道上没多少车，周涯坐姿比平日随意许多，左手屈肘支在车门上，"还有，过完年，你去学车吧。"

方珑倏地睁大眼："学开车啊？"

"要不然呢？学自行车啊？"

"我不要学，好麻烦。"

周涯斜眼瞪她："懒死你算了。"

"哎呀，我出门开摩托车就好了啊。"

"到时候我买了车，你也可以开。"周涯轻敲两下方向盘，"哦，如果你想要什么粉色、红色的车，那我就再多买一辆给你。"

方珑震惊："你这是干吗？发大财了啊？"

周涯倒是丝毫不收敛："今年是赚了不少。"

"赚了就得花完吗？存起来不行啊？"方珑侧过脸看向车窗，今天天气很好，天上无云，阳光扎眼，她微微眯起眼，"说不定你明年后年就要娶老婆的，不用存点儿老婆本啊？"

她等了一会儿，才听见周涯含糊应了声："净瞎操心。"

这答案并没有让她悬在半空的心好受一些。

方珑没再搭话,挪挪身子,把皮衣拉高,遮住下巴,耷下眼皮,整个人潜进那股熟悉的味道里。其实她也不知道,自己期待着怎么样的答案。

车内安静下来,周涯过了几分钟,转头看过去。

方珑歪着脑袋,斜倚着车椅,背对着他,应该是睡着了。

他轻叹一口气,坐直身子,双手握住方向盘,目视前方,尽可能避开路面的坑洼,好让方珑睡得安稳一些。

方珑醒来时,车速已经慢下来。

其实从庵镇到县城的车程不长,她没睡多久,但补了一觉,人精神许多。

让皮衣裹了一路,她身子也暖了,看着窗外的街景,问道:"快到了?"

"还得十来分钟吧。"周涯嘴里衔着烟,但没点,声音有些含糊。

"哦。"

方珑来过几次县城,说是县城,其实就是大一号的庵镇,人和车多了点儿,马路宽了点儿,中心城区比小镇热闹。

哦,还有,这里同样没有麦记和肯记,不过和庵镇一样,有山寨的快餐店。

方珑没去过那个福利院,不过这些年住在大姨家,她时不时听大姨和周涯聊起,知道福利院不少事,也知道福利院前几年搬到新的地址了,环境好了不少。

除了政府机构和社会各界的帮忙,也有赖于许多曾经从福利院出去的孩子的反哺,例如周涯,例如秦百乐。

方珑脱下皮衣,手心摸到一样物件,她掏了掏,把打火机往旁边递:"喏,给你。"

周涯奇怪地看向她:"干吗给我这个?"

"你不是要抽烟?"

"没想抽。"

方珑也奇怪:"那你干吗叼着烟?"

周溯沉默了几秒,把烟拿下来——他刚才就起了烟瘾,不过今天他不想在车里抽,所以只是衔着,过过干瘾。

他把烟攥在手里,稍一用力,烟便折了腰。

"不叼着总行了吧?"他说。

方珑撇撇嘴:"奇奇怪怪……"

福利院迁移的新址在县城的另一头,离县城中心城区有些距离,但面积大了不少,光是门面都气派许多。

大院门口和主楼门口都挂着喜庆的红灯笼,楼体崭新,墙壁干净,玻璃锃亮,一群小孩正在空地上追逐玩闹,周溯刚把车停下,已经有几个眼熟的小孩迎上来,兴奋地大叫:"阿哑来了!阿哑来了!"

方珑解开安全带,看看他:"可以啊,这里的小孩都认识你啊?"

"嗯。"周溯熄了火,声音有点儿低,"我倒是希望,每一年来,这里的小孩都不认识我才好。"

方珑一开始没明白,等下了车,走到车后准备帮周溯把礼物拿下来,她才想明白这句话的意思。要是这里的小孩们都认识周溯的话,就代表他们在福利院又多住了一年,没被哪个家庭领养。

围在车旁的小孩年龄不同,有高有矮,有男有女,还有两个小孩坐在轮椅上,但他们的脸上都洋溢着相似的真挚笑容,热情地打招呼:"阿哑叔新年好!"

有小孩好奇:"阿哑叔,这位姐姐是谁啊?"

周溯挑眉,反问小孩:"你喊她什么?"

"姐姐啊。"

"你喊我叔,却喊她姐姐,所以是我看上去年纪特别大吗?"

反应比较快的几个孩子哈哈大笑:"本来就是啊!"

周涯也弯起嘴角,跟小孩们介绍:"这位是阿哑叔的妹妹,方珑,你们喊她珑珑阿姨就好。"

方珑连忙摆手:"别别别,大家喊我姐姐就行!"

她白了周涯一眼:"我年轻着呢!"

小孩们嘴巴很甜,大声喊:"珑珑姐姐新年好!"

方珑胸口一暖:"新年好。"

周涯双手叉腰,佯装严肃:"那你们得喊我哥哥,谁喊得最大声,待会儿就能拿到我的大红包。"

孩子们瞬间睁大眼,争先恐后地冲周涯喊:"阿哑哥哥!"

方珑有些惊讶,在她的印象中,周涯从未像现在这样和小孩子们打成一片。

她偷偷地打量了一圈,有一半小孩的肢体或脸部有明显缺陷,女孩比男孩多好多。

心脏没由来地泛起酸,接着是闷闷地疼。

方珑抿了抿唇,她仿佛能在人群之外,看到一个黑黑瘦瘦、闭紧嘴巴不说话的小男孩。

那是小时候的周涯,他曾是这里的一员。

方珑环顾四周,发现有一个小女孩没过来领礼物,她身穿红毛衣,安安静静地站在不远处。

周涯也发现了,问身旁一个年纪较大的女孩:"小虹,那丫头是新来的?"

小虹点头:"对,她是上个月来的。"

"去喊她过来拿礼物。"

"哦！"

小虹刚跑过去，从楼里快步走出来两个中年妇女，两人和多数孩子们一样，都穿着红色衣服，一人穿红裙子，一人穿红毛衣，都很应景。

"周涯你来啦！"

"新年好，新年好！"

周涯朝她俩颔首："陈姨，张姨，新年好。"

他向方珑介绍对方，穿红裙子的是陈姨，穿红毛衣的是张姨，两人都在福利院工作了许多年，其中陈姨是目前福利院的院长。

方珑也学周涯那样颔首打招呼："陈姨新年好，张姨新年好，我叫方珑。"

两位阿姨笑得眼睛弯弯，陈姨还直接调侃周涯："你今年终于舍得把女朋友带来了啊！"

周涯一愣，紧着解释："不，她是我妹妹。"

张姨说："明白的明白的，你们现在的年轻人，就喜欢在谈恋爱的时候'哥哥''妹妹'地称呼对方对吧？"

周涯头疼："不是……"

这时，小虹牵着那个小女孩来到周涯面前："喏，我把人带来了。"

小姑娘怯生生的，一双眼珠子黑得好似葡萄，嘴唇抿得很紧，有些无措地搓着两边裤缝。

周涯刚想开口，就见张姨伏下背，拍拍女孩肩膀，对她比画了几个手语，接着指向装满礼物的面包车。

女孩终于张开嘴，含糊地"啊啊"了两声，双手比画回应张姨。

周涯和方珑都停了动作，陈姨站在他俩身旁，低声解释："她叫王琪，今年八岁，情况你们也看出来了……父母意外去世后，被送到这边。"

有张姨用手语跟她沟通，王琪没那么拘束不安，周涯想了想，弯着腰钻进后车厢里，在一堆礼物中挑出最大的那盒，直接塞给小姑娘。

王琪身形瘦小，这一个大纸盒都快挡住她半个身子，她抱住盒子，仰头看着面前身材高壮的叔叔竟对着她比画手语，惊讶得张圆了嘴。

方珑也讶异，他不知道周涯会打手语。

盒子体积太大，王琪暂时把它搁在地上，回了一个手语，周涯也很快回应。

两人无声交流了几句，小姑娘的脸上终于有了浅浅的笑意，抱起盒子走到一旁。

"不错啊，阿哑，以前的手语你居然还能记得。"张姨对周涯竖起大拇指。

周涯继续把车上的东西搬下来，说："简单的还行，难一点儿的就记不住了。"

方珑说："我都不知道你会手语。"

周涯声音淡淡的："你不知道的事情多了去了。"

方珑追问："哦？例如什么？你倒是说说。"

周涯没再搭理她，把礼物分得七七八八。

最后还剩几份，他让小虹和另外几个小孩帮忙把剩下的礼物拿上楼，送给那几个没来操场玩的孩子。

方珑悄悄地问他："还有其他孩子在楼上吗？"

周涯点头："有几个没办法参加集体活动。"

他把那一摞蒸屉拿下来，对陈姨、张姨说："我给孩子们做了些豆沙包，这会儿凉了，我去厨房加热。"

"行，我们刚在包馄饨呢。"陈姨牵起方珑的手，笑容和蔼，"中午你俩留下来吃顿便饭吧?"

方珑有些不大习惯长辈的热情,但她没有挣脱,声音清脆地答应对方:"好啊!"

周涯准备去食堂,喊住小虹:"小虹!"

"怎么啦?"

"你带方珑姐姐参观一下福利院,可以吗?"

"当然可以!"小虹立即应下。

于是方珑跟着一群小孩上了楼。

就这么一会儿工夫,小虹已经跟她做了自我介绍,她全名叫郭梅虹,今年十五岁,读初三,很喜欢听歌。

方珑没敢乱问问题,但年轻姑娘毫无忌讳,主动提起来福利院的原因:"我妈去世了,我爸去坐牢,没有亲戚能收养我,我就来这里住了。"

小虹往上走了半层,发现方珑没有跟上,她回过头问:"姐姐,怎么啦?"

方珑立在原地,胸口起起伏伏,像是左胸口里养了只即将出壳的雏鸟,用它那还不算很尖的喙,一下一下啄着她,酸酸麻麻,还有些痛。

楼梯间的窗户玻璃被擦得很干净,阳光涌进来,扎得人眼睛泛酸。

方珑低下头抹了把眼睛,缓了缓呼吸再跟上:"没事没事,刚刚眼睛好像进了沙子。"

小虹担心道:"啊,用不用我帮你吹一下?"

方珑笑着说:"不用,谢谢你啊。"

方珑跟着小虹走到一个教室门口,透过窗户,她瞧见屋里有三个小孩,分别坐在不同的桌子前,正低头专心画画。

这是个美术教室,窗明几净,墙上贴着许多幅孩子们的画作,五颜六色，七彩斑斓，还有一位阿姨坐在教室的角落里，不说话，也不打扰正在画画的小孩。

小虹和其他孩子都没有直接推门走进去，而是对着阿姨挥了挥手，阿姨比了个噤声的手势，起身往外走。

小虹把周涯的礼物交给阿姨，也跟阿姨介绍了方珑，阿姨笑着接过礼物，说代孩子们谢谢阿哑。

其他孩子跑完腿，又下楼去玩了，小虹领着方珑一路参观过去，最后回到她的寝室，小虹才小声说，美术教室的那几个孩子都有自闭症，跟其他小孩玩不到一块儿，就喜欢待在屋子里画画。

福利院现在住的孩子有十几二十个，年纪都不算小，都过了适合被领养的年龄。

"我是不可能被领养的了，就算我是孤儿，我的年纪也太大，还是个女孩。"

小虹拉了张椅子让方珑坐，自己坐在铁架床的下铺，耸耸肩，说："不过这样也好，我在这里住得比以前幸福多了。再过几年，等我十八岁了，就可以靠自己打工挣钱。"

像打开了话匣子，女孩陆陆续续说了许多话，方珑没怎么打断她，让她说个尽兴。

她就坐在小虹的书桌旁，桌子上的学习资料和书籍被整理得井井有条，墙上贴着多张奖状，还有小虹和母亲的合照。

照片里的小虹还是个孩子，而照片明显被裁剪过，小姑娘有一半肩膀不见了。

方珑都能猜想得到，被裁掉的那部分里还有谁。

她也是这样，离开那家不成家的地方之前，她把相簿里有方德明出现的照片，都剪碎了。

不知过了多久，楼下响起音乐铃声，小虹跳起来："啊，到吃饭时间了！不好意思啊姐姐，拉着你聊了这么久。"

"没事没事，今天我好开心能认识你。"方珑摸出手机，"我们加个QQ吧？"

小虹突然有些赧然，挠挠耳朵："我还没有QQ……院里的电脑只有老师们能用，我没有手机，也没去过网吧……"

方珑愣了愣。

"啊，姐姐你等我一下。"小虹走到书桌旁，从书架上抽了本彩色封面的本子，翻开后，连同一支笔一起递给方珑，"姐姐，你把号码写这上面吧！回头等我有QQ了，我加你！"

方珑接过来，是本同学录，粉色的纸张上印着可爱的卡通小猫。

"行，没问题。"方珑写得很快，还把手机号码写上，"如果你什么时候想找人聊天，就随时打我手机。"

小虹露出灿烂的笑容："好！"

孩子们都很喜欢橘子形状的豆沙包，陈姨组织大家拍合照，一个个娃娃捧着"橘子"，对照相机咧开嘴笑。

方珑也拿出自己的手机，拍了不少照片。

她发现，镜头总不知不觉地去寻找某人的身影。

周涯并不是一个多话的人，他只有在一个熟悉的地方才会多说几句，例如家里，例如大排档，还有这里。

他会主动跟阿姨们提起近况，会提醒孩子们不要挑食，会跟王琪交流，问她豆沙包好不好吃……

这样的周涯让方珑感到新奇十足。

中午吃完饭，孩子们准备午休，周涯也准备返程。

离开前，他给每个孩子都发了个红包，说"新年乖大"。

小虹有些舍不得，问方珑："姐姐，你明年春节还来吗？"

方珑点头如捣蒜："来！而且也不用等到春节，我一有空就来看你们！"

其他女孩问："真的吗？"

"对，"方珑勾勾小拇指，"跟你们拉钩约定！"

面包车往国道方向开，经过县城主干道的时候，周涯问方珑："难得来一趟，有没有什么想去的地方？"

"没……"方珑忽然看见什么，嘴里的话瞬间变了道，指着斜前方，语气雀跃起来，"你在前面停一下，停一下！"

"什么东西？"问是这么问，周涯还是降下车速，往右打方向盘。

"这里开了大卡思，我想买杯喝的！"

"大卡什么？"

"哎呀，奶茶店。"

周涯翻了个白眼，真真还是个孩子。

车靠旁停稳，方珑迫不及待地解开安全带，周涯问她："喂，身上有没有钱？"

"喊，当然有。"方珑推门下车，"要帮你带一杯吗？"

"不要。"周涯熄了火，嘟囔道，"又甜又腻，就你们小姑娘喜欢。"

方珑不理他，小跑到奶茶店门口，正想点杯波霸奶茶，店员指着一张小海报，说："今天有情人节活动哦！"

粉色的海报上印着好多爱心，方珑才反应过来，今天是大年初一，也是情人节。

周涯刚才在福利院一直没抽烟，烟瘾这时候又冒起尖儿，刚拿起烟盒，就听到方珑喊他："周涯！你快过来！"

他一秒丢开烟盒，车钥匙都没拔，推门直接跳下车，几步就跑到方珑面前，皱着眉问："发生什么事？"

方珑没答他,嘴角扬起笑,对店员说:"来了来了,我男朋友来了,这样可以参加活动了吧?"

周涯脑子里嗡了一声,接着就像过了电,整块尾椎骨头都麻了。

他不敢相信方珑五秒前说过的话,想确认,却像个哑巴,一个字都说不出口。

方珑一心在薅奶茶店的羊毛上,没留意到周涯的异样,还生怕店员不信他俩是情侣,抬手虚虚钩住了周涯的手臂。

店员对面前的俊男靓女点点头:"可以参加,两杯热巧克力加珍珠,买一送一!"

周涯回神,明白了方珑的用意。

他深深呼吸,没拆穿她。

两杯热巧克力很快做好,方珑道了谢,拿着两杯饮品回到车上。

周涯拉开车门,没上车,伸长手,把刚丢在车头的烟盒捞回来,一声不吭,走到路边树下,点了根烟。

他抽得很快,没一会儿烟烧完了。

回车上坐下,身旁的姑娘嚼着珍珠,口齿含糊地问他:"你真不喝啊?"

"嗯。"被烟熏过,周涯的嗓子哑得不像话,明知故问,"刚才是干吗?"

"情人节活动啊,情侣今天买热巧克力,买一送一,还免费加珍珠。"

"能省几块钱?"

"十块钱。"方珑还挺自豪。

周涯沉默了几秒,"啧"了一声,踩下油门:"行,你厉害。"

这声"男朋友"还真廉价。

"别那么小气嘛,既然有优惠活动,当然不能错过。"

方珑再喝了一口，斜睇留意他脸上的神情，试探地问道："借你过桥，你不开心啊？"

周洱回答得很快："哪敢？"

他没再继续这个话题，往国道方向开："你别喝太多，路上可没办法随时给你找厕所。"

方珑瞪了他一眼。

两人你来我往地拌嘴，没什么实际含义，但其实也没人想争出个输赢。

道路两边的楼房越来越低，路越来越颠簸，快离开县城了。

方珑停了骂战，已经喝掉半杯热巧克力。

她打了个嗝，突然想起什么，问周洱："早上你跟那小女孩比画手语，说的是什么啊？"

周洱回想了一下："一开始我说那是送她的新年礼物，她回了我谢谢，我回她不客气……大概是这些吧。"

"手语是什么时候学的啊？"

"我在福利院住的那段时间，院里有好几个聋哑小孩，我那会儿也不说话，所以跟他们交流都是比画手语，比画着比画着就会了。"

"哦……手语难学吗？"

周洱说："那得分人。"

方珑听出他的调侃，气笑："我学东西好快的好吧。"

周洱认真道："那就过完年把驾照考了。"

方珑一怔，居然还能兜回早上那个话题！

眼珠子转了转，她问："要是我考到驾照，你就教我手语？"

"你干吗突然想学手语？"

"下次再去福利院，我就能跟那个小姑娘沟通啦。"方珑有些困意，挪了挪身子，找了个舒服的位置靠着，"我跟小虹她们约好，下次还去看她们。"

"行，你考到驾照，我教你手语。"周涯应承下来。

车子刚出县城，方珑已经睡着了，手里还抱着那杯热巧克力。

周涯怕她睡熟松了手，伸手过去，轻抽出杯子，放进杯架里。

午后阳光松软，烘得人昏昏欲睡，周涯以前一个人开车，为了提神，他会不停地抽烟，但今天他不想在车里抽烟。

手边连颗口香糖都没有，他瞟见那杯饮料，盯着吸管看了几秒。

末了，他暗骂自己一句："疯了吧你！"

周涯揉了揉眉心，醒醒神。

想起刚才方珑的提议，他勾唇笑笑。

前方漫长的道路畅通无阻，周涯右手松开方向盘，在她看不到的情况下，对她做了个手语。

食指先点了点自己胸口，接着拇指食指弯起，碰了碰自己的下巴。

最后在暖阳中，隔空点了点在副驾驶位上睡午觉的那人。

Chapter 07

汹涌爱意

一眨眼到了大年初二,也是周涯这个新年的最后一天假期。

吃午饭的时候,马慧敏跟周涯说,下午她和周父以前单位的工友要来家里坐坐,她想留他们在家吃顿晚饭。

吃饭没问题啊,但周涯还被马慧敏指挥着去洗澡刮胡子,以及换套正式一点儿的衣裳。

周涯哪有什么正式的衣服,翻了翻衣柜,也就一件买来拍证件照时用的白衬衫。

西裤没有,黑色牛仔裤将就。

方珑以为来的是什么重要客人,问马慧敏:"大姨,那我用不用也换套衣服?"

马慧敏难得笑得见牙不见眼:"你不用你不用,今晚周涯是主角,他肯换就行!"

方珑心里骤然咯噔了一声,她大概能猜到是怎么一回事。

傍晚,老工友来了,领着她的丈夫和女儿。

马慧敏十分热情,也拉周涯到客厅坐下,让他帮忙冲茶待客。

周涯没拒绝,坐在茶几旁冲茶,偶尔开口接话。

方珑跟客人们打完招呼就进了房间,关门时探头看一眼,撇撇嘴,心想果然是相亲。

姑娘叫沈颖,今年实岁二十七岁,比周涯小一点儿。

她长相斯文,穿及膝长裙和花边衬衣,性格有些内向,话很少,不大敢直视周涯,但总会在推眼镜的时候偷瞄他一眼。

老工友猛夸周涯,外貌条件优秀,生意也做得有声有色,真是年轻有为的大好青年。

马慧敏也夸赞沈颖温柔有气质,在学校里做财务,工作轻松且稳定。

"话说回来,小颖你现在工作的那所初中,周涯以前也在那里读书呢。"马慧敏说。

老工友惊讶:"是吗?那也是小颖的学校!"

马慧敏也吃惊:"这么巧?"

沈颖推了推眼镜,笑得腼腆:"对的,我比周涯小两届,以前在学校见过他。"

"哎呀,这可是难得的缘分。不过以前的周涯可浑了,我和老周经常被学校叫过去批评教育。"

马慧敏撞了周涯一下:"阿涯,那你记不记得小颖啊?"

周涯一直没怎么开口说话,只默默冲茶。

他对对面的姑娘一点儿印象都没有,但不想让马慧敏难堪,便含糊说了一句:"可能见过吧,时间太久,记不得了。"

方珑贴着门听了一阵子,具体的内容听不到,但大人们哈哈大笑的声音很清楚。

听起来聊得很愉快。

她无端烦躁,不再偷听,把自己摔到床上,塞上耳机听歌。

晚上吃饭时,方珑被马慧敏安排坐在她的左手边,周涯和沈颖相邻而坐。

八菜一汤的阵仗让沈颖父母给周涯的印象分又往上翻了一番，即便周涯的声带天生受损，说话时声音难听了一些，但这一点儿缺陷他们觉得无伤大雅。

沈母更是直接凑到女儿耳边，跟她说"这可是潜力股"。

饭吃到一半，双方家长已经开始撮合两个小年轻，让他们饭后可以交换一下联络方式，手机号、QQ号什么的，平时多多联系。

方珑一顿饭吃得无滋无味，最喜欢的红烧牛腩吃进嘴里，她都品不出是咸是淡，没意思极了。

她囫囵扒完米饭，放下饭碗："我吃饱了。"

周涯闻声看向她。

马慧敏讶异："你今晚怎么吃得这么快？"

"有，有朋友约我今晚唱歌，我洗个澡就出门了。"她腮帮子鼓鼓的，向客人们颔首表示歉意，"叔叔阿姨，你们慢慢吃。"

"行，行，你忙你的。"

方珑回房间取了换洗衣物，去了浴室。

浴室和饭厅距离不远，薄薄一扇门，挡不住饭桌上的欢声笑语。

直到花洒出水，水声才盖住外头的声音。

洗完头，方珑伸手探向沐浴露。

突然停住。

她看到了周涯的香皂。

回想起那次浴室门外偷窥到的画面，一个想法在心里逐渐成形。

她抓起香皂，从脖子开始，一路向下。

这款香皂出不了什么沫儿，薄薄一层，水冲即散，但在她身上留下了周涯的味道。

香皂回到胸口，方珑发现自己呼吸略急。

她停顿片刻,终是拿着香皂一圈一圈打转。

泡沫让皮肤变得光滑,指甲轻蹭细刮,就会有一群蝴蝶在小腹内扑腾乱飞。

方珑这次知道不是错觉。她不是傻子,尽管之前的几次恋爱都幼稚不成熟,可她也算经历过,自然知道这样代表什么。

周涯对她有想法。

她也是。

一门之隔,周涯正和有可能成为他未来伴侣的姑娘吃着饭。

好糟糕。

送走沈颖一家已经八点半了。

他们这条内街路灯不怎么亮,周涯尽了主人家的礼数,专程下楼走一趟,把客人送到街口。

地面稍微凹凸不平,沈母小心翼翼地走着,有些感慨:"这里真是十年如一日,这路灯永远都这么暗……我们很多工友都卖了这里的房子,搬去别的地方住了。"

她问前方领路的周涯:"阿涯,你们怎么没想过搬?我听你妈说,你那套新厝从装修好之后就一直空着。"

"我妈念旧。"周涯言简意赅。

"确实,你妈就那性格。"沈母继续问,"那你未来结婚,是打算跟老婆住到新厝那边,过二人世界的吧?"

这个问题其实也没什么,但周涯无端觉得不喜,他正想回答,沈颖急忙拉着沈母的手,无奈道:"妈,你问这个干吗啊……"

沈母不以为意:"这有啥?就是聊聊天,了解了解情况嘛。"

周涯多走了几步,如实回答沈母的问题:"我妈身体不好,未来我还是要把她带在身边的。她和我爸把我领回来,给了我一个家,我也一定是要照顾她到最后的。"

沈母一愣,还想说什么,沈父插了话:"可以可以,像你这样孝顺的年轻人,这年头可越来越少了!"

沈母干笑了两声,也附和夸周涯孝顺。

送走客人,周涯往回走。

进屋刚把门关上,马慧敏已经迎上来,兴致勃勃地问他:"怎么样怎么样?合眼缘吗?"

周涯脸上没什么情绪:"不合。"

"只吃一顿饭,时间确实太短了,所以你们私下要多些联系啊。"马慧敏清楚儿子的脾气,跟在他身后继续劝,"我觉得姑娘挺好的,你这家伙脾气硬邦邦,得像小颖这样温柔似水的姑娘,才能包容你,一软一硬,两人多配啊。"

周涯没出声,往卧室走,准备拿衣服洗澡。

马慧敏跟在他身后继续劝:"我私底下跟她妈妈聊过,这姑娘特别单纯,家里也把她保护得好,所以到这岁数了还没交过男朋友。就从朋友开始做起嘛,我看姑娘对你倒是有些好感,总对着你笑……"

见周涯还是油盐不进,马慧敏态度终于强硬起来:"我不管,周涯,你今年怎么也得谈个女朋友回来。"

周涯有些无奈,终于开口:"妈,你最近怎么那么着急?"

马慧敏仰头看着高她许多的儿子,忽地眼眶又红了。

"妈是真不知道还能看着你多久……"马慧敏声音哽咽,"周涯,妈只是希望,在那天之前能看到你有属于自己的家。"

不能生育的她,在那个年代简直比恶人更十恶不赦。婆家嫌弃她,当着她的面说她是"下不了蛋的母鸡",还不停怂恿她丈夫与她离婚另娶。

但她丈夫一直对她一心一意,还为此不惜与家里闹翻。

其实夫妻俩心里还是希望家里多个小孩的,讨论思考后,两人决定去隔壁县城的福利院领养个小孩。

那会儿有个小男孩总坐在角落,不争不抢,不吵不闹。

个头小小,但眼睛很亮,看着人的时候显得格外真挚诚恳。

福利院负责人介绍,那男孩五岁,来福利院挺长时间了,因为喉咙有些问题,说不了话,性格也不够活泼讨喜,所以一直没被领养家庭挑中。

"小哑巴"是在附近国道旁的河边被村民捡到的,裹在脏兮兮的襁褓内,满脸都是泥巴,也不知饿了多久,还不停地哭。因为哭起来只有气音,所以他才一直没被人发现。

福利院有其他身体无任何缺陷且年龄更小的孩子,但马慧敏和丈夫回家考虑了一个礼拜,最终决定领养"小哑巴"。

用她丈夫的话来说,就是单纯觉得和那孩子有些说不清的缘分。

两人也是第一次当父母,领了孩子回家后,三人一开始的相处多少难免尴尬。

夫妻俩考虑再三,决定给孩子重新起个名字。

周父在纸上写了"周涯"二字,温柔地问男孩喜不喜欢这个新名字,如果喜欢的话就点点头,不喜欢就摇摇头,他们另外再起一个。

他们希望孩子的人生能像大海那般,看不到尽头。

男孩不仅点头,竟还开口说了话。

声音沙哑,发音奇怪,但马慧敏能明白他在说"喜欢",还有"谢谢你们"。

周涯明白马慧敏担心的事。

她在担心,当她也驾鹤西游时,世上又剩下他孤零零一个人,所以希望他早点儿成家。

周涯语气认真:"妈,我知道的,我会好好考虑,但你也别总瞎想,方珑说你会长命百岁。"

马慧敏破涕为笑:"那小妞油嘴滑舌你也跟着信?不过我会努力的,没当上奶奶之前我可不走。"

周涯浅提嘴角:"那你再加把劲,一直到当上太奶奶那天吧。"

安抚完马慧敏,周涯拎衣进了浴室。

虽然下午已经洗过一次澡,但傍晚做饭时多少沾了些味道,他打算简单淋一淋身子。

淋浴间的地砖还有水渍,是方珑留下的。

和平日相比,好像有什么地方不一样,但周涯没多想,开水洗澡。

正准备拿香皂洗头时,他顿了顿。

香皂上也有水渍。

他这才发现,淋浴间里少了那股甜腻果香,反而残留着淡淡皂香。

周涯眉心微蹙,方珑用他香皂了?用他香皂干吗?

还没想出个所以然,他已经洗完澡。

回房间拿起手机,发现有一条新短信。是沈颖发来的。先夸他做饭好吃,再问下回能不能去他店里吃饭。

周涯没回她,而是打了个电话给方珑。

"带我走,就算我的爱,你的自由,都将成为泡沫,我不怕,带我走——"

迷你包厢里只有方珑一人,就算她唱得破音都没人嘘她。

包里的手机安安静静,因为她关机了。

她跟马慧敏说和朋友约了唱歌不过是临时编的谎话,但做戏得做全套,洗完澡她还是出了门。

节假日的"88"连大堂都站满等包厢的客人,但多的是一群朋友来唱歌的,很少像方珑这样一个人来。

有客人提前离开,临时清了个迷你包厢出来,一个人的方珑正好排到了。

她拿周涯给的大红包来消费,一瓶洋酒,配半壶绿茶,再讨了不少免费花生。

饮歌(喜欢的歌)一首接一首唱,唱到喉咙都沙哑,才能暂时忽略胸腔里忽上忽下的悸动。

在浴室用周涯的香皂,并没有让她更舒服。

皂液褪去后,只留下干涩。

唱着唱着,方珑忽然反应过来,这个迷你包厢,是之前她和前男友起冲突的包厢。

"真是晦气……"

她顿时没了兴致,抛下话筒,按了原唱模式,打算把酒喝完,把歌单听完就回家。

她不怎么喜欢兑太多绿茶,别人三分之一酒兑三分之二绿茶,她是反过来。

水喝多了尿急,她背着包去走廊尽头的洗手间。洗手的时候她打了个嗝,全是酒味。

她想,该回家了。

一踏出洗手间,方珑顿住。

走廊里站着一熟面孔。

江尧斜斜倚着墙,脸上有不大正常的潮红,见方珑出来了,弯起嘴角打招呼:"哈喽,好久不见。"

以前方珑觉得他是小镇"镇草",如今只觉得他面目可憎。

她翻了个白眼,径直从他旁边经过,不忘骂一句:"大过年的真晦气。"

江尧两步追上来，挡在她面前，声音懒懒散散："你和谁一起来的？朋友？还是新男友啊？"

男人说话时喷出浓烈酒味，方珑捂住鼻子，不耐烦起来："我跟谁来的关你什么事？"

江尧笑笑："说话别这么冲啊……好歹我们也算恩爱过。"

他晚饭后就和朋友来"88"唱歌，没想到会遇见方珑。看着她走进洗手间，裹在紧身牛仔裤里的桃臀一晃一晃，他无端心痒痒，上完厕所后就在这里等她。

眼前的姑娘就算横眉冷眼也漂亮，皮肤吹弹可破，双颊荡着薄粉。

江尧又问："我是认真想知道的，你交男朋友没啊？"

方珑怒极反笑，抱臂问道："有又怎么样，没有又怎么样？"

"有的话就算了。"江尧耸耸肩，"没有的话……如果你实在太寂寞了，可以来找我的。"

胸口喉咙都在烧，方珑忍住恶心，冷声问："哎哟，那吴丹纯她怎么办啊？"

江尧叹了口气，满脸不爽："丹纯她哪儿哪儿都好，就是总端着，和你完全不一样，一起这么久了还不让这不让那。都是成年人了，不知道她在装什么矜持。"

他忽然笑了一声，眼神迷离露骨："老实说，我偶尔还是会想着你……"

他没有说得明白，可方珑清楚他的意思。

冷意从脚底板直直往上蹿，她气得牙齿都上下发抖。可她今晚不想动粗。她也不想把事情闹大，大过年的还要周涯去派出所捞她。

脑子里盘旋着任建白上次在警车里说过的话，动手之前要多想想那些对自己重要的人。

指甲深嵌进掌心肉,方珑用痛意压制冲动。

她只一字一字,清清楚楚地骂:"江尧,你真脏。"

江尧敛了几分笑意,语气轻蔑:"我脏?宝贝,你和我半斤八两,谁都别说谁。"

他声音越来越大,甚至快盖过走廊里的音乐声:"你一双被人穿烂的破鞋,有什么资格——"

话没说完,一只手从江尧背后伸过来,扯住他领子,直接把人推到旁边墙上。

砰的一声闷响,江尧的背脊硬磕上墙壁,疼得他眼前冒金星。

事情发生得太突然,方珑吓得连退几步,很快看清来人,是周涯。

胃里的苦水差点儿全吐出来,江尧边干呕边骂:"你……你大爷——"

周涯不想听他多说一句话,把手舞足蹈、拳打脚踢的江尧牢牢摁在墙上。

方珑有些慌,看到有KTV服务生匆忙跑去前台,就隐约知道接下来会发生什么事。

她皱眉大声喊:"哥!"

周涯在气头上,他扯起江尧的领子:"小子,我上次就忘了给你留句话。"

周涯冷着眸,声音哑得像有猛火烧过:"你真不是个男人。"

今晚的KTV生意很好,每个包厢都有客人,就算房间都关着门,歌声仍能穿过薄薄门板,这边在唱《财神到》,那边在唱《一千年以后》,还有人早早开始飙高音,唱着永远上不去的《死了都要爱》,歌声在走廊里乱作一团。

很快,有几个服务生跑了过来,把闹纠纷的两位客人分开,有人挡在周洭前面,有人去扶江尧,问他用不用报警。

"报警……"江尧仿佛此刻才元神归位,连连摇头,"不,不用!不用报警!误会,都是误会!"

江尧看都不敢看周洭,推开想要帮忙的服务生,往走廊的另一边走。

不知哪个包厢推开了门,里面的歌声涌出来,五音不全,可还是能听清谁在唱着《爱如潮水》。

方珑没把江尧的异样放心上,也没空理会一旁询问的服务生。

脑子里嗡嗡作响,整个人就像沙滩上的一块石头,原本深陷在沙里,是一层又一层的海浪冲散了沙子,把她卷进更汹涌的潮水里。

咕噜咕噜,她不停下沉,往海底深处。

身旁人影晃动,灯光昏暗如水,她看着他,他看着她。

方珑先动了身子。她直接拉起周洭的手,扯着他往外走。

周洭刚才还像座爆发的火山,这会儿已经偃旗息鼓。他垂眸看着被牵住的左手,有些恍神,却没有甩开。

她走得急,马尾在脑后欢快地左右甩动,露在外头的一截脖颈覆着一层淡淡的红。再往上,两只耳垂也好似剥皮石榴。

不知是因为她喝了酒,还是因为情绪过分激动,也可能是因为这走廊上的光,把人藏在心里的情绪勾兑得暧昧迷离。

大堂还有许多客人等位,方珑如过无人之境,拉着周洭走出 KTV。

门外摆满了摩托车,方珑左右张望,她走得太快了,边喘气,边抬头问:"你的摩托车呢?停在哪儿?"

周洭对上她的眼,喉结一滚。她眼眶都红了。

他仰了仰下巴,指向对面马路的停车场:"摩托车忽然打不着,我开车来的。"

方珑没忍住,狠狠瞪了他一眼。

她有好多话想问想说,憋在胸腔里像随时要爆炸的气球。

她拽着他穿过马路。他也乖乖让她拽着。

晚上十点半的小镇,车很少了,中间没有护栏的马路上,光影荡出海浪。

两只手依然牵着。

摇摇晃晃的一道小桥,却连起了两座孤岛。

露天停车场停了不少车,多是轿车或越野车,连车牌都锃亮,停在角落里的银白色面包车倒是百里挑一,十分醒目。

方珑走到车旁才松开他的手,声音闷闷地说:"开车门。"

手心被她焐得发烫,周涯紧了紧拳头,指甲嵌进掌肉,不痛不痒,但能让他稍微清醒一些。

他掏出车钥匙开了车门。

方珑坐上副驾驶位,听到周涯问:"回家?"

方珑用力甩上门,直切主题:"你怎么会来这里?"

"你手机关机了。"

周涯把钥匙插进钥匙孔,一扭,车子发动时车身抖了抖,声音也不小。

他接着说:"然后就来'88'找你。"

"慢着。"

方珑伸手拔了他的钥匙,塞进自己的单肩包里,一起丢到后头,后车厢没有铺垫子,发出咚的沉闷响声。

"我手机关机,然后你来'88'找我。"方珑虽然喝了酒,但这会儿思路异常清晰,直视着周涯,"这中间缺了一句,你给补上。"

周涯不明所以，眉心微蹙："补上什么？"

方珑翻了个白眼，耐着性子放缓语速："我手机关机和你来'88'找我，中间缺了个原因。"

周涯嘴唇抿紧，扭头躲开她意图看穿他的目光。

方珑继续逼他："你说话。"

"我不知道你什么意思。"周涯有些急躁，连敲了几下方向盘，蓦地往后探手，想去够方珑的包。

没料到他被推了一把，也没料到方珑力气有那么大，他竟被推得歪了身子，整个人往车门靠，手肘也撞在车椅旁侧。

"你知道，你知道我什么意思。"

方珑直直盯着他看，目光如炬，眸中带星。

胸口好像被她眼里的光芒烫了一下，周涯又抿紧嘴，收回手，虚虚倚着椅背，扭头看向车窗外，一声不吭。

方珑告诉自己要沉住气，要沉住气……

片刻后，她听见周涯深吸了一口气，她坐直身子，仿佛随着他的呼吸，一颗心脏也被扯到半空中。

可她等来的只有周涯长吁一声后，再一次沉默下来。

方珑沉不住气了。她本来就不是能沉住气的闷瓜性子。

"好嘛，一到这种时候你就是个哑巴！"胸口里的气球被针扎破，气蹿得到处都是，方珑眼一热，直接跨过座位中间的变速杆，猫似的蹿到驾驶位。

周涯猛地倒吸一口气，浑身肌肉绷紧。

周涯个子高，车椅被往后调了许多，驾驶位空间充裕，方珑跪坐在他腿上，扯着他的衣襟说："你不说，我帮你说。因为我手机关机，你担心我出事，担心得要死，所以就来'88'找我，对不对？"

她喝了酒，浓浓酒气喷洒在周涯的脖子和下巴上。

他喉结上下滚动，可喉咙哑得像沙漠，咽下的口水丝毫无法缓解干涩。

"你喝醉了……给我过去。"

他双手掐住方珑的腰，想把她拎起来摔回副驾驶位。

"我没有醉！"

方珑当然不乐意回去，双臂钩住周涯的脖子，凶巴巴道："周涯，你今晚一定要跟我讲清楚！"

"讲什么讲？你钻什么牛角尖？"

这种姿势早已超过他们之间的界线，周涯有些焦急，松开她的腰，反手去拽她的手。

他语速一快就容易冒出气音，嗓子像破洞风箱："你是我妹！你手机关机，我担心你出事，来KTV找你，有什么地方不对？啊？！"

"不是……你明明不是因为我是你妹，才关心我……"

方珑一只手胡乱掰住周涯的手指，另一只手扯着他最近长长一些、但依然短刺的头发，迫使他仰头，迫使他直视她。

她不想再装作什么都听不到了，这段时间压抑的情绪、晦涩的心情，在这一刻全数倾泻出来。

泪水从眼眶里涌出，方珑声音发颤："我听见你在浴室喊着我的名字……周涯，你喜欢我，对不对？"

周涯咬紧牙，抿紧唇，像个真正被针线缝住嘴的可怜哑巴。

他还是败露了吗？那些龌龊不堪的念头，全被发现了吗？还有什么借口能让他搪塞过去吗？

而方珑似乎完全看透了他。

她俯身贴近他脖侧，埋在他肩膀上，说话时，嘴唇会在微鼓的青筋上若有似无地划过："周涯你不能这样，不能这样……"

方珑是个硬骨头，把她接来家里的这些年，周涯很少见她哭。也就偷东西被他拿鸡毛掸子抽的那次哭了,后来他没再见她情绪崩溃过。

细声的呢喃听起来好委屈,眼泪一颗接一颗,沾湿他的锁骨和衣领。

一点儿一点儿,融化了他的心。

周涯慢慢泄了劲,由得她趴在他肩膀上哭。

另一只手不知何时攀上方珑的背,一下下轻拍。

车子一直没有开窗,潮湿热气在车内聚集,挡风玻璃底下已经溢起薄薄一层雾。

许久,等到女孩哭声渐弱,周涯勾了勾手指,指尖在她掌心画了两下。

"喂。"他发的第一声还是气音,清了清喉咙,调整发声位置,再开口,"喂,抬头。"

方珑哭得脑门疼,眼泪鼻涕糊作一团。

她把鼻涕都擦周涯衣服上,才不情不愿地抬起头:"干吗……"

周涯轻"呵"一声,用袖口给她擦脸,低声问:"我不能什么?"

"啊?"方珑不明所以。

"你说我不能这样,不能那样,是指什么?是不允许我喜欢你吗?"

"不是。"方珑摇了摇头,看着他说,"你不能对我太好。"

女孩一双眸子被水洗得黑亮,周涯眸色沉下来:"这又是为什么?"

方珑吸吸鼻子,哽咽道:"对我太好,我也会喜欢上你。"

她知道,她都知道。

而她的想法,周涯是这一秒才知道的。

他很难形容当下的心情,它太复杂了,比打翻了厨房里所有调味料还要复杂。酸里带着辣,辣中混着咸,还能品出一丝丝甜。

心里的墙建得再高再牢固又有何用?她简简单单的一句话,就能把墙砸开一扇窗。

深埋土里的种子见光发芽，疯狂长出朵朵旖旎靡丽的花。花杆带刺，花心渗蜜。

周洭知道它们很危险。

可他忍不住，仍然想要去拥抱她。

"方珑……"

周洭轻声唤她的名字，一只手臂虚虚圈住她的腰，却不敢更进一步。

需要考虑的事情太多，一旦跨过了线，就再也回不去了。

"事情不像你说的那么简单……"他心里仍有顾虑，想要把持最后这道防线，即便它就快要绷断。

就在周洭还在犹豫的时候，方珑蓦地倾身，吻了一下他的唇。

她很快后退，皱着眉头问："你到底在纠结什么啊？你喜欢我，我也喜欢你，这样不就行了？"

高墙悉数崩塌，周洭骂了句脏话，猛地收紧手臂，把她揽进怀里。

另一只手抬起她的下巴，他微眯起眼睛，哑声道："那之后你可别跑。"

吻重重落下，汹涌爆发的爱意比酒烈，比夜深。

方珑很少被这么吻过。

周洭吻了她好久，从一开始的强势直接，到现在的刚中带柔。

她的酒、他的烟，都成了催化剂，让身体里的火苗烧得通天高。

方珑快呼吸不过来，她先投降，撑着周洭的胸口直起身，仰头轻喘："等一下，等一下……"

周洭其实也没多好受，明明隔着几层不算轻薄的布料，他仍能感觉到她的气息。

周涯大口大口喘气,盯着方珑明显红了许多的水唇,移不开目光。

"真没用……"周涯嘟哝一句,"刚才是谁先放狠话的?"

"你……你给我等着……我休息一会儿,唔——"

周涯没等她休息完,再次扣住她后脑勺,追着她的唇吻了上去。

手指不小心钩住了她的发绳,收手时,发绳也被带了下来。长发簌簌落下,在两人颊侧微微晃动。

方珑新年前去染了头栗发,停车场内昏黄的壁灯打过来,让发色变得金灿灿,发尾还缀着闪烁的光。

周涯瞥了眼,情不自禁,摊开掌心去接那细碎星光,再揉乱她的发。

"唔——"

才刚刚稍微喘上气,呼吸又再次受阻,方珑恼得甩了几个巴掌到周涯肩膀上。

但很快再次沉沦在缠绵的情意中。

过了会儿,周涯皱眉,从她唇齿间退出,哑声警告:"够了啊。"

像阴谋得逞,方珑咧开嘴笑得狡黠,把周涯刚才那句话还回去:"真没用啊。"

方珑闷哼一声,摁着周涯的胸膛,低头去咬他的唇。平时没几句好听话的这张嘴,吻起来倒是挺软挺舒服,但胸肌硬邦邦的,揉着没什么手感。

周涯拎猫似的捏住她的后颈,粗喘道:"方珑,你胆子很大啊。"

只是接吻而已,两人已经动了情。

周涯憋得快炸开,方珑难受得眼角泛泪。

密闭车厢内昏昏沉沉像灌满海水,最后一丝氧气都要被耗尽时,一束光从后方射过来。

周洅一瞬间回神，摁低了方珑的脑袋，把她藏在自己的影子中。

是停车场的保安过来了，拎着手电筒晃。

"谁，谁？"方珑有些恍惚，趴在周洅胸口，听到的全是如擂鼓的心跳声。

"保安。"他轻抚方珑的背，"别动，让我缓缓。"

保安先在车尾往车内照了照，见车内真有人，走过来敲敲驾驶座的车窗，半警告半调侃地说："阿弟，别在这里乱搞啊。"

周洅把方珑护在怀里，斜睨保安阿伯："知道了，这就走。"

阿伯看不清车内，想拿手电筒照，周洅皱眉，大掌一下拍到车玻璃上。

阿伯被吓一跳，也不敢再上前，嘴里嘟嘟囔囔地走了："开个破面包车……牛什么牛……"

周洅听见也不恼，倒是怀里的人又炸了毛。

方珑从他怀里挣脱出来，正想对保安破口大骂"狗眼看人低"，"狗"字刚出口，就被周洅堵住了，用嘴唇。

方珑哼唧一声，嚣张的气焰消了。

两人厮磨一阵，慢慢平复下来。

方珑扯好衣服下摆，爬回副驾驶位，捡回包，找出钥匙还给周洅。

周洅再次启动了车子。

"要不要吃夜宵？"周洅边打方向盘，边问方珑，"你今晚那顿没怎么吃，饿了没？"

方珑佯装惊诧："你怎么知道我没吃饱？你不是忙着相亲吗？"

周洅听出她在挖苦，但心情更佳，声音都亮了些："那是你姨安排的，我事先不知情。"

"那你觉得小颖姐姐怎么样啊？"

"不怎么样。"

"我看那位姐姐也挺好的,和之前的可芸姐有点儿像,都是那种温柔型的,好斯文。"方珑用手整理长发,语气不咸不淡,"现在才知道,你口味挺重啊,不野的你不要……"

周涯瞪她一眼,知道她就这副德行,给三分颜色,能开大染坊。

他不揪着这个话题,又问:"怎么说,用不用吃夜宵?"

"不用啦,我刚才喝了好多水……"她这才想起她那已经付了三个小时钱的迷你包厢,惨叫一声,"我的酒还没喝完!能不能回去KTV拿?"

"有毛病。"周涯伸手过去,把她刚整理好的头发又揉乱,"少喝点儿酒,你那些浑蛋男朋友都不知道是不是你喝醉的时候看上的,什么破烂玩意儿,嘴巴没给他踩烂算给任建白面子……"

方珑"扑哧"笑出声。

前方路遥遥,她摇下车窗。

夜风冰凉,但心很温暖。

马慧敏睡下了,家中安静。

方珑换鞋的时候小声问周涯:"你今晚来我房间吗?"

周涯刚压下去的火噌地又冒起,本能地抬头望一眼母亲房间紧闭的门,才压着嗓子说:"不去。"

"没想干吗,聊聊天也行啊。"

"不行,我妈在家。"

方珑不满:"大姨都睡了。"

周涯坚持:"她会起来上厕所的。"

他拍了拍她的腰:"去洗个澡再睡,都是酒气,衣服拿出来洗,别放好几天。"

方珑甩他一个白眼:"不知道的还以为你是我妈。"

周洼嗤笑,不搭理她,摸了烟去阳台。

既然事情发生了,他得冷静下来,好好想想接下来的路要怎么走。

方珑洗完澡出来,周洼还站在阳台上,没开灯,指间有白烟缥缈升起。

她轻手轻脚走过去,但还是被周洼发现了。

周洼回过头,顺手把没抽几口的香烟在铁罐里掐灭:"洗完了?"

方珑点点头,把手捧着的一团衣裤递给他:"帮我丢洗衣机吧。"

周洼接过来,应了声"好"。

方珑头发还是湿的,她擦着发尾,眉毛轻飘飘挑起:"那我回房间了哦。"

"嗯,去吧。"周洼今天说了不少话,嗓子早就哑了,三个字里头,只有"去"有声音,其他两个字都是虚的。

方珑努唇:"就这样啊?"

周洼都能想象出来她刚才洗澡时用了多热的水,她站在他面前,浑身散着湿热的水汽,嘴唇水润嫣红。

他的左眼皮,竟在这会儿突然跳了一下。

他低下头,抬手蹭压眉骨,说:"在家得有在家的样子——"

"行,周洼你行。"方珑打断他的话,把擦头发的毛巾抛到那团衣物的最上方,"继续假正经吧,我回房了。"

她甩了甩头发,转身往房间走,只给周洼留下一股甜腻果香。

等她进屋,周洼才笑着动了动身子。

方珑脱衣服脱得乱七八糟,袖子夹在衣服里,周洼一件件抖开,把袖子裤管都理顺了,再放进洗衣机里,上衣、牛仔裤、袜子……

他顿了顿,这里少了两样东西。

刚才那根烟没抽两口,周洼再点了根烟,慢条斯理地抽完,拿衣服进了浴室。

一进浴室,他又闻到沐浴露的味道,甜得好似她的吻。

他逼着自己不能回想。

碰不到的时候还没那么渴望,吃到了只会食髓知味。

可一关门,就看到门后挂着一套内衣。

胸衣和内裤,各挂一个钩子,是方珑刚换下的。

浴室门的挂钩钉得并不高,周涯的视线正正好对着那条红色蕾丝内裤。

鬼迷了心窍,他两指一捻,把它取了下来。

他深呼吸了几个来回,最后把这套内衣丢进洗手盆里。

洗完澡出来,他取了香皂,把两人的内衣裤都手洗了,拿去阳台晾,再开洗衣机。

接着,周涯走到方珑门口,敲了两下,咚咚。

方珑拉开门,不吱声,只冲着门外的周涯嘻嘻笑:"干吗?衣服都洗了?"

周涯冷哼一声,手罩住她的脸,推着她的脑袋往里走。

门一阖上,方珑立刻扒拉下他的手,张嘴就往虎口咬。

周涯也没客气,一弯腰,一曲臂,直接把她拦腰扛起来。

方珑倒吸一口气,同时松了口。

每次这个时候她都觉得自己像袋大米,周涯想把她搬到哪儿就搬到哪儿。

周涯把她丢到床上,单膝跪上床,俯下身想吻她。

方珑故意不配合,撇开脸不让他亲嘴巴。

周涯无所谓,别的地方也可以。脸颊、下颌、眼角,最后到了耳侧。舌一卷,就把耳珠含在唇间啄吻。

灼热的气息,吮吸的声音,对方珑来说都是突如其来的刺激,她受不住，喘着气想拍周涯肩膀。

周涯双手一抓，握住她两边细腕，高举过头，重重压在一旁没叠好的拉舍尔毛毯上。

"以后内裤自己洗。"他边吻她耳郭边说。

"不要……你帮我洗。"

"我是你保姆？"

方珑双手被压得动弹不得，但双腿暂时不受限制。

一拱腰，一抬臀，双腿盘上他的劲腰。

嘴唇在他的脖侧胡乱吻，方珑的声音又软又黏："你是我哥啊……"

周涯猛吸一口气。如今他有些听不得这个称呼。

她心脏扑通扑通跳得欢。

周涯抬起头白她一眼，缓声警告："方珑，你这张嘴巴，除了挑衅和吵架，还能用来干吗？"

"哼哼，你这就不知道了吧。"方珑贱兮兮地把脸凑过去，在他略微长出胡茬的下颌落下亲昵的吻，猫叫似的呢喃，"还能吃你做的蛋炒饭……"

她不知道周涯记不记得，她自己对小时候的那盘蛋炒饭记忆深刻。

那段时间父母对赌钱像着了魔，几乎天天不着家，或许会在方珑上学的时候回家一趟，待方珑回家时，家依然是个空壳。

隔夜冷饭和几颗鸡蛋，仿佛已经是父母对她最大的施舍。

那个晚上，方珑本来打算只吃那包偷来的干脆面垫垫肚子就行，把饭和鸡蛋留到第二天再吃。

作业写一半，有人按门铃，把她吓了一跳。

那些天经常有陌生人上门，不按门铃，直接捶打防盗门，喊着她父母的名字。砰砰声巨响，夹杂着粗言秽语。

父母提前警告过她，无论外面的人怎么叫骂，千万别开门。所以一有人来，她都会躲进房间里。

在房间躲了一会儿，方珑发现这次与平时不同。门外那人并没有因为没人应门而逐渐脾气暴躁，还是很耐心地每隔几秒按一下门铃。

她踮脚去看猫眼，是个大哥哥。

有一点点眼熟，但方珑想不起来在哪儿见过。

她开了门，因为她还看到大哥哥手里拎着一袋水果和一盒蓝罐曲奇。

蓝罐曲奇耶，她都忘了有多久没吃过。她好喜欢里头带葡萄干的那款。

光是这两样东西，就足够让她吃上好几天。

大哥哥很高，方珑得仰起脑袋，而大哥哥蹲下来和她平视，问她记不记得他。

他一开口，方珑就有印象了，是大姨家那个领回来养的"小哑巴"。

时不时夹杂气音的沙哑声，方珑没听别人有过，所以就算之前跟"小哑巴"只见过几次面，方珑还是记住了。

后来周涯给她炒了一碗蛋炒饭。

方珑不知道多久没吃过正儿八经的饭了，狼吞虎咽，仿佛饿死鬼上了身。好好吃。她满脑子全是这蛋炒饭太好吃了。

之后接近一个月，她靠周涯的接济活着。

她也试过自己炒蛋炒饭，但炒出来的蛋炒饭黏黏糊糊的，怎样都做不到像周涯炒的那样粒粒分明。

后来无论周涯给她做了什么大餐，鸡、鸭、鹅、鱼、虾、蟹，好吃是好吃，她也喜欢吃，但还是对那口蛋炒饭念念不忘。

"蛋炒饭？明天想吃吗？中午给你炒。"

周洇习惯性地询问，说出口才觉得犯傻。

哪有人在你侬我侬的节骨眼上谈论明天午饭吃什么的？

方珑也是第一次在这种气氛中被问想不想吃蛋炒饭。

她嘻嘻笑出声，乖巧地说："好。"

周洇想亲她的唇，循着她的笑声贴过去："这张嘴，骂人厉害，吃饭也厉害。"

许是因为染上情意，他的声音好似风从山谷里来，深邃，遥远，有着未知的危险。

这次方珑没躲了，探舌与他纠缠。

空了许久的胸膛被这个吻填满，空气都被挤了出来，方珑被吻得狠了，眼里水汽越蓄越多，唇齿间流露出许多情不自禁。

一个深吻结束，两人额头抵着额头，胸廓此起彼伏。

谁都没有开口说话，喘着气，直视着对方的眼睛。

两人的眼睛里都有火苗在跳。

方珑伸手碰了碰他。

周洇摇头："今晚不行。"

他解释："家里什么都没备。"

"那个……"方珑努唇，提议道，"我安全期耶。"

周洇蓦地皱眉。他自认是个粗人，对女性也没了解得那么透彻，但到底多吃了几年米，该懂的事情他还是懂的。

他知道小镇的每家药店里，紧急避孕药很畅销。也知道每根路灯柱上，都贴有三流妇科医院广告。

周洇年近三十岁，至今遗憾的事情有几样，其中一样，是在方珑最重要的青春期里，没人能好好引导她树立比较正向的感情观。

她亲生母亲不能引导，马慧敏和她中间始终隔着层关系，周洇更是不知如何开口。

他轻抚方珑发侧,叹了口气:"方珑,以后别吃那些乱七八糟的药了。"

方珑过了片刻,才明白周涯指的是什么。

又过了片刻,她明白周涯话里的意思。一股强烈且陌生的情感,从身体深处不停涌起,瞬间灌得胸腔里满满当当。从没有人跟她说过这些。

"我也不会让你吃那些玩意儿。"周涯屈指蹭去她眼角的湿意,眼神缱绻,但语气强硬,"听到没有?别给我装聋。"

方珑钩住他脖子,贴在他耳边小小声说:"听到啦。"

阳台的洗衣机停了,周涯走出房间,过去把衣服一件件晾起。

再去打了条热毛巾,进方珑房间,给她擦脸。

暖意烘得方珑更加昏昏欲睡,周涯服侍完她,发现她已经睡过去了。

他提了提嘴角,像过去许多次那样,帮她把被子盖好。

正想走,裤子被扯住。床上的姑娘还合着眼,像在梦呓:"哥,你不要走……"

这一幕,和周涯记忆中某些片刻重叠了画面。

方珑高一那年的冬天,她发了一次烧,挺严重的,烧到快四十摄氏度,一直降不下来。

到半夜两三点,周涯觉得不能再等,带她上医院。

隔壁街就有一家医院,不是特别远,他没开面包车,直接背着她一路走过去。

得留在医院挂几瓶水,周涯坐她旁边陪着。

方珑打盹,脑袋乱点,他看着难受,就扶着她发侧让她靠他肩膀。

原来她会说梦话，也可能和生病有关，小嘴絮絮叨叨，但说的什么内容周涯是一个字都没听清。听着听着，他也犯困。不知不觉睡过去，醒来时发现，他正抵着方珑的脑袋。

见输液瓶快空了，周涯想去喊护士来换。刚想站起来，就被方珑虚虚牵住了手。

她的指尖很凉，在他的肤色衬托下，显得毫无血色。

"哥，你不要走。"她说。

方珑很少在他面前坦露真正的脆弱。

偶尔她会为了得到便利或好处而示弱，但都是演出来的，只有像现在这样，她完全放下了戒心，褪下长满刺的铠甲，才是她最柔软的模样。

"真是小祖宗，任建白说你就是被我惯坏了。"

周涯叹了一声，掀开被子上了床。

方珑其实稍微睁开了眼，确定是周涯，往里腾了腾位置。

周涯揽她进怀："快睡。"

方珑咕哝了一声，不再蹭来扭去，很快呼吸平缓，睡着了。

周涯没睡，他压根没有睡意，睁眼看着灰蒙蒙的天花板。

这个次卧原来是他住的，方珑来了之后，他把房间给了她，自己搬到隔壁原本做杂物间的小房间。

方珑没怎么改过房间的布局，用的全是周涯以前的旧家具，床单、被子、枕头……他们给她什么，她就用什么，极少提出需求。

马慧敏三不五时就问方珑想不想给屋里添置些什么，让方珑把这里当作自己家，不用跟她和周涯客气。方珑每次都笑笑说已经足够了。

听着她毫无规律的梦话，周涯搭上她手背，勾了勾她的小尾指，闭上眼，同她一起入眠。

周涯睡得很浅，天还没亮的时候醒了。

他小心翼翼地抽出被枕麻的手臂，顺了顺方珑的头发，才离开她的房间。

今晚大排档要营业，早上周涯得去趟市场，索性不睡了，在厨房里捣弄早餐。

马慧敏起床时，高压锅正好咻咻叫唤。

她走到厨房，有些意外："哟，今天你起得这么早啊？"

周涯调低炉火，应道："对，也能早点儿去市场。你需要买些什么？我待会儿一并带回来。"

"买些青菜回来就好。"

"好。"

到底是养了二十几年的孩子，马慧敏一眼就看出周涯今天的心情不错。

她倚着门框，笑道："看吧，还是得多认识认识新朋友，状态都不一样了。怎么样？昨晚你俩聊得还行？"

周涯愣了愣，一时竟以为马慧敏指的是他和方珑，心想母亲怎么会知道的，几秒后才反应过来，马慧敏指的是昨晚来家里的那位姑娘。

周涯从消毒碗柜里拿了碗准备给马慧敏添白糜，直接说明："妈，之后别帮我安排相亲、介绍对象了，我有喜欢的人了。"

马慧敏睁圆了眼，误会他一夜之间喜欢上了小颖，声音都变大了："儿子你可以啊！怎么突然就开窍了？可以可以，晚点儿我给小颖妈打个电话，多帮你俩制造机会！"

周涯立刻否认："不是，妈，我喜欢的是别的姑娘。"

哗的一盆冷水淋到马慧敏脑袋上，她愣了几秒，问："啊？你喜欢的不是小颖啊？"

周湉哭笑不得："怎么可能？昨晚才见那么一次面，就能喜欢上了？"

"怎么不可能？我和你爸以前在工厂就是……你们小年轻不都挺喜欢一见钟情的吗……"

马慧敏是有些失望，自己消化了一下，问："那你喜欢的那女孩是谁啊？按你这么说，你俩认识很久了？"

昨晚的事情发生得突然，像没有预兆的火山爆发，周湉想回头跟方珑商量一下，再选个日子跟马慧敏坦白。

他低头笑笑："嗯，是认识挺久的了。"

Chapter 08

他的太阳

大年初三的菜市场格外热闹。

街坊们三四天没买新鲜菜，今天摊贩们一开铺，一窝蜂地涌来，每个档口前都站满了客人。

周涯早知会这样，大年初一跟相熟的商家摊贩拜年的时候，已经提前让他们帮忙留一些好料，不然今晚的大排档得开天窗。

在老六海鲜那儿清点海鲜时，老板走过来，递了根烟给他。

周涯道了谢，把烟夹在耳朵上。

老六环顾四周，蹲到周涯身边，小声问："阿哑，春节前你店里是不是被人弄了？"

周涯转头看他一眼："你知道？"

老六也坦荡："小镇哪有秘密！"

菜市场更没有，简直可以算是小镇的情报交流基地。

周涯点头："是有人来闹事。"

老六问："知道是谁家搞鬼不？"

周涯反问："哦？你知道？"

"哎哟，我哪儿知道，我也是听前面食杂铺的老板娘说起这么件事，今天见着你了，就多问一句嘛。"老六笼统地打哈哈，但还是好心提醒周涯，"没办法啊，谁让阿哑你店里生意好，挡着别人的财路喽。"

周涯呵笑："你说好笑不好笑，与其花时间找人来砸我生意，不如多花些心思增进厨艺，菜做得烂，好意思怪我？"

老六咬着烟笑，从摊位上挑了一条白鲳，抛进周涯面前的泡沫箱："就喜欢你这种敞亮直白的，送你。"

年初一晚上，周涯去任建白家拜年时，也和任建白聊了聊那晚的事。

闹事那帮人的车牌不是本地的，车子是查到了，闹完事的当晚他们就离开了庵镇。

任建白问周涯要不要继续追，要的话就去跟当地派出所打声招呼，周涯摇摇头说不用了，那些人不过是收钱办事的打手，真正看他不顺眼的另有其人。

就算追到了又能怎样？还得怪他自己皮糙肉厚，被砸了酒瓶什么事都没有，连追究都没法子，顶天了也就是让他们把那晚砸烂的碗盘赔了，或把那晚没付的饭钱清了。

周涯很早就在社会上行走，知道打开门做生意，并不能事事如意，有些苦就得敲碎了，伴着烟酒往下咽。

冲着他一个人来，没问题，他忍一忍就过去了，但他的底线是家人和员工。触碰到他的底线，他断不会轻易放过对方。

周涯来回两三趟，把一个个泡沫箱和塑料袋搬进后车厢。

和往常一样，车内的味道逐渐复杂起来。

周涯关上车门，心想这周忙完真得去挑辆代步车了。

他没有立即开车离开，还有东西需要另外买。

周涯绕到市场外围，进了相熟的服装店。门口摆着一沓沓男士大裤衩，也有三角内裤和袜子，明码标价，十元两条，十元四双，诸如此类。

老板招呼道："你好久没来了啊！"

周洇点点头，递了根烟："来买几条内裤。"

老板接过，豪爽道："自个儿选，红彤彤的也有。"

周洇看了一圈，问："有没有稍微贵点儿的？质量好一些的。"

"有有有。"老板从玻璃柜里取了几个长形纸盒，"外贸货，厂里做出口的，但需要一盒一盒买，不拆卖。"

一盒有三条，宽裤边上印着一串英文，不同颜色组合，有的黑白灰，有的白红蓝。

周洇价格都不问，直接报了尺码，要了两盒。

老板夸他有眼光："这个牌子啊，C……C……哎呀，我也不知道怎么读，只知道在港城卖几百块钱一盒的，在我们这里便宜，你捡到宝啦。"

周洇笑笑，付了钱。

十点多回家时，方珑已经起床了，正在餐桌旁吃她的早餐，白糜加颗咸鸭蛋。

两人对上视线，方珑眼珠子滴溜溜转了一圈，冲阳台挤眉弄眼。

马慧敏在阳台倒腾花花草草，看起来心情也不赖，哼的小曲儿在玄关都能听到。

周洇换了鞋，走到餐桌旁，抬起手，手背蹭了蹭方珑的脸颊。

方珑也侧过头，亲昵地蹭了蹭他的手背。突然想作坏，她张开口，朝他虎口咬了下去。没怎么用力，但留下了黏糊的口水。

周洇瞪她一眼，收回手，把虎口上的湿黏舔干净，才跟阳台的母亲打了声招呼。

中午吃蛋炒饭，再加一荤一素一汤。

三人落座，位子还和平时一样，周洇和方珑面对面，马慧敏在一旁。

马慧敏不免俗地又提起早上和周涯没结果的对话："珑珑，你知道吗，你哥今早让我别给他介绍对象了，说他有喜欢的人了。"

方珑差点儿呛到饭粒。

她清了清喉咙，戏谑地看着周涯："真没想到，老树也能开花呀。"

马慧敏被她逗乐："你哥年纪也不大啊，哪能叫老？"

周涯抬眸瞥方珑，又垂眸，目光落在骚扰他小腿的那只脚丫子上。

她身高不高，脚也长得小，跟贪吃老鼠似的，沿着他的裤管一寸寸往上爬。

"那哥你喜欢的是哪位姐姐啊？我们认识的吗？"

方珑嘻嘻笑着，脚越踩越高，很快已经攀到周涯的膝盖上。

"我也没说过是姐姐。"

周涯面色不显异样，桌下的手却一下便逮住她的脚。三指一勾，在她脚底板飞快挠了一记。

方珑抵不住痒，大叫："啊！"

马慧敏被吓一跳："怎么了？怎么了？"

方珑悻悻收回脚，脚底踩着另一只脚的脚背挠痒："没、没事，吃太快，咬到嘴肉了……"

"哎哟，吃慢点儿。肯定是最近吃太多热气东西，上火，回头让你哥给你煲点儿凉茶降降火。"

马慧敏在儿子的终身大事方面格外细心，扭头问周涯："欸，儿子你刚说什么？不是姐姐，那是妹妹啊？对方比你年纪小？"

周涯半耷着眼皮，掩住深黯眼眸："对，是妹妹。"

饭后，周涯在厨房洗碗，方珑趁马慧敏上厕所，跑进厨房。

她得踮起脚，才能够着周涯的耳边："你疯啦，在大姨面前说得那么明显,被她知道了怎么办?"

"明显吗?"周洐双手带泡沫,不揽她了,低头吻了吻她发顶,低声说,"你不让我有别的妹妹啊?"

方珑瞪大眼,龇起两排白牙:"周洐你敢?!"

周洐喜欢这样的方珑。吃些无伤大雅的小醋,有着小孩子气的独占欲,这能让他感觉到,他在她心目中确实有一席之地。以一个异性的身份,而不只是她的哥哥。

方珑想挠他,但一听到马桶冲水声,立刻火速逃离厨房。

周洐顿了几秒,低头把剩下的碗盘洗了。

等到马慧敏进屋午睡,周洐才闪进方珑房间。

方珑趴在床上听歌看手机小说,纱帘把阳光筛得细腻温柔,落在她栗色发顶和在半空晃来晃去的白皙双足上。

见他进来,她不起身,也不挪位,还送了他一个白眼。

周洐心里乐,真成了只小白眼狼。

他走到床边坐下,摘了她一只耳机塞进自己耳朵里。

"还我,去找你别的妹妹要。"方珑想夺回来,伸手却被周洐扣住。

他拉着她的手到嘴边,咬了她一口。

"周洐你属狗啊?"

"学你,整天咬人。"周洐摘了耳机,也把方珑另一边的耳机取下来,"你先坐起来,我跟你谈点儿事。"

周洐的态度怪郑重其事的,方珑熄了手机,坐起身:"说什么呀?"

"昨晚你和我都有点儿着急,该说的话,我还没好好说。"

周洐不是性格外放的人,他也不爱剖白自己的感情,他总认为做的比说的更重要。

但面对方珑,他渴望她能知道他的所有想法。

上一次有如此迫切的说话欲望,是他刚被周父周母领养的时候。

他很想很想感谢他们,就算他的声音千疮百孔。

此时,周涯抬眸,眼睛里盛满光,一字一字地认真发音。

"方珑,我喜欢你。"

方珑愣住。

她听过很多次这句话,从别人的口中。甚至听过很多次"我爱你"。

"喜欢"和"爱"在他们口中,好像KTV里的情歌,随随便便就能拎出来唱。

它们逐渐变得廉价,变得老土,变得细碎。它们变得轻飘飘,从口里蹦出来后就落在地上,沾了灰、染了尘,成了脚边灰扑扑的石头。遍地都是,但连捡都不想捡。

可这一刻,方珑第一次感受到,原来这句话是会发光的。

明明是毫无实体的声音,她却能用眼睛看到,用耳朵盛住,用心脏亲吻。

真正的喜欢就是这样吗?

眼前的男人,长相算不上英俊,皮肤黑,发型不时髦,有胡茬,穿的是"菜市场衣服",脾气差,满口脏话,洗澡只用一块香皂……

他有那么多那么多的缺点,一点儿都不完美,可此刻他在她眼里,比星辰还耀眼。

心跳快得要疯掉,向来能言善道的她脑子都不灵光了。

她把他扑倒在床上,埋在他颈窝,像个傻小孩,恶狠狠地威胁:"周涯,你不许再有其他妹妹!姐姐也不行!"

年后第一天开店,要做的功夫不少。

斩鸡拜完神，周涯给员工们发开年红包。

受年前那件事的影响，大家的心中多少有些不安，不知今晚会不会有人再来闹事。

而且这件事在镇上已经传开了。

话语很容易在口口相传中变了味，明明他们是受害者，可传着传着，竟有人觉得来他们店消费的都是些三教九流的人，乌烟瘴气。

阿丰愤愤地说："反正再来一次的话我就跟他们拼了，大不了进去蹲一次！"

周涯一巴掌拍在他后脑勺上："你再给我瞎说？"

"哎哎哎……打人不打头……"

"你脑子都是水，帮你拍掉一些。"

见自家老板老神在在，众人也放松了许多，开始各干各的活。

张秀琴今天一直没怎么开口说话，看向周涯的目光闪烁。

下午三点多，送来一筐筐啤酒，周涯出来帮忙整理酒水，张秀琴趁旁边无人，找到机会跟他说话："周涯……"

周涯"嗯"了一声，示意她继续说。

张秀琴有些吞吐："方珑今天怎么没来啊？"

周涯抬眸："她昨晚睡太少，我让她下午多睡一会儿，傍晚再过来。"

若搁以前，这句话听着没什么毛病，但今天张秀琴听出了不同的情绪。

她从来不是婆婆妈妈的性格，尤其在年轻时，她的性子其实和方珑很相似。

可一对上周涯，她总会不知不觉把自己放软放低，做事说话都不那么强势了。

周涯的前女友属于温柔婉约类型的姑娘，而周涯光站在那里就是硬汉,张秀琴以为他喜欢小鸟依人的女友。

原来不是。

张秀琴叹了口气,决定不再伪装自己。

她直切主题:"周涯,你很喜欢方珑吧?"

周涯一顿,红色啤酒筐沉甸甸,搁下时玻璃瓶碰出声音。

他直起身看向张秀琴,过了会儿,大胆承认:"对。"

张秀琴心中明了:"不是家人的那种喜欢,对吧?"

周涯回答得更快了:"嗯。"

张秀琴浅笑,掐灭了心里最后的火花,缓声道:"昨晚我也在'88'。"

周涯忽然就明白张秀琴为何会突然找他说话。

张秀琴低头没看他,继续陈述:"我那时候在大堂等位,瞧见你和方珑从里头走出来,想跟你们打招呼来着,但……"

但她看见方珑牵着周涯的手,周涯也乖乖让她牵着,跟在她后头走。

张秀琴从未见过这样的周涯,一身的铠甲全卸下来了,温柔内敛,和平时人前的刚硬模样天差地别。

倒不是说兄妹之间一定不能牵手,世间没有这个规定。

可张秀琴那瞬间觉得,他们两人的世界里,那一刻只能看到彼此,容不下其他人。

终于卸了心头大石,张秀琴长吁一口气,看向周涯:"那你们现在,还是兄妹关系?"

周涯没有一丝不耐,相反,他认真回答:"是兄妹,也不是兄妹了。"

张秀琴早已猜到:"那你们打算公开吗?"

"不会刻意宣布。"周涯一只手撑着酒水柜,想了想,说,"还是以方珑的意愿为先,她如果不想太高调,我会配合。"

周淮之前不敢在方珑面前显露心意,是因为他担心,如果方珑对他没有男女方面的感觉,那他俩之间的关系会变得尴尬。如果因此连所谓的兄妹都没的做,那周淮宁愿一直装聋作哑。

二来小镇闲话多,尤其男女之事极其受欢迎。

如果他和方珑交往的事被人知道,估计不出三日,就会成为大伙儿茶余饭后的谈资,即便他们没有血缘关系。

周淮自己是无所谓,但他听不得方珑被编派的闲话。一句都不行。就像昨晚在KTV,他只想把江尧那张烂嘴撕掉。

"好,我会替你们保密的。"张秀琴拂了拂波浪卷发,忽地笑得明艳,"不过我也没什么机会和别人讲你们的八卦,我打算下个月离开庵镇了。"

周淮略微讶异:"你要走?"

"对,之前不是跟你提过我那堂妹吗?原来小姑娘挺有自己的想法,她想去大城市闯闯,我打算和她做个伴。"

"打算去哪儿?"

"珠市或莞市吧。"张秀琴声音低下来,意思倒是直白,"而且我年龄不小了,既然你已经有了喜欢的人,那我也就不在这儿赖着了。"

周淮尊重张秀琴的想法,没再留她,点点头:"行,那我提前祝你一切顺利。"

张秀琴淡淡一笑:"谢谢。"

傍晚,大排档早早亮了灯。

一筐筐凉凉的鱼饭被搬出来,和生腌们一同亮相于灯下,码放得整齐。

后厨在做最后的备料,方珑也忙着给骑楼下的桌子裹塑料桌布。

今晚风有点儿大,桌布一直被拱起吹开,她费好大劲才绑好一张。

张秀琴走过来:"我来帮你。"

"耶,谢谢姐。"

"客气。"

两人配合,很快把其他几张桌子都裹好桌布。

张秀琴突然开口:"方珑,对不起。"

方珑一怔,满脸疑惑:"怎么突然跟我讲对不起?"

张秀琴坦诚道:"除夕前那晚,你给那群人送酒的时候,我有预感可能会出事,但我一直没过来帮你。"

她认识方珑有几年时间了,和大排档的其他人一样,把方珑当妹妹看待,所以那晚出了那种事,张秀琴一直如鲠在喉。

明明她自己卖酒的时候,最害怕这种客人。

她再次向方珑道歉:"抱歉,让你遇到不好的事。"

"天,吓我一跳!你这么严肃,我还以为是什么大事。"方珑笑了笑,"那破事我早就甩到九霄云外啦,你也别放心上。"

张秀琴能理解周涯为什么会喜欢方珑。

女孩敲碎酒瓶挡在周涯面前的画面历历在目,那一刻张秀琴就知道,谁都走不进周涯的心里了。他心里的那个位置,会一直被方珑占据。

成年人会在许多个瞬间停下来,思考犹豫那么几秒,这是长大换来的成熟。

方珑不够成熟,甚至有些鲁莽冲动,但正因为这种孩子气,她拥有许多人都已经缺失的勇气。

张秀琴很羡慕她这种"勇"。

这一晚,大排档生意极好,比春节前还热闹。

桌子总是满的，上一拨客人结账，还没来得及清理，已经有下一拨客人坐下。

周洭今晚把后厨交给其他厨子，自己在冷摊上负责斩卤味和生腌。

方珑总忍不住偷偷瞄他。

大冬天的，他穿件短袖，还能满头大汗。刀起刀落，银光烁烁，每个动作都干净利落。还不爱说话，点点头，挥挥手，其他人就知道要送去哪儿。

唔……好吧，不得不承认，干着活的周洭还是蛮有型的。

九点多的时候，来了一桌客人，是任建白领着一帮同事来吃夜宵。

周洭有些意外，问任建白："你怎么没跟我说你要来？"

任建白搭他肩，一副老熟人的样子："哎呀，来给我好兄弟撑场子，不必多言。"

"热死了，滚滚滚。"周洭嘴里嫌弃，但还是把酒水柜上私藏的白酒拿了下来，给了任建白，"拿去和同事一起喝。"

任建白佯装惊讶："周老板，这可使不得，我们是人民的好公仆，不能收受群众利益的。"

周洭笑骂："不要拉倒，还给我。"

秦百乐也来了，但他不是为了吃夜宵，就在店里走了几圈，决定好几个位置，说过两天送一套监控过来。

不用任建白和秦百乐多说，周洭明白他们的用意。

包括今晚来帮衬的街坊，许多都是老主顾带着一家老小来吃饭，给予他无声的支持。

很多小镇青年翅膀长了两根毛就恨不得往外飞，但周洭恰恰相反。

他没什么崇高理想、远大志向,他就想在这个小镇里扎根。

扎根,往下深深扎根。

小时候,有些小孩知道他是弃婴,会问一些让他厌烦的问题。例如,你想不想找到你的亲生父母;例如,如果亲生父母来找你了,你要不要跟他们回家。

他选择闭口不言,因为他那时候还无法确定自己心中所想。

如今若有其他人再问,他便会答,不想,不会。这里就是他的家。

夜深了,店里依旧热闹,碰杯声不断。

周洱站在骑楼下抽烟。

望着一室烟火,也许是被烟熏过,他的眼眶有些许湿润。

方珑走过来,趁没人注意到他俩,用脑袋撞了下周洱的手臂:"喂,你怎么啦?"

周洱低头看她,胸腔里的情绪翻涌得更猛烈了。

他把指间还剩一半的香烟弹向下水道盖,不顾是否会被其他人看到,他牵住方珑的腕子,带着她往旁边小巷走。

周洱的步伐很急,方珑几乎得小跑才能跟得上。

她皱眉压着声音问:"发生什么事啦?"

周洱不出一声,走到自己的摩托车旁才松开她。

方珑还没站稳,就被周洱抱到摩托车油箱上侧坐着。

墙上壁灯一直没有人来修,时明时暗,伴随着刺刺电流声。

周洱的声音也好似过了电:"想吻你。"

方珑一双杏眸睁得又圆又大,一口气含在喉咙里,吻已经落了下来。

周洱来势凶猛,方珑一时承不住,推他打他都无用。

过了会儿,她伸手抱住他,轻轻扯着他背上的衣服。

巷口方向甚至还能听到阿丰哈哈大笑的声音,他们两人躲在暗巷,偷三分钟的吻。

夜风寒凉,但两颗心,越来越烫。

周洉罕见地喝多了。

他先是去陪任建白那桌喝了几杯,别的客人看到了,也要他过去喝酒。

周洉难得没有拒绝,每桌都提了几杯。

但他不会让自己喝醉,只是比平时还要安静,坐在骑楼下的空桌子旁,呆呆地看着街道。

阿丰提议:"老板,你和小祖宗先回去吧,剩下的我们收拾就行。"

今天生意太好,十二点而已,备的料已经卖光了,只能提前收铺。

方珑捸着塑料椅:"回的话我去叫辆出租车。"

周洉摇头的速度很慢:"我没醉。"

他肤色本就深,看不出脸有多红,但一开口全是酒气。

方珑单手叉腰,说:"喝酒不开车。"

"我那是摩托。"

"摩托后面跟着个什么字?"

周洉一脸认真地想了三秒,才答:"车。"

方珑语气夸张:"来,跟我念,摩——托——车——"

周洉还真乖乖地跟着念:"摩托车。"

阿丰在旁边看得直乐,觉得这会儿两人身份似乎互换过来,周洉才是方珑的小祖宗。

周洉不乐意坐出租车,但也没坚持开自己的摩托车。

他要方珑载他。

方珑开的是女士小摩托车，周洭一个人就占去了大半张椅垫，方珑只坐了半个屁股。

"一喝醉就跟小孩一样……"迎着夜风，方珑往家的方向开，嘴里念念叨叨，"周洭你好重！别压我背上！"

周洭的酒量很好，而且自制力很强，很少会让自己喝醉，方珑在周家住了这么些年，也就见过一次周洭喝醉的模样。

那会儿她刚上高二，姨丈意外去世，大姨又因为心脏手术长时间住院，周洭忙上加忙，天天早出晚归，即便如此，他还不忘给她提前备好饭菜。

方珑的时间和他的是错开的，早晨她上学时周洭已经出门了，晚上她去医院陪马慧敏的时候，周洭已经回大排档了，她睡着不知多久周洭才回家，明明同住一个屋檐下，两人却能好几天都见不到一面。

有一晚方珑正睡着，被外头声音闹醒，起来一看，是任建白扛着喝醉的周洭回来。

周洭就在那儿一直傻笑，看着她，咧开一口大白牙地笑，还一直喊她"妹妹"。

在那之前方珑没照顾过喝醉的人，也就只能学着言情小说里和电视剧里说的那样，给周洭泡了杯蜂蜜水，任建白把周洭弄进屋里躺下，方珑拿着水杯进屋时，周洭已经睡着了。

方珑问任建白，周洭是不是遇上什么事了，任建白支支吾吾，末了说："小孩子不懂的。"

后来过了一段时间，方珑才知道周洭和可芸姐分手了。

那会儿她还把这件事当作周洭的把柄，一吵架就拿出来激他，说没想到他还是个情圣。

"唔，我冷。"周洭似是迷迷糊糊地嘟囔道。

车子小，他半弓着背，下巴抵在方珑肩膀上，胸口贴着她的背脊,手也圈着她的腰。

踩后脚踏的话他一双长腿得一直屈着,难受,他索性伸直腿,直接踩住车头踏脚的地方。

两人体型有差,说是方珑载着他,但更像是他抱着方珑在骑车。

方珑呵笑:"冷什么冷,你这人字典里就没有'冷'字,大冬天都还洗冷水澡。"

周淮把她往自己怀里拢了拢,慢条斯理道:"洗冷水澡是有原因的。"

方珑一时没反应过来:"什么原因?"

周淮没回答,高挺鼻尖在她温暖脖侧蹭了蹭。

方珑"哦"了一声:"我明白了,啧啧,周淮你不老实。"

周淮又乖乖承认:"嗯嗯,不老实。"

手也开始不老实,往上攀了几寸,有一下没一下地碰着。

"周淮你疯啦!"方珑小声惊呼,"我在开车!"

"嗯……"周淮哑声呢喃。

"神经病!等下,等下撞车!"方珑脸都烫了。

周淮依然"嗯嗯"应着,但还是再多揉两下,才揽回方珑的腰。

方珑被他弄得不上不下,气得咬牙,空了一只手去掐他大腿。

这时周淮由得她掐,但又像清醒过来了,低声提醒:"别单手开车。"

"哼……"

方珑往后摸到周淮的耳朵,拧了一下,才收回手握住车把。

许是因为多载了一个人,今晚的小摩托车有点儿开不动,方珑抓紧车把,生怕"翻艇"。

还有一个路口就到家了,方珑在红灯前停下。

身后的男人还是把下巴搭在她肩膀上,呼吸均匀,鼻息炙热。

方珑故意轻咳两声,半晌,周涯才应她:"有话快说。"

方珑又反手猛掐他耳朵:"你那什么……买了没啊?"

"那什么?"

"就,就那个!"

"我喝醉了,听不懂……"

方珑气笑了,用力晃车身:"行,你听不懂,那就当我没问过。"

她还真不收着敛音,声音在无人街道上方来回打转,要是被哪个三姑六婆听见,得指着她鼻子说她小姑娘家家真不要脸。

周涯一双长腿支地,替她稳住车身,低笑着投降:"我真服了你……干吗?真的很想要啊?"

方珑双颊早烫得不行,嘴巴还硬:"呵呵,我就问问……"

周涯睁开眼睛。

女孩的耳垂微红,染了沿路灯光,似通透琥珀。

嘴唇碰了碰她的脖子,他老实交代:"买了,还买了几条新内裤,都放到新家那边了。哪天你有空,和我过去一趟,看看需要添点儿什么,我们一起去超市买。"

红灯转绿了,但方珑没驶出去。

她扭头看周涯:"新家?镇政府旁边那套?"

"嗯。"

周涯买房和后来装修的时候,方珑陪马慧敏过去看过一两次。

但那套房……

"那不是你的婚房吗?"方珑声音很小。

腰上的手臂蓦地收紧,方珑猛吸一口气。

接着,沙哑的声音从身后传来:"是婚房啊,所以不能我一个人说了算,懂了?"

像条件反射,鼻尖有些泛酸。

方珑眨巴着眼睛,好让里头飞快聚集起来的水汽散去一些,装傻充愣:"不懂呢,哎呀,我是不是闻了你的酒气,也醉了啊?"

周涯坐姿不变,但话语里的嬉戏尽数收起来,态度认真了许多。

"方珑,我要给你一个家。"

周涯说的不是"会",不是"我会给你一个家",而是"我要给你一个家"。

是笃定的,是确信的,是必然的。

心脏成了个小小的热水袋,装满了所有的温暖。

方珑松了车把手,身子往后倒进周涯的怀抱中。

她亲了亲他微刺的鬓角和发烫耳郭,轻声细语:"可是我早就有家了啊。"

有高床,有软枕,有热汤,有饱饭。

有吵闹,有冲撞,有唠叨,有笑语。

有她回家晚就会开始担心她安危的大姨。

有每次都说不再管她,但下一次仍会来把她接回家的周涯。

原本家是个空壳,现在早被一点点填得满满当当。

一扇扇窗通透明亮,照进熨暖人心的光。

浴室门被反锁,淋浴间热气氤氲,一对爱侣一前一后贴在一起,水流声盖过两人或急或缓的喘息。

周涯胸口贴着方珑的背,唇吻她白皙圆润的肩,做着刚才在马路上没能继续做的事。

他有些爱不释手。

方珑的声音和玻璃间里的白雾一样轻:"周涯……"

周涯知道她的意图,可他们在浴室待了有段时间了。

"好了,洗好就回房间,再闹你姨要被吵醒了。"

他把刚蹲下的方珑拉起来，捏了捏她脸颊，在她耳边笑道："去新家了，你爱怎么闹就怎么闹。"

方珑鼓了鼓腮帮，忽然情绪有些低落："怎么跟你谈恋爱，谈得跟偷情似的……"

周涯心一沉，忙去牵她的手："不是，我没有那个意思，就是怕你姨一时半刻接受不了，反而容易出乱子。但如果你觉得不妥，我会尽快找机会跟她好好谈谈我们的事——"

方珑"扑哧"笑出声："我就是随口一说，你别紧张。"

她捏了捏周涯的指节："但是你不用把事情想得太复杂，我们又没有血缘关系，在一起不违法啊。"

"可你也知道，别人根本不在乎我们有没有血缘关系，他们爱八卦，少不了一顿瞎说。"周涯轻叹一声，把心中顾虑说出来，"我自己无所谓，但方珑，我不希望你被别人讲闲话。"

方珑能理解周涯的顾虑。

嘴巴长在别人的身上，三人成虎，一个不留意，谣言八卦就满天飞了。

"但我可是方珑耶。"方珑抬头挺胸，眼睛闪着光，"我只在乎大姨的想法，其他人的，老实说我真的无所谓。"

"我也相信，我们好好跟大姨谈，她能理解的。

"在一起是两个人的事，周涯，你别总想着一个人担下来。"

明明眸子浸过水，黑透晶润，但眼底又映出一抹跳动的火苗，能把周涯心里所有昏暗的角落都照亮。

他想，无论何时，他都能为她低下头，俯首称臣。

周涯在她额头落下虔诚一吻，水声遮掩不住他带着笑意的声音："嗯，你可是小祖宗啊，厉害着呢。"

两人不再在浴室逗留，方珑先擦干身子换好睡衣："你等一下来我房间帮我吹头发?"

周涯说:"嗯,你先过去,我等等就来。"

方珑促狭地笑:"那你快点儿啊。"

她开门往外走,刚跨了两步,客厅的灯忽然亮了。

是马慧敏醒了。

方珑脑子嗡了一声,但反应极其迅速。

浴室靠近饭厅这边,而客厅顶灯的开关在门口鞋柜旁。中间隔着个地顶天的装饰柜,视线有一定障碍,没办法直接从玄关看到浴室。

她反手把门阖上,两三步就走到客厅,跟马慧敏打了声招呼:"大姨,你起来啦?"

马慧敏点点头,微眯着双眼打量四周:"嗯,你们回来啦……珑珑,你刚才有没有听到奇奇怪怪的声音?"

"声音?"方珑心跳如疯兔,但面上不能显露半分,"什么声音啊?"

"我也说不清,感觉有谁在说话,不像你的声音,也不像周涯的声音。"

"没,没有欸,我没听到……"

方珑咽了咽口水。本该已经很熟练的睁眼说瞎话技能,这会儿倒有些不熟练了。

马慧敏摇摇头说道:"算了,估计是我做梦梦见的。"

她瞄了一眼墙上的挂钟,再看看方珑:"浴室里头是你哥在洗澡啊?"

"对,对!"方珑拎着挂脖子上的毛巾擦拭湿漉漉的发尾,佯装自然地编了个借口,"我也是刚洗完澡,有点儿口渴,出来倒杯水喝。大姨你要上厕所的话得等等,哥刚进去。"

她刻意放大音量，好跟浴室里的周涯传递信息。

"行呢，没事，我不急——"马慧敏一个哈欠打到一半，忽然顿住。

她看向女孩，有些好奇："珑珑啊，我发现你最近跟你哥，关系好像好了不少啊……"

方珑猛吸一口气，鼻腔骤凉。

她干笑两声："没有吧？只不过他现在可是给我发工资的老板了，我总不能跟以前一样，整天同他顶嘴吵架，不然他要公报私仇，扣我工资的。"

方珑不敢多说，怕多说多错。

她匆忙倒了杯水，跟马慧敏道了晚安，回了自己卧室。

马慧敏多打了两个哈欠，浴室门开了。周涯也拎着条毛巾擦头发，唤了她一声。

马慧敏被困意缠身，没多留意细节，方便完后就回卧室了。

周涯在门口看着马慧敏躺下，再帮她把门拉上。

方珑的房间里有吹风机轰轰作响，周涯没去敲她的门，回房间后给她发了条信息：怎么跟你谈个恋爱，搞得好像在偷情？

许是因为喝了酒，许是因为和一墙之隔的小祖宗传了一晚上信息，隔天早上，周涯九点才起床。

马慧敏在客厅翻着报纸，见他出来，推推老花镜，问："起来啦？今天晚了些，还要去买菜不？"

周涯咕哝："嗯……吃碗粥就去。"

洗漱完，周涯进厨房舀糜粥。

他懒得拿到饭桌，直接把杂咸一股脑儿丢进碗中，用筷子搅一搅，倚着流理台大口吃粥。

还剩几口时,方珑挤进厨房,小声道:"啊,你都快吃完啦?"

周涯愣了一下,含糊道:"你怎么这么早?"

方珑鬼鬼祟祟往后瞄一眼:"你不是说要去超市?"

周涯手长,圈住她的手臂拉她到身边,低头就想吻她:"先陪我去趟菜市场?然后就过去。"

方珑迅速抬手,挡住他的嘴:"我还没刷牙!"

"臭臭的我也喜欢。"周涯笑笑,长了些许胡茬的下巴顶开她的手,再轻吻她的唇。

方珑心脏扑通跳,但还要佯装作呕:"哇,都是腐乳味。"

周涯拍一下她的屁股:"那你也得受着。"

厨房外,马慧敏在唤:"珑珑你起床啦?"

"对!"方珑大声回答,踮脚在周涯下巴上咬了一口,溜出厨房。

周涯笑着摇头,把剩下的粥吃完,拿新的碗给方珑舀粥。

方珑很快吃完早饭,和周涯一同出门。

临出门换鞋的时候,马慧敏还有些意外,开玩笑说今天的太阳是不是打西边升起了。

两人先去了趟菜市场。

本来周涯想让方珑在车上等着,他天天来这儿早习惯了,可小祖宗不一定习惯这里的味道和脏乱。但方珑不依,屁颠屁颠地跟在他后头陪着去进食材。

她很少来菜市场,没几个档口老板认得她。

有人调侃周涯,说他交了个小靓妹女朋友,这时候才带出来见见街坊,是不是太不够意思。

周涯笑笑,没有继续这个话题,但也没有否认。

方珑帮周涯拎了两个稍微轻一点儿的袋子,避开地上水洼往面包车走:"你怎么不跟他们解释解释啊?"

周湉捧着沉甸甸的泡沫箱子:"解释什么?"

"唔……就……"眼眸滴溜溜转了好多圈,但最终方珑说不出个所以然。

周湉现在没有否认,未来如果摊贩们从别人口中知道他俩的关系,那会不会对周湉造成困扰?

但要是周湉真的跟摊贩们否认了她不是他的女友,方珑想,她可能嘴上说没关系,心里则多少会觉得硌硬。有些里外不是人的感觉。

似是看出她所想,周湉把本来双手捧着的泡沫箱,抬至左肩上扛着,右手去取方珑手里的袋子。

凑近她耳边的时候,周湉亲昵地蹭了蹭她的耳珠,打趣道:"行了,本来脑子就不大灵光,别想这么复杂的事,免得烧坏了。"

方珑凶巴巴地瞪了他一眼,把另一只手的袋子扎紧,不让他一人拎那么多的东西。

把食材放回店里,周湉带方珑去新厝。

小区交房有好几年了,入住率挺高,楼下的小花园有不少老人在遛娃晒太阳,小孩们穿着崭新衣裳,从方珑身边嘻嘻哈哈地跑过。

她看了两眼,跟上周湉的步伐。

原本周湉就打算春节后搬出来住,所以厝内早早打扫干净了。

窗明几净,地砖锃亮,鞋柜里有崭新的男女拖鞋,主卧双人床上铺着素色床品,厨房里锅碗瓢盆一应俱全。

"你看看还缺什么,待会儿去超市买。"

临近中午,周湉拎了些牛脚趾和牛肉丸过来,打算中午在这边煮个粿条汤将就。

他拿出两个汤锅,一个烧开水,一个热肉汤,肉丸冷水入锅,放个漏勺,准备等水开就往里头下肉。

好一会儿都没听到方珑叽叽喳喳的声音，周涯感到奇怪，走出去一看，客厅空无一人。

周涯往卧室方向走，却在走廊的第一间房间找到了方珑。

这个房间还没有放床，白地砖，粉色墙，顶灯是花朵形状的，靠墙衣柜和书桌漆着清新的白漆。从颜色和装修风格来看，明显是个年轻女孩的房间。

方珑坐在飘窗台上，望着窗外，难得安静。

周涯走过去："发什么呆呢？"

方珑回过头，眨了眨眼睛，直接问："这个房间是本来就预留给我的吗？"

前年房子装修的时候，周涯提过一嘴，说要在新厝预留她和马慧敏的房间，问她俩喜欢什么装修风格和颜色。

但那会儿方珑觉得，当周涯有了自己的家庭，她这个当表妹的一直住他家，肯定会让嫂子不愉快，就让周涯不用留她的房间。她可以一直陪着马慧敏在老屋这边住，如果马慧敏要去新家给他带娃娃，那她一个人住老屋也没问题。

她曾经还想过，如果有一天马慧敏和周涯决定要卖掉老屋了，她就出去找其他房子住——大不了就找个包吃包住的工厂，本地的最佳，能离马慧敏近一点儿，有什么事情她也能照应得到，实在没有，再找外地的……

方珑想了许许多多可能性，但没想到，周涯最后还是在新厝给她留了一间房。

"嗯。"周涯言简意赅。

他也坐到飘窗处，轻拍两下自己大腿："过来。"

方珑努着嘴，面对面坐到他大腿上，双手搂着他的脖子，小声嘀咕："这样好像显得我是一个拖油瓶耶。"

"是不是拖油瓶我不晓得,但你这小嘴巴,快能挂油瓶了。"周湉笑着吻她。

短短几天,他笑的次数估计都快能跟过去三十年的次数持平了。

冰山再冷,也能遇上属于他的太阳。

"周湉你真的好笨,这样哪有人要嫁给你啊?没有姑娘想跟表妹住一起的……"

方珑越想,越心酸。

他就是这样一个哑巴,一直在她身后护着她。

怕她被出租车司机诓骗,怕她一个人开夜路会遇上危险,怕她手机关机是出了事。怕她吃不饱,怕她穿不暖,怕她没瓦遮头。

无声无息地出现,无声无息地离开。

能说出口的关心只是小小浪花,那些说不出口的话才是汹涌大海。

"嗯,没有姑娘要嫁我。"周湉吻上她的唇,似是自嘲,"怎么办,你以前说我会成为孤独终老的老头,被你说对了。"

眼前的男人,不笑的时候眉目冷峻,笑起来时,眼里的热意能将眉头千堆雪融化。

"哎,要是真的没有人看得上你,那我就勉为其难,来照顾你这个老头吧。"方珑低头,咬了一口他的鼻尖,笑盈盈道,"周湉,我妈忌日那天,你陪我去'永安'吧。"

"永安"是镇郊的墓园,当初方珑母亲去世后,他们将她运回来入土为安。

周湉挑眉:"我不是每一年都陪你们去?"

"可是现在你的身份不一样了啊。"方珑伸了根食指,指尖拂过他乌黑浓眉,自己笑得眉眼弯弯,"今年你是我的男朋友。"

周湉重重喘了口气,应了声"好"。

粗壮手臂紧托着方珑的臀，他倏地站起来，也一同把她提起来。

失了重心的方珑赶紧双腿盘紧周涯的腰，惊呼声刚冒出来，就被周涯的吻堵住了嘴。

托着她的那双臂膀强劲有力，方珑慢慢卸了力，把自己全部交托给他。

吻越来越急，越来越深，周涯已经抱着她走到主卧了，被方珑肚子打鼓的声音打断旖旎缠绵，又闻到厨房飘出的牛肉汤香气，这才想起厨房里的炉火未关。

两人互视一眼，不约而同笑出声。

吃饭绝对算得上他们家最重要的一件事，其他事都可以往后放放。

吃完午饭，两人去了趟超市。

其实新家的东西周涯备得很齐了，方珑打算买些洗漱沐浴用品和卫生巾就行，其他的都能从家里匀一些放在这边。

现阶段她没想搬出来住，马慧敏身体不好，留她一人在老屋，方珑放不下心。

她想周涯应该也有同样的心情。

早上她起得早，中午吃饱有些犯困，周涯先送她回家睡午觉。

面包车开回家附近的停车位停好，周涯陪方珑一起走回家，准备换摩托车开回店里。

走到楼下，正好遇到从单元门内走出来的任建白。

任建白身穿警服，这点不奇怪，但他身后还跟着另一位身穿警服的民警。

两人看见周涯，也顿住脚步。

周涯熟稔地跟任建白打了招呼："怎么这时候回来了？"

任建白张嘴合嘴，愣是说不出一句话。

周浔心一沉，看向另外那位男民警——昨晚他也在大排档吃过夜宵，周浔记得他姓高。

周浔对他颔首："高警官。"

高警官语气挺客气的："周老板，我们刚去你家，你不在，老白正想给你打电话，问问你在哪儿。"

周浔问："找我有什么事吗？"

"我们上楼再说？不用太紧张，我们也是提前来了解一下情况。"高警官没有说得太明白。

周浔看了一眼方珑，示意她安心，随后点点头。

回到家，马慧敏正站在电话旁准备打电话。

显然老太太刚还在睡午觉，身上穿着睡衣，肩膀披一条薄毯。

见四人进门，她不知该如何反应，手里握着话筒，张嘴时磕磕巴巴："阿浔，珑珑……你们怎么回来了……"

倒是任建白先上前安抚："姨，你看巧不巧，在楼下遇到啦！我刚才跟你说啦，没大事啊，就是有点儿小事，我们来找周浔了解一下情况，别紧张。"

周浔走到马慧敏面前，低声说："妈，没什么事的，你进屋休息一下。"

他回头对同样一脸紧张的方珑说："方珑，你陪陪妈。"

马慧敏一时没察觉出儿子话语里的细微变化，说话有些吞吞吐吐："可是，可是……"

方珑挤出笑，过来扶马慧敏的胳膊，凑在她耳边细声讲："大姨你放心啊，要是真出大事了，他们就直接把哥带回派出所了。来，我陪你去睡午觉。"

马慧敏依然忧心忡忡，但还是听了年轻人的话，进了房间。

周浔招呼两位警官坐沙发上，任建白有些别扭，高警官也清楚他俩的关系，提议道："老白，要不你到外面等等？"

任建白猛挠了几把后脑勺："行行行。"

他剜了周涯一眼刀，熟门熟路地走去阳台。

周涯拉来一张餐椅，在沙发对面坐下："现在能问下发生什么事了吗？"

高警官拿出小本和笔，态度正式起来："周涯对吗？"

"是的。"

"你认识一位名叫江尧的男子？"

周涯料到多半是因为这件事，点头道："认识。"

"前天，也就是大年初二晚上，你是不是在'88'跟江尧发生了冲突？"

"对。"周涯没有一丝隐瞒，问，"是江尧出事了？"

高警官记完，抬眸看了他几秒，说："江尧的家属称因为你对江尧进行推搡，导致他这两天精神状态极差，今早呕吐后还晕了过去，家属把他送去医院，并报了警。"

周涯微怔："他的情况严重吗？"

"还在检查，具体情况要等医院出伤情鉴定了才能确认。"高警官继续询问，"那晚为什么你会和江尧起冲突呢？"

周涯答："因为他骚扰了方珑。"

"方珑是？"

周涯朝马慧敏的房间看去："刚才你见到的那个女孩。"

高警官也循着他的视线望过去，问："那个女孩和你的关系是？"

周涯停顿几秒，说："算是我妹。"

高警官记下："江尧是怎么骚扰她的？"

"他恶意羞辱她，说了些很难听的话。"

"他们之前认识？"

"嗯，交往过一段时间。"

高警官抬眸看他一眼："我听江尧家属说，江尧和你表妹之前闹得不大愉快啊，有晚两人还闹到所里了。"

"对。"

"所以……你们两家算是有旧怨？"

"我不否认，我确实挺讨厌他的。"周涯也撩起眼帘，直视高警官，声音不卑不亢，"旧怨算不上，那晚我也确实是冲动了，但如果再来一次，我应该还是会这样做。"

高警官颔首，再问了一些细节，周涯都一一如实回答。

他跟高警官说，离开KTV后他就回了家，高警官循例询问："有人能给你证明吗？"

周涯默然。那晚的事他当然记得清楚，可不好说出口。

高警官以为他没听清，又问了一遍："有谁能证明你那晚离开'88'之后就回了家，并一直待在家里呢？"

吱呀一声，方珑从房间里走出来，像小学生回答问题那样举起手："我！我！我！我能给他做证。"

午后的阳光披在她身上，五官和轮廓都变得柔和，声音却干净利落，掷地有声。

周涯立刻站起来，浓眉微蹙："方珑……"

方珑确认把马慧敏的房间门关好了，才走向沙发，压着声音说："警察大哥，如果是关于那晚的事，我也在场的，你可以问我。"

她把马慧敏哄上床后，就一直趴在门上偷听，大致知道警察上门所为何事。

她回忆着那一晚，条理清晰："我们离开的时候，江尧还能自己走回包厢。而且除了我们，还有几位服务生在那儿，他们问了江尧用不用报警帮忙，江尧自己拒绝了，警察大哥你可以去'88'问问看。"

"好。"

高警官逐一记下,抬头看向面前这对男女。

昨晚他在大排档见过他俩,那时没什么特别的感觉,但这会儿大白天再看见,竟觉得他俩不像任建白说的表兄妹。

他盯着他俩,问:"那你俩是一块儿离开的?"

方珑点头:"我拉着周涯离开的,'88'的大堂监控应该能拍到我们。接着,我们在'88'对面的停车场待了好一会儿,估计前前后后得有半小时吧,那个停车场的保安阿伯……或许也能记得我们,他嫌我们的面包车破。"

听到这儿,周涯没忍住笑出声:"我真服你……够记仇的。"

方珑支肘撞了他一下,微恼道:"认真点儿!"

高警官轻咳两声:"那之后你们就回家了对吧?"

方珑回答得飞快:"是的,一整个晚上,我俩都待在一块儿,所以我真的能替他做证。"

这话听起来暧昧得很,高警官流露出探究的眼神。

从阳台抽完烟回来的任建白就站在他们身后,惊诧得合不拢嘴:"妈啊,你们俩……"

周涯和方珑都没想过,第一个知晓他们关系的身边人会是任建白。

也没想过,江尧这件事在两个小时后就有了转折。

任建白打来电话的时候,周涯已经在档口忙着腌晚上要用的虾蛄了。

他用肩膀夹着手机,听任建白说,原来江尧是因为服用软性药物出的事,而且还是掺假的便宜货。

任建白说:"我和老高又去了一趟医院,那小子清醒了,特别不经盘，拿着报告往他面前一放，他就哆哆嗦嗦地全吐出来了。"

江尧昨天就不舒服，胃里烧得疼，硬是扛着没去医院，结果到了今天，直接吐血晕过去了。他不想家里人知道他吃了能成瘾的药，就把事情推到周涯身上，说是被周涯打得内出血了。

任建白像倒豆子似的，叽里呱啦说个不停："他说他是第一次碰那玩意儿，是朋友撺掇的，以为过了一天就测不出阳性。

"他把那晚和他一起去唱歌的朋友全交代了，一个个小年轻就贪图那么一丁点儿刺激……还有另外几人和江尧的症状差不多，但比他好一点儿，没晕厥送医院。

"哎哟，你没在现场，那场面真是一团乱。江尧他爸直接扇他脸，一巴掌接一巴掌的，把江尧打得直号，江尧他妈则去打他爸，他那女朋友也在旁边……哦，就是上次和方珑闹矛盾那姑娘，吓得直哭。

"虽然江尧这次住院的真实原因与你无关，但周涯你也有不对的地方，作为一名称职的人民警察，我有义务对你进行批评教育！冲动一时爽，事后泪千行，你都老大不小——"

周涯受不了他的啰唆，直接掐了电话。

几秒后，任建白又打来。

周涯接起来，没好气道："少说废话。"

任建白把到嘴里的脏词咽下去，直截了当地问："你和方珑是怎么回事啊？"

周涯单手切着芫荽末，眼皮抬都没抬："你耳朵又没聋，刚才在我家不都偷听到了吗？"

任建白结结巴巴："那那那，那也有很多种含义啊，在一起一晚上，可以是通宵打麻将、打扑克，或者待客厅看一晚上电影！"

周涯懒得瞒他，看一眼在旁边打下手的方珑："没有，那晚我就在她房间里，她睡着了，我陪着。"

电话那头安静了许久。

周洭知道要给大家时间去消化和接受，叹了口气，问："你今晚有空？我们当面聊聊。"

"我今晚值班，要到明天早上。"

"那一起吃个早餐？"

"老榕树肠粉。"

"行。"

等他挂了电话，方珑才急忙问："老白说什么了？"

周洭把听到的事一五一十告诉了方珑。

方珑不自觉地打了个冷战："怎么，怎么又是……"

周洭知道，方珑对这类玩意儿深恶痛绝，那是使她家破人亡的刽子手之一。

仔细想一想，周洭也有些后怕。要是这会儿方珑还没跟那家伙分开，指不定会受他影响。

周洭庆幸如今自己能把方珑稳稳护在怀里。

方珑帮他把搅拌均匀的腌虾蛄封上保鲜膜，问："老白还说了什么啊？"

周洭睨她："还能是什么？就我在你房间待了一晚上的那件事啊。"

方珑吐了吐舌头。

她刚才一时情急，话没过脑子就说出口了，真是冲动误事。

方珑闷声喃喃："也不知道大姨有没有听到……"

任建白和高警官离开后，马慧敏就从房间里出来了，看来是没睡着。

周洭回想了一下马慧敏的神情，多的是担忧，和平时无差。

"不知道呢，这几天留意看看。"周洭手上沾了味道，便只低头，用鼻尖虚虚碰了一下方珑的发顶，低声道，"行了，别瞎想了，船到桥头自然直。反正迟早都要说,听到就听到了吧,除非……"

周洇停顿片刻,声音低了半分:"除非你不想让她知道。"

方珑立刻支起手肘,送了周洇一肘子,龇着两颗虎牙骂他:"你才别瞎想了!"

晚上收铺后回家,马慧敏已经睡下了,两人怕再出昨晚那样的突发状况,不敢再在浴室里造次。

一人一间房,和其他小情侣一样用QQ隔空聊天。

方珑有一件事一直挂在心上,问周洇:家里的旧电脑你还需不需要用?

周洇:我没什么机会用上,你想干吗?

方珑:那天我们去福利院,我听小虹说平时没什么机会能用上电脑,咱这部电脑不是闲置了嘛,我想着找秦老板把电脑的配置提高一下,该换换,显示器配个新的,然后捐给福利院供孩子们日常使用,你看行吗?

周洇:行啊,哪天我把主机搬去老秦店里让他安排。

方珑头发未干,趴在床上,打字速度很快:费用我来出!

周洇:你个小气鬼怎么突然那么大方?发大财了?

看着信息,方珑愣了一会儿,猛地坐起身,一边给周洇打电话,一边狠狠瞪着两个房间中间隔着的那堵墙,恨目光不能把墙射穿。

周洇很快接了电话,懒洋洋地开口:"干吗?"

方珑磨着牙问:"我是小气鬼?"

周洇笑了:"你不是?"

"我就是,就是……勤俭持家!"

"对对对。"周洇躺在床上,跷着二郎腿,"你怎么突然想给福利院捐电脑了?"

"我就是想给孩子们做点儿事。"

方珑低头抠着被子,想了想,嘟囔道:"就像当初的你一样。"

以前她和周涯没少吵架,但方珑又不是没心肝,就像某首粤语歌中唱的那样,谁待她好,谁待她差,她太清楚。

周涯低笑,领了方珑这份心意,说:"那行,我替福利院的孩子们谢谢珑珑姐姐。"

隔天早上,周涯早起,马慧敏也起床了。

他同马慧敏解释了江尧的事,提起江尧的家人已经撤案,马慧敏才松了口气。

周涯观察了马慧敏好几次,见她面无异样,才稍微宽心。

他没在家吃早饭,和任建白约的那家肠粉店在他们一起就读过的初中门口,那时候两人几乎天天都吃。

任建白是顶着两个黑眼圈来的,见面第一句话就是:"好你个周涯,怪不得以前敏姨想撮合我和方珑,你不同意!"

周涯愣了愣,差点儿忘了还有过这么一茬。

那会儿任建白还没和老婆林恬认识,相了几回亲均无下文,有天任建白来家里蹭饭,马慧敏竟问任建白要不要试试和方珑处对象。

那时候方珑才刚过完十八岁生日没几天,周涯脑子一热,啪地把筷子拍到饭桌上,大喊他不同意。

马慧敏很快哈哈大笑,说她就是开个玩笑。

"啧,我妈那次是开玩笑,你还当真了?"周涯白了他一眼。

"你管我当不当真……"任建白消化了一晚上,到底是想明白了,合着以前闹别扭,全是别有用心,"反正你早就别有用心。"

周涯并不完全同意任建白的说法,但他没否认:"就当我别有用心吧。"

肠粉端上来了，任建白刮了刮一次性筷子的倒刺，问："敏姨知道了吗？"

周洱摇头。

任建白又问："那想好怎么跟她说没有？"

周洱又摇头。

"我昨晚想了想，其实这也挺好的，敏姨不总操心你俩的人生大事嘛，现在一下子同时解决两人的情感问题，还都是知根知底的对象，生活习惯什么的早就磨合好了，完美！"任建白嚼着肠粉，含糊道，"还有，'打是情骂是爱'这句话嘛，我算是明白了……"

周洱又翻了个白眼："说得好像我明天就要结婚似的。"

"你可抓紧点儿吧，也不看看你自己的年纪，大龄剩男……方珑那么年轻，分分钟被别的年轻靓仔勾了魂，到时候就要嫌你年纪大了。"

周洱一噎，在桌底下踹了他一脚："滚，我哪里比不上那些小年轻？一个个瘦得跟排骨似的，一推就倒。"

任建白回踢他一脚，戏谑道："是是是，你最好是不被小祖宗一推就倒。"

周洱笑骂："滚蛋。"

两人吃完出了店，站在路边老榕树下抽根饭后烟。

任建白叼着烟，手搭周洱肩膀拍了拍："兄弟，这条路可能不大好走啊。"

想是想得轻松，要是马慧敏不同意呢？

任建白还能想到许许多多的可变因素，但不忍心在这节骨眼上扫周洱的兴。

因为方珑这小祖宗实在太年轻了。

他们都经历过二十岁，玩心大，不定性，不轰轰烈烈的感情不谈，"爱"这个字总挂在嘴边，轻飘飘的，一点儿重量都没有，更别提组建家庭了。

周涯掸了掸烟灰:"路再难走,要是没走走看,也不知道结果的。"

他当然知道这条路不好走,但只要方珑愿意走,他就会陪她走。除非方珑不想走了。但到那个时候,他能舍得放开她吗?

昨天和方珑在超市买的东西还搁在面包车上,周涯买完开店要用的食材后回了趟新厝,想再整理一下屋子。

钥匙插进防盗门,一扭旋他就察觉不对劲,门没上锁。

心跳无端加快,他开门走进屋内,听见卧室有歌声传来。

唱歌的人没察觉有人进屋,还在不着调地唱:"带我走,到遥远的以后——"

周涯放下东西,循声走过去。

昨天他给了方珑一把新厝的钥匙,但两人没约定什么时候过来。地上躺着一个空瘪的双肩包,估计是方珑拿来装行李的。

主卧衣柜的门板打开了,遮挡住周涯的视线,方珑正弯腰捣弄着什么。

这房子买了挺长一段时间,周涯没在这儿生活过,对它一直没有太多家的感觉。它更像是一个新的住处。

直到这一刻,他才真真切切地感受到,这里是他的家。

道不明的情绪汹涌而至,周涯大步走上前,从后面一把抱住方珑。

"啊!"

方珑压根没有心理准备,吓得尖声大叫,丢了手里的衣物,反手对"入侵者"直接来了一巴掌。

周涯挨了一掌也不恼,牙齿咬住在方珑耳侧晃晃荡荡的耳机线,扯了下来:"是我。"

话音刚落,他已经吻住她光滑白皙的脖肉。

"是你……是你……是你也不能这么吓我啊!"

惊吓转换成恼怒,方珑气得扭腰跺脚,又猛推圈在腰间的那双手臂。

但这可是周涯,她哪能推得动他。

吻一个个落下来,从脖侧到耳垂,从耳郭到下颌。

灸热气息钻进耳内,与擂鼓般的心跳共振。

方珑眼角湿润了,她分不清是因为突来的惊吓,还是因为身体逐渐苏醒。

人高马大的男人本来就有些重量,抱她又抱得紧,方珑腿一软,往前跟跄了一步:"要摔,要摔!"

"不会让你摔。"

周涯的声音像被火烧过的枯木,搂住她腰直接将她原地转了一圈,托着臀轻松抱起她。

方珑发现自己熟能生巧,双腿一离地,就本能地攀住他的腰。

她胸口起伏得厉害,黑眸水光潋滟,骂人的话都变得软绵绵:"周涯你早上吃的是肠粉还是兴奋剂啊?"

"嗯,肯定是老板下了什么乱七八糟的东西,回头找他算账。"周涯胡说八道。

隔着毛茸茸的毛衣,鼻尖顶了顶她的锁骨,他哑声道:"给我吃一口。"

此时不是星月同升、万籁俱寂的深夜,有温煦阳光从窗外倾倒进来。

卧室面向小区园心,依稀能听到楼下街坊们打招呼聊天的声音。

方珑再厚脸皮也又恼又羞,龇着牙嘀咕:"现在是白天啊!"

周涯吻了吻她的下巴,眼神里有撒娇讨好的意思:"就一口。"

方珑一觉睡到傍晚。

醒来时浑身酸软，尤其是大腿，像跑了几公里马拉松似的。除此之外，好像没有其他不舒服的地方。全身从上至下都被擦拭过，头发蓬松，皮肤清爽。

床单被换过，床头柜上有周涯留下来的字条，压在陶瓷杯下。

周涯的字龙飞凤舞，和在大排档记菜时没差，方珑竟能全部看懂。

他回大排档了，厨房灶上有他煮好的香粥，让她热一热再吃，叮嘱她吃不完不要硬吃，放冰箱，等他明天再来收拾，他还叫她今晚别去店里，好好休息一晚。

套上睡裙，方珑像只企鹅，一摇一晃地走到厨房。

不得不说，周涯这家伙身体素质是真的好，身强力壮，做了那么高强度的运动，事后还能打扫卫生，给她煮粥。

粥是皮蛋瘦肉粥，有点儿凉了。

方珑重新加热，直接一锅端到餐桌上，哼哧哼哧全吃完了。

渴坏了，饿坏了，累坏了。

洗完锅，方珑打开衣柜想把刚才收拾一半的衣服整理好，没想到周涯也帮她收拾好了。

两人的衣服挂得很近，内衣裤被整齐码进抽屉里。

方珑无奈叹气，又忍不住笑。这样下去，迟早被周涯养成个小废物。衣来伸手，饭来张口。

手机这时候忽然振动起来，方珑看了看就立刻接起，拉着长音："喂——"

周涯坐在骑楼下，跷着二郎腿："醒了？"

"粥都吃完啦。"

"哦？全吃光了？"

"对啊。"

周涯沉声笑："真能吃，不多赚点儿钱以后都养不了你。"

方珑"哼"了一声："不用你养啊，我可以自己养自己。"

"行，你能耐。"餍足的声音慵懒松弛，周涯问，"有没有哪里不舒服？"

"就大腿没什么力气。"

"那里呢？"

方珑故意逗他："哪里啊？"

晚市还没开始，阿丰和其他伙计趁这个空当聚在一堆打牌，路上也有人车往来。

从那个特定环境走出来，周涯就没那么厚脸皮了，那些话语全闷在肚子里。

他屈指在眉骨上蹭了蹭，音量降下来："旁边有人呢。"

和他不同，方珑吃饱睡足了，伶俐小嘴则开始麻溜起来："你刚才不挺能说的吗？比流氓还流氓！"

周涯本来就心猿意马，刚才在后厨备料的时候，他总分心，脑海里还不停地回荡着她情到浓时的那声"哥"。

分心的结果就是处理虾蛄时他被扎了手指头，调料差点儿下错比例，阿丰喊他，他没反应，诸如此类。

店里这时来了客人，阿丰丢下牌上前接待，周涯也得开始忙了，最后不忘叮嘱方珑："多休息一会儿，记得别过来了。"

"啰唆！"

"我去忙了，待会儿晚市后给你打电话。"

"欸，等等，等等。"方珑喊住他。

"怎么？"

天色未全黑，日落西山，粉蓝二色暧昧不清地勾兑在一起。

方珑趴在窗框上，懒洋洋道："周涯，你看看天，今天有夕阳。"

周涯起身，走到骑楼外，抬头望天。

南方的冬季就算出太阳了，天空颜色也是淡的，没有太多浓墨重彩。

所以此时的粉紫色余晖难得一见。

方珑问他："大排档那边能看到吗？"

"有，看到了。"

"漂亮吧？"

黑如墨的眼眸里多了几分温度，周涯笑笑："漂亮。"

但漂亮的不仅仅是夕阳。

在别人眼中，这姑娘有一箩筐的缺点。

但在他眼中，她比世上许多人都要鲜活。

一整个晚上，周涯归心似箭，档口的东西卖得差不多了，他就把店交给阿丰他们，自己匆忙回家。

马慧敏房间的门关着，方珑的门倒是留了条缝，透出暖洋洋的颜色。

他先去洗了个澡，再闪进方珑的房间，两人闹着吻着，差点儿擦枪走火。

最后把方珑哄好了，周涯才准备离开。

开门时，他多看了眼马慧敏的房间，再回了自己房间。

而房间内，马慧敏听到外头没了声响，她才重新躺下，缓缓叹了口气。

Chapter 09

樱桃发绳

年初六后,许多打工仔像过完冬的燕,陆陆续续飞离家乡,热闹了小半个月的小镇又恢复了安静,大排档的活没那么忙了,大伙儿开始轮流放假。

毕竟从年初三开始就上班了,大家都没时间陪陪家人。

方珑和周老板请了三天假,她答应了罗欣,陪她去一趟省城。

罗欣找了一份工作,是在一个服装批发市场里看店——店老板自家有工厂,在省城每个大型的服装批发市场都设了门店,有员工宿舍,薪资也比罗欣在小镇当超市收银员高出不少。

罗欣的爸妈很早就离了婚,各自有了新的家庭,一个在深市,一个去了外省,只有罗欣一个人被留在了庵镇,由外婆带大。

外婆去世之后,老房子让大舅一家拿了去,罗欣寄人篱下,这次她要离开庵镇,大舅妈可没给她好脸色看。

"她以为我不知道她在打什么主意吗?"

罗欣趁着去省城的大巴还没来,指尖夹烟,一边吞云吐雾,一边数落大舅妈:"她是偷偷帮我谈了门婚事,要拿我去换彩礼,好给她的儿子讨老婆呢!"

镇上有一个小车站,不过发出去的车多是去附近的城市和村镇,去省城得坐"过路车",也就是从别的城市开往省城、经过庵镇的大巴。

既然是"过路车",自然不进镇里,大巴从高速下来,就在国道掉个头,把乘客们接上车,接着重新上高速。

镇郊风大,接近高速入口的国道一有车经过便卷起沙尘,方珑双手插在卫衣前兜中,撇过脸避了避,待那阵风过去了,才打趣道:"那你现在算是逃婚咯?"

这种事情在重男轻女的南方乡镇中太常见,方珑这些年没少听闻。女孩就像超市里的货物,被价格枪打上一张张无形却刺眼的价格标签,罗欣不是第一位,也不是最后一位。

"哪用逃?我是挺胸抬头地走出家门!"罗欣眯着眼说,"要不是省城那边还没复工,我早就去了,这破家……我是一秒都待不下去了。"

方珑想了想,小声问:"那你以后还回来吗?"

"能在外头待得下去,我就不回来了。但就算待不下来,我也不回来了,阿嬷不在,我回来也没意思。"罗欣吸了口烟,吐干净后才继续说,"上次你离开超市的那晚,我们不也聊过这个话题吗?你说过庵镇有你的家,你也不想离开你的家人……方珑,我其实好羡慕你的。"

罗欣倾身往旁边看了一眼。不远处的路边停着一辆面包车,方珑那位开大排档的表哥正站在车旁,刚才是他送她和方珑过来的。

此时周涯远眺着车道的来车方向。

他和方珑的站姿很像,也是双手插在黑色皮衣的衣袋中,腰背笔挺,高大魁梧。

方珑循着罗欣的视线望过去,心跳无端快了起来。

她清了清喉咙:"羡慕我什么啊?"

"羡慕你能有让你心甘情愿地留在小镇上的家人呀。"罗欣把烟头丢到地上，用鞋尖碾灭，"这地方就这么大，连一趟能直接坐到省城的车都没有，大家都想往外跑，肯定是他们对你好得不得了，你才会想留下来。就像以前我阿嬷还在的时候，虽然她嘴巴上总抱怨我是个拖油瓶，但那时候我压根没想着离开她，因为我知道，这个世界上只有她真心真意对我好。"

方珑的心脏像是被鱼钩重重拽了一下。

虽然她之前和罗欣比较聊得来，但很少聊起这类沉重的私人话题。

方珑主动勾住罗欣的臂弯，轻声说："都过去了，一切都会慢慢变好的。"

终有一天，你会再遇到真心真意对你好的家人，让你心甘情愿留在他身边的家人。

一辆大巴从远处驶来，周涯往前走了两步，待确认了大巴车牌，转身走向两位姑娘："车来了。"

方珑跺跺脚："可算来了，冷得脚都麻了……"

周涯没好气地说："谁让你穿那么少？连件外套都不带。"

方珑想都不想就说："带了啊，在行李箱里呢。"

周涯把皮衣脱下来，塞到方珑手中："拿去穿。"

"哎呀，不用，我真带——"方珑被周涯甩了个眼刀，谎话编不下去了，攥了攥还有温度的皮衣，噘着唇小声嘀咕，"那你怎么办？冷不冷？"

周涯皮笑肉不笑地回她："嗯，好冷啊。"

方珑差点儿笑出声，顺势道："那你赶紧回去吧。"

周涯没搭理她，等大巴停下，他先去跟大巴司机确认了抵达车站，再帮两位姑娘把行李放进车后方放行李的车厢里。

庵镇只有她们两个乘客,罗欣已经先上车了,方珑还在下面,司机催促道:"阿妹,快点儿上车啦。"

"等等!行李还没放好!"方珑大喊一声,着急地小跑到周涯身边,"喂,我走啦……"

"嗯,快去,到了省城就给我打电话。"

大巴的放行李的车厢门还没关上,横在半空,挡住车上乘客,包括罗欣的视线。

周涯一只手扶着厢门边缘,微弯着腰,另一只手勾了勾方珑的手指:"手太凉了,上去了就把衣服穿上。"

方珑突然有许多话想讲,但又觉得自己矫情,就是出一趟门而已,怎么弄得好像生死离别?

她反手牵住周涯,在轰隆隆的引擎声中,闷声道:"周涯,我会回来的。"

周涯愣住,一开始还想笑她怎么突然依依不舍起来,明明昨天收拾行李的时候还开心得像个孩子。

但到最后,他只低下头吻了吻她的脸颊:"好,我等你回来。"

初中毕业后的那个暑假,方珑去过一次省城,那会儿周涯跟人借了辆小轿车,载着她和大姨,还有姨丈去玩。

那次,是方珑第一次的家庭旅游。

林立的高楼、急行的路人、陌生的方言、浑浊的空气、时髦的小年轻、有异味的自来水、款式众多的点心、繁华喧闹的商业街……每一样都给当时的方珑留下了深刻印象。

但印象深刻也无用,如今对她来说,这个城市依然是陌生的。

它太大了,下了高速,车子还得行驶近一个小时,才到客运站。

两位姑娘拿了行李,在车站出口呆站了好一会儿,面前的马路又宽又长，左看，右看，都看不到尽头。

罗欣比方珑多来过一次省城，但她也没了方向，最后还是方珑跑去问了旁边便利店里的店员，才知道地铁站要往哪个方向走。

两人在售票机前看别人怎么买票，倒腾了许久，才拿到两张圆形车票。

闸机是人走过去一推杆子就动的那种，罗欣没经验，刷票入闸了，结果行李被卡在闸外。

两人慌里慌张地又抬又推，模样狼狈，累得直喘。

好不容易上了地铁，方珑也不敢掉以轻心，一直抬头看着路线图，专心听着到站播报，生怕她们坐过站。

可还是闹了乌龙，她们在列车中转站弄错了方向。

两人一边哼哧哼哧地拉着行李箱去找地铁工作人员，一边嘀咕，大城市就是不一样，光是一个地铁站的长度就比庵镇一条小街来得长。

罗欣明天才去报到，今晚和方珑一起住酒店。说是酒店，没想到其实就是一家小旅店，只是名叫"雅丽酒店"而已。

旅店坐落在一片城中村的主干道上，旁边是小吃店和拉面店，望着门口标着"钟点房"的霓虹灯牌，方珑有些恍惚，一时竟觉得自己好像又回到了庵镇。

旅店门面很小，没有电梯，房间还在五楼，罗欣好歹是离家远行，行李箱很大很重，她一人搬不动，得两人一前一后抬着。

标间双人房，光线昏暗，家具陈旧，拉开窗帘也没有电视剧中的华灯初上，好在还算干净整洁，两人搬行李搬出一身汗，想着先洗个澡，再出去吃饭。

罗欣去洗澡的时候，方珑给周涯打了电话。

电话很快被接起，接着传来熟悉的低哑声音："喂，珑珑。"

方珑心一颤，眼眶无端有点儿湿了，软声应他："我到酒店啦。"

"才到酒店啊？"周涯站在档口前，回头望一眼店里墙上的挂钟，都已经晚上六点了，店里早来了客人，"你上个电话是四点打来的，我还以为你早到了。"

"那个地铁好复杂啊，得换线，得等车，出了车站还得走好久……"方珑打开窗户想透透气，才刚推开一条缝，楼下嘈杂声音拼命涌进来，她忙关上，嘀咕道，"这省城怎么这么大……"

周涯浅笑："让你从车站直接打车去酒店你不听，偏要去坐什么地铁。"

"这么远的一段路，打车得多贵啊？"

"给了你钱你就拿去用，别一块钱掰成两块花。"

方珑鼓着腮帮一脸不情愿。

昨晚她收拾好行李，周涯进来她房间，塞了个牛皮信封到她包里，说是给她的旅费。

她说她自个儿有钱，区区一趟省城游她还是消费得起的，但周涯硬让她带上，说以防万一。

等周涯回房，方珑打开信封点了点，周涯给她装了五千块钱。

除了百元大钞，还有一些五十元和十元面额的钞票。

"人生地不熟，待会儿遇上个黑车司机怎么办？这次你又不在我身边……"

方珑的声音越来越软，像受热慢慢化掉的麦芽糖。

周涯哪儿受得住小祖宗这样的撒娇，耳朵一痒，脖子也刺啦刺啦的，像过了电。

他换一边接电话，挠了挠发痒的耳郭，软声叮嘱："大城市的出租车哪像我们这边胡搞瞎搞？你上了车，记得看一眼车头的证照，上面有司机的名字和编号，你拿手机记下来，还有车牌号码——"

方珑"扑哧"一笑，打断他的话："周涯，你真的好像我的家长啊。"

"啧，本来就是。"周涯微恼，蹭了蹭鼻翼。

既然是家长，那称呼可就多了，方珑掐着嗓子唤了他好多声，什么称呼都敢往外抛。

周涯听得脑门发麻，咬牙切齿道："你就继续吧，回来别又哭哭啼啼的……"

方珑还想激他，这时浴室门打开了，罗欣擦着头发走出来，方珑忙跟周涯道了句"拜拜"，挂了电话。

罗欣一脸揶揄地看着她，笑问："跟谁打电话啊？"

"跟我——"方珑忽然顿住，想了想，坦诚道，"跟我男朋友呀。"

"好啊你，偷偷交了男朋友也不告诉我！"罗欣一双眼睁得又圆又大，"是谁啊？"

方珑没敢跟她说"你早上才刚见过他"。

"下次吧，下次有机会的话，我给你好好介绍一下他。"方珑说。

她肚子好饿，想快点儿洗完澡去吃饭，但才刚把头发打出泡沫，便察觉花洒出来的水越来越凉。不一会儿，洗澡水完全变冷了，浇在皮肤上激起阵阵战栗。

方珑顶着一头泡沫，跑到门旁大声问："罗欣，你刚才洗澡的时候有热水吗？"

罗欣回："有的啊！但温温的，没到特别烫的温度！怎么啦？"

"没热水啦！"

"啊？你等等，我去楼下问问！"

方珑最后洗了个冷水澡，事因这破旅店的热水供应是限量的，用完了得重新蓄水重新加热，来来回回得一个小时。

方珑草草洗完，擦身子的时候连打了几个喷嚏。

往地铁站方向走有个大型商场,这边没有冒牌快餐店,正牌快餐店的招牌在黑夜里亮着灯,楼上还有被方珑列入了必吃名单的回转寿司。

两个姑娘进店前说好了,她们奔波了大半天,一定得放开肚皮吃才对得住自己,可两人边吃边对照桌上的盘子价格表,吃进嘴里的寿司仿佛不怎么美味了。

白盘是最便宜的,黑金盘最贵,而且一盘只有一个寿司,把三文鱼摆得跟玫瑰花似的,单单一个寿司就卖二十好几。

"我关注的那几个网红博主,每次吃寿司都好像不用钱似的……"罗欣伸长脖子,远远盯着她想吃的八爪鱼军舰寿司慢慢驶过来,"每次吃完,她们对着摞起来的盘子拍照,我看了一下,连个白盘都没有,两摞盘子摞得通天高……"

对她们小镇女孩而言,如今博客就是新世界的窗。

都不用打开窗,只是站在窗前而已,她们就能轻易窥见别人五彩斑斓的生活。

彼此都是二十岁出头的姑娘,人家在省城,她在小镇;人家每天轮着背不同的奢侈品包,她则刚刚从博客里知道这些包原来都是奢侈品;人家吃一顿寿司的花费,可能等于她小半个月的工资,毕竟一颗"花之恋"就等于她一天的饭钱;人家在大学课堂上打盹的时候,她已经上工一个小时,坐在流水线车间里,日复一日地重复着同样的动作;人家跟男朋友甜甜蜜蜜,她却被家人许配给了一处"好人家"等着换彩礼……

"人比人,比死人。我也知道这种比较毫无意义,可憧憬那些不属于自己的东西,我觉得是人之常情。"罗欣拿下想要的寿司,夹起一块,在芥末酱油里重重碾过,塞进嘴里,含糊道,"别人是一出生就在罗马,我是跑一辈子都到不了罗马,幻想是不敢幻想了,偶尔沾点儿边都挺开心的了……啊，咝！好辣好辣！"

不知是芥末的关系，还是情绪的关系，罗欣眼眶泛红，眼泪直流，连鼻涕都出来了。

方珑忙从包里拿出纸巾，抽出两张递给她——在大城市吃饭，纸巾居然要收费，简直骇人听闻。

罗欣像破了洞的杯子，滴滴答答漏了会儿水，她吐槽亲戚，吐槽父母，吐槽超市老板，吐槽小镇……方珑没陪着她一起骂，没安慰她，没说些轻飘飘的鼓励的话，她只是静静听着。

她很理解罗欣的心情，也理解罗欣的憧憬。

她玩博客之后，也收藏了几个博主的博客，每周她都会刷一刷网页，看那些对她来说遥不可及的生活。

但方珑憧憬的东西或许和罗欣憧憬的不一样，她只想要一个家。

有高床有软枕，有暖茶有热饭，有欢笑有悲伤，有吵闹有迁就，这样就足够了。

等罗欣的情绪缓和一些，方珑一口气拿了两碟"花之恋"，还有几个黑金盘，把面前的小桌板摆得满满当当。

"这顿我请！"方珑声音饱满，像块干瘪的海绵吸满了水，"祝我的朋友在新的城市里一切顺顺利利，地铁不再坐错站！方言说得比电视台的演员还好听！工资一年比一年高！想什么时候吃寿司就什么时候吃！还有，早日找到你想要的那些东西！"

罗欣眼眶湿湿的，拿起茶杯和她碰了碰，红着脸笑得赧然："那，那……那我们再拿两瓶波子汽水好不好？"

方珑哈哈笑出声："好！"

同一时间，几百公里外的小镇里，大排档食客满满，烟火气缭绕。

阿丰刚给一桌客人记好单，回头正想唤今晚掌刀的周涯斩粉肝和鹅翅,却发现周涯低头盯着手机发呆。

阿丰心里有了猜测,挑眉笑问:"哑哥,你不对劲啊,一整晚都在看手机,是不是在等谁的电话啊?"

周涯微微一顿,把手机塞回裤袋里,白了他一眼:"关你什么事?"

阿丰更乐了:"哦——哑哥有情况!"

旁边其他店员听见,好奇道:"什么情况,什么情况?"

周涯不搭理他们,挑了一根卤鹅翅丢到砧板上,菜刀举起又落下,干脆利落。

他闷声不吭地斩着料,心想这小祖宗怎么连条信息都不发,是不是玩得乐不思蜀了?

隔天,方珑起床后有些蔫,不知道是不是前一晚洗了冷水澡,吃完饭又去看江景吹了冷风,下床走路时头重脚轻的。

她从行李里翻出周涯给她收拾的小药包,找到板蓝根冲剂,泡了一杯喝下去。

罗欣今天得去档口了,方珑帮她把沉甸甸的行李扛下楼,两人在小吃店吃了早餐,再一起出发前往这附近的一家大型服装批发市场。

罗欣在来之前就了解过,省城每个区有不同的批发市场,规模有大有小,加上附近的商铺聚集在一块儿,便形成商圈,可批发可零售。

她所在的这边以服装为主,衣裤、鞋袜、帽子、皮包、内衣、配饰……从头到脚,从外到内,应有尽有。

方珑也记得林恬的堂姐,就是精品店老板娘说过,这一带的批发市场专门做质量较高的精品货,但价格也比较贵。

罗欣准备去上班的那家档口所在的服装城基本上是女装店,风格以当下最流行的杂志款为主。

今日已经年初八了，仅有一小部分档口闸门紧闭，其他大部分已开门营业。

虽然现在还是冬季，但许多店铺挂板的服饰已是春夏装，款式时尚，风格多样，两个女孩像进了大观园，看过来看过去，目不暇接。

商场的过道狭窄且弯曲，人来人往，有四处观望的客人，有从附近仓库拉来货物的工人，几乎人手一辆手推车，车轮碾着瓷砖地，咔啦咔啦直响。也有和罗欣一样拉着行李箱的年轻姑娘，纷纷走进不同的小格子内。

方珑在一旁等了十来分钟，接到罗欣来电，说她得直接上岗，开始熟悉工作了，等晚上下班，会有同事带她回宿舍。

"谢谢你啊方珑。"罗欣真心诚意地道谢，"谢谢你专门陪我过来，还给我打气，等下次再见面，轮到我请你吃大餐。"

方珑弯起嘴角笑："行，你要请我去省城最贵的西餐厅吃饭！"

和罗欣道别后，方珑在商城里逛了一阵子。

有些店铺比较讲究，竟请来了舞狮队，在店门口敲锣打鼓，咚咚锵咚咚锵，红头红身的大狮子摇头又摆尾，高高跳起来去咬门框上悬挂的生菜。

看热闹的人不少，小小过道被挤得水泄不通，方珑被堵在中间，进退两难，她被锣鼓声砸得心慌，空气流通不畅，很快连呼吸都有些困难。

她好不容易挤出人群，走出一段距离，找了个稍微安静的角落，靠着墙休息。她揉了揉发疼的太阳穴，才发觉自己身体有点儿发烫。

本来她做了攻略和计划，要去金店给大姨挑颗金寿桃，要去城中最旺的步行街给大排档的伙计们买手信，还要去年轻人扎堆的流行前线和广场，给某位"大叔"置办些新衣服新物件。

他身材那么好，长相也不差，就是在穿着打扮上不太讲究，夏天穿背心短裤，冬天穿皮衣牛仔裤，偶尔会买新衣裤，但也和之前的款式差不多。还有，洗澡从头到脚只用一块香皂也就算了，他连一罐润肤霜都没有。南方的冬天就算再怎么潮湿，也会起北风，这几天她和他亲密了许多，脸贴着脸的时候肤质对比更明显，最后她看不下去了，拿自己的乳液狠狠往他脸上抹。

可现在方珑越来越觉得难受，太阳穴如有针扎，而且小腹隐隐作痛，腰腿皆酸。

她离开批发市场，慢慢走回旅店。

刚进房间，周涯打来电话，方珑喝了口水清清喉咙，才接起电话："喂——"

"珑珑。"周涯坐在面包车内，车后头装满今天的食材，"你还在批发市场那里吗？"

"没有，罗欣直接开工了，我就走啦。"方珑强打起精神，"我现在，现在准备去步行街。"

"去逛街啊？"周涯从耳上取下刚才档口老板给的烟，没抽，就拈在指间，"你一个人在外头多注意安全，保管好自己的财物，人多的地方小贼也多，知道吧？"

"知道知道——啊，阿嚏！"方珑鼻子蓦地发痒，像有虫子在里头爬，想压都压不住，只来得及把手机拿远一些，捂住嘴巴打喷嚏，"阿嚏！我，我没——阿嚏！"

喷嚏止不住，一个接一个，打得她眼泪都往外飙。

周涯皱眉："你感冒了？"

方珑捏着鼻子，鼻音全出来了："唔，可能有一点点着凉……但不碍事，我早上喝过板蓝根啦，刚刚是鼻子突然痒了，打完喷嚏就舒服多了。"

她强调道："真的，我没事！"

周涯多问了几句她的现况，方珑一直表示自己无大碍，两人聊了会儿，方珑说她要去坐地铁了，挂了周涯的电话。

她不想让周涯担心，就是一个小感冒而已，她自己能应付得来。

再冲了一包板蓝根喝下，方珑钻进被窝里睡觉。

睡之前她还不忘给周涯发条信息，让他不用担心她，她好着呢。

有病在身，方珑自然睡得不舒坦，身体时冷时热，明明手脚是冰冷的，但脸颊和额头温温烫烫。

旅店的被子厚度一般，她还把罗欣盖过的那床被子拿过来，压在自己身上，试图逼出汗。汗水出不来，她头昏脑涨，连睁眼都没力气，水喝多了，又总得起来上厕所。

倒腾来倒腾去，她不知什么时候睡着，再醒来时，房间一片昏暗。

原来已经天黑了，窗帘细缝渗进来外头或红或黄的灯光，而且能隐约听见楼下的嘈杂声音，是斜对面的一家服装店门口的音响在循环播放叫卖词，什么"撤场大平卖""行过路过不要错过"，从早喊到晚。

她察觉不对劲，硬撑起身推开被子，一眼看见睡裤上沾了血。她来月事了。

床单也遭了殃，一小摊鲜红是她的狼狈。

方珑吸吸鼻子，只是眨一眨眼，眼眶已经湿了。还没来得及陷进懊恼中，这时，房间里不知哪个位置有嗡嗡声传来，她循着声音找了找，才发现手机掉到床柜和床中间的罅缝了。

手机卡得太深，她费了些力气把床推开才拿回沾了灰的手机，但电话自动挂了。

是周涯打来的。

方珑想拨回去，不过周涯又打来了。

方珑这次赶紧接起,一声"喂"还没说出口,她已经听到话筒那边闷钝的背景音中,有刚刚才听到的"行过路过不要错过"。

心率一瞬间飞快往上蹿,像冲天的火箭。

听着周涯压着火问她"房号是多少",方珑跑到窗旁,拉开窗户,半个身子探出去,很快就找到她心里挂念的那个人。

她迫不及待地冲楼下大喊:"周涯!"

周涯在旅店门口站了十来分钟。

担忧了一整个下午,迟迟联系不上方珑,加上这附近环境不怎么样,鱼龙混杂,喧闹无序,他的耐性已经降到谷底,准备再打不通电话的话,他就要冲进这小破旅店,直接让前台把方珑的房号告诉他。

周围什么声音都有,但那人的声音从天而降,箭似的破开一切,直直扎到他头上。

他猛抬起头,长吸一口气,心脏也终于落地。

方珑生怕他看不到,还往外挥手,一颗两颗泪珠子无声往下掉:"你来找我了啊?"

周涯轻轻"咻"了一声,手指往她的方向点了点,对着电话说:"嗯,我来了。"

小学的时候,与方珑同班的女同学普遍在五六年级就经历了初潮,而她那段时间饱一顿饥一顿,营养跟不上,到初一还没来月事,身材也比同龄人矮小一些。

马玉莲那段日子过得糊涂,母女之间几乎没有沟通,方珑心里忐忑,有一次趁马玉莲神志稍微清醒,终于向母亲提起自己月事迟迟未来这件事。

马玉莲没把这件事放在心上,只找出一包卫生巾给了她,说,只要是正常的女生都会来的。方珑拿了那包拆了封的卫生巾,嘴巴一开一合,却好似个哑巴,一个字都说不出来。

她觉得自己不是一个正常女生。

对于男女之事,她在父母身上看过了许许多多不应该是她那个年龄该看到的事情,思想被扯着往前跑,身体却像被上了锁,自己不允许自己长大。

半年后,她收拾行李准备搬去大姨家,那包还没机会用上的卫生巾,被她一起塞进搬家用的蛇皮袋里。

升初二的那个暑假,有一个晚上睡到一半,方珑肚子痛到醒过来。

睡裙和凉席都沾了血,血淋淋一片,方珑一时没反应过来,只剩本能高声尖叫。

很快有人来敲她的门,问她发生什么事,方珑知道门外是周涯,可这件事她要怎么跟他说出口?

她像一只被踩了尾巴的野猫,冲着房门大喊"你走开""不要你管"。

后来门外安静了会儿,接着是马慧敏来敲门,温柔地问她怎么了。

开门前,方珑还隔着门跟马慧敏确认了周涯和姨丈不在外头,才愿意把门拉开条缝。

其实她没有锁门,但大姨一家也不会问都不问就推开她的房门,他们每次都会敲一敲她的门。

方珑跟马慧敏说她是初潮,不知道会来得这么汹涌,马慧敏知情后只问她有没有卫生巾。方珑找出马玉莲给的那包卫生巾,忽然被触及回忆中最不堪一击的地方,眼泪哗啦啦地往外涌。马慧敏牵住她的手,说她真是傻孩子。

护垫该怎么用,母亲没有教过她,大姨教了。

方珑去了趟浴室,再回到房间时,凉席已经被收走了,换了新的床单。

马慧敏还给她带了个热水袋和一杯红糖水,让她喝几口,暖暖肚子再睡。

那晚方珑睡得踏实。

隔天起床,天气很好,洗得干干净净的睡裙晾在阳台上,透着明媚日光。

这次没等门被敲响,方珑直接打开门,半个身子探出走廊。

旅店不大,走廊不长,一眼就能望到另一头,楼梯在中段,她的房间在尽头。

那人走得很快,稳重的脚步声离她越来越近。

"这里!"她小小声地喊。

周涯一跨就是两级或三级楼梯,越往上走越难受,怎么个破旅店连电梯都没有?他拎过罗欣的行李箱,不轻,这两个小女生要怎么把行李抬上五楼,早上还得再抬下去?

他黑着张脸走到方珑面前,正想说她怎么订了这么个地方,结果一见到她湿漉漉的眼,什么狠话都说不出来了。

他低着头,声音无奈:"傻孩子,怎么还哭了啊?"

方珑鼻子一酸,刚止住的眼泪又往外冒。

她张开双臂,抱住面前风尘仆仆的男人。

他身上的味道显然不好闻,但方珑不在乎。

她只觉得他好暖,像个正在烧火的大火炉,能把她烫得融化。

周涯先是一怔,接着很快回抱住她,嘴唇贴着她的发顶吻了吻。

她的体温明显比平时高,他耐心地询问:"是不是发烧了?"

"嗯……"方珑细声抽泣,"你还得下楼给我买点儿东西……"

"买什么?药吗?"

"卫生巾，我来那个啦……"

方珑的生理期应该是下周，现在提前了，而她没有准备。

周涯进屋看了一圈，便明白方珑遇上什么事。

他先把行李袋放到一旁，进浴室洗了手和脸，再来探方珑的温度。

"温度不算高，你现在感觉怎么样？精神好点儿了吗？"周涯和她额头碰额头，"还有什么症状？"

"精神比早上好多了，鼻子有点儿堵，还有几声咳嗽……"

"行，我下去一趟，你等等我。"

"好……"

"门反锁，等我敲门你再开，别跑出来。"

方珑踮起脚尖，揽住他的脖子，吻了吻他有些胡茬的下巴，答非所问："你怎么来了啊？"

周涯倒是直接："想你就来了。"

白天他察觉方珑有些异样，问她她不说，他放心不下，把食材丢回档口，跟店员们说了一声，就回家收拾行李。也不算行李，就是随便抓了两套衣服和内裤袜子塞进行李袋里。

马慧敏问他怎么突然要出门，他想了想，还是没有坦白告诉母亲他要上省城找方珑。

他只说一个朋友出了事，他得离开两天，他会跟任建白和阿丰交代一声，让马慧敏有什么事就打给他们。

周涯本想开车，又担心他那辆破面包车开到半路熄火，最后还是选择了坐大巴。

来到省城已经天黑了。方珑给过他旅店的名字和地址，当出租车停在城中村牌匾前时，周涯有一刻觉得这司机是不是走错路了？是不是黑车专宰外地客？

周涯在货架前呆站了半分钟。他挑海鲜食材有一手,挑卫生巾是真不擅长。

隐隐约约能想起在家中垃圾桶里偶尔出现的护理用品包装袋,他回忆包装袋上面标注的长度,然后挑最贵的,日用、夜用各拿了两包丢进购物篮里。他还挑了个热水袋,再去食杂区拿了包红糖。

方珑坐也不是躺也不是,只好在房间里来回踱步。闲着没事,她打开周涯的行李袋,把他的衣裤拿出来,一件件套上衣架,挂进衣柜里。

周涯的牙刷和毛巾,她也拿进浴室里放好。牙刷和她的插在同一个漱口杯里。

镜子里的姑娘乱糟糟,双眼无神,脸颊泛红,嘴唇发白,但她弯起嘴角偷着笑,笑得露出小虎牙。

周涯回来了,一只手拎着几个沉甸甸的塑料袋,一只手捧着一沓新床单。

他把东西先稳稳放下,拿出热水袋和红糖,剩下一整袋递给方珑:"去把衣服换下来。"

方珑还记得上次他说过的话,努着嘴问:"衣服是不是要我自己洗啊?"

周涯没好气道:"放洗手盆就好。"

方珑笑嘻嘻地跑进浴室。

热水壶里有水,但已经凉了,周涯闻了闻,果然省城的自来水有股味道,和家里的不一样。他没换水,直接按下热水壶开关。

把弄脏的床单扯下来,换上新的,连铺两层,刚铺完,热水也烧好了。

周涯先灌了一半热水袋,没漏水,再灌满八分。

方珑洗了洗，换好衣服，心里踏实多了，困意随之袭来。

她走出浴室，见床铺都整理好了，桌上搁着热气腾腾的香粥，心一软，又想去抱周涯。

没想到周涯伸手挡她："别别别，先别抱。"

方珑一下就恼了："干吗！怕我传染给你啊？"

周涯瞪她一眼："我身上脏。"

"我不嫌弃你。"

"嗬，你敢嫌弃？"他朝那碗香粥仰了仰下巴，"先吃点儿粥垫垫肚子，待会儿吃药。"

方珑呵呵笑着在桌旁坐下，执勺搅了搅粥，舀到皮蛋和瘦肉，料还挺多。

她说："我吃不下那么多，没什么胃口。"

"能吃多少就吃多少，剩下的给我。"周涯拎起热水壶往浴室走，"还有，你和罗欣的舌头是被猫咬了？这自来水有味道你俩都没尝出来啊？"

"尝出来了啊。"

"那怎么不买矿泉水来煮？"

"懒。"

"懒死你算了……"周涯把热水壶里剩下的水倒掉，洗了洗，走出来，"懒成这样，那用不用我喂你？"

"行啊。"方珑拿了勺子递向他，"那你喂我。"

周涯垂眸斜睨她，没回应，从另一个塑料袋里拿出新买的矿泉水，往热水壶里倒进去两瓶，按下开关。

方珑的手还停在半空，周涯走到她面前，拈住勺柄，取走勺子。

他弯下腰，一只手扶桌，勺子从碗里舀了满满一勺香粥，勺底在碗沿刮了两下，才送到她嘴边。

"张嘴。"他声音很沉。

方珑有些挪不动眼光。

无论是他骨节分明的手指、把上衣撑得紧绷的宽厚肩膀,还是虽短但密的睫毛、黑得透不进光的眸子、有些干燥的嘴唇,都让她移不开眼。

她乖乖张嘴,含住勺子。

吃完粥再吃药,周涯让她上床休息。

被子里放了热水袋,被熨得哪儿哪儿都暖乎乎,像钻进一个温暖的蚕茧里。

周涯泡了杯红糖水,方珑口渴,喝了小半杯才睡下,很快呼吸声变得均匀。

周涯熄了顶灯,借着浴室淡淡的灯光,把她吃剩的粥和一同打包的炒米粉一起吃完,收拾好桌子,把垃圾装好扎紧袋子。行李袋里的东西已经被挂进衣柜里,周涯动作放得很轻,拿了内裤和两个衣架,进了浴室。洗完澡,他把方珑的衣物洗干净,用力拧去水分,晾在抽气扇下。忙完一切,他关了浴室灯。

房间窗帘拉开巴掌宽的缝,迎进来屋外的霓虹灯光,落在靠窗的那张床上。

本以为睡着了的方珑,此时半张脸埋在被子里,一双眼睛睁得又圆又大,闪过亮晶晶的细碎光芒。

"刚不是睡着了?"周涯放低了声音,结果说出来的都是气声。

"想等你一起睡。"

"这单人床怎么睡两个人?"

"挤挤就可以了。"方珑说着就往旁边挪,还掀开被子,"你上来。"

周涯对这样子的方珑完全没有招架之力,"喊"了一声后上了床。

床不大,他头发未干,于是侧着身子半躺,把方珑搂到身前,热水袋就焐在他俩中间。

方珑用额头去蹭他的胸膛："我是不是退烧了啊？感觉你比我还热。"

"再蹭就自己睡。"周涯打了一下她的腰，"快睡。"

方珑软着声喊他名字："周涯啊……"

周涯沉声应道："嗯？"

"我好舒——"

方珑本来想说"我好舒服"，话到了嘴边她顿住，想了想，换了个说法。

"我好幸福。"

她抬起头，半耷着眼皮问："你呢？"

周涯收紧手臂，把人拢得更紧，让两颗心脏贴得更近。

他浅提嘴角，道了声："嗯，我也是。"

方珑准备在省城多待两天，一是因为身体不适，二是她不想生理期第二天就坐长途车。

她给马慧敏打了电话报备，没说自己生病，只说想陪朋友多玩两天，马慧敏没反对，还问她身上的钱够不够花。

周涯来了后的隔天中午，方珑搬出了城中村的小旅店，虽然人还有些低烧，但精神好多了。

周涯重新订了个酒店，这次是正儿八经的酒店了，还是五星的。方珑有些心疼，这酒店一晚的房费比那小旅店贵了五六倍，两晚加起来比她一个月工资还多。但贵有贵的道理，舒适度比小旅店高了不是一点儿半点儿。

方珑又昏睡了一个下午，傍晚起来时，烧退了。

她舒舒服服地洗了个热水澡，就是有些遗憾，没法用上房间里的浴缸。

"你知道吗,我一直想在浴缸里——"

最后几个字,方珑是凑在周涯耳边说的。

周涯后脑勺瞬间麻了一片,龇着牙警告:"病一好就开始皮痒了是吧?"

天知道摸得到、看得到,但吃不到的时刻有多难熬。

晚上周涯带她去老字号酒家饮夜茶,一病愈就胃口大开的方珑连吃三粒虾饺、两笼凤爪、一碟叉烧肠、半锅咸骨粥。

在省城的最后一天,方珑终于按照计划去逛街,去金铺买寿桃,去饼铺买手信,再去流行前线给周涯配一身行头。

人来人往的地下商场,无人认识他们,他们可以光明正大地牵着对方的手,十指紧扣,也可以在眼神对上时接一个吻。他们在这里只是最普通不过的一对爱侣。

回程的大巴上,方珑刷到一则网页新闻,说省城年底的亚运会,开闭幕式会在正在建设中的广场举行,那里还有已经竣工、但尚未对外开放的国内第一高塔。

方珑又觉得这次旅行多添了一件遗憾,周涯捏了捏她的指尖,说:"遗憾什么?明年再来一次就能看到了。"

方珑倚靠在他肩膀上:"下次带大姨一起来吧?"

周涯轻笑,应承道:"行。"

回到庵镇,方珑先回家,周涯则直接去店里,等收铺再回。

马慧敏似乎依然没有察觉两人之间的变化。

日子一天天过去,一眨眼来到3月。

马玉莲的忌日就在三月三,周涯提前备好了祭品纸钱。

今年他比较上心,祭拜用的那只狮头鹅都是他昨天亲自卤的。

面包车因为拆了后排，能坐人的位置只有副驾驶位。

方珑和往常一样，让马慧敏坐副驾驶位，自己则搬了张小板凳搁在驾驶座椅背后方，是她的专属座位。

"永安"在镇郊，中间得走一小段国道。路面坑洼，尘土飞扬，周涯开得格外慢，尽量避开地上的低洼，免得后头的方珑被颠得难受。

他顺势说了自己准备买辆新车的事，马慧敏无异议，反而是方珑小声嘟囔了一句："但是最近你的开销有点儿大耶，要不过一段时间再买？"

这小半个月内，周涯给新厝主卧添了个小电视，资助她去省城玩，又在省城给她买了部新手机，每一样都挺花钱的。

方珑数落他花钱大手大脚，他还挺骄傲，说钱就是赚来花的啊，要不夜夜干到天光图什么。

周涯从后视镜里瞥了她一眼，方珑才觉得这句话听起来确实有些暧昧，像是老婆在管老公乱花钱。

马慧敏只是浅浅一笑："你们年轻人有自己的想法，该花就花吧。"

周涯和方珑在后视镜里互换一个眼神。他们已经提前说好，待会儿扫完墓回家，就跟马慧敏谈谈两人的事。

今天天阴，墓园没什么人，周涯大步走在前头，一只手拎着祭品，一只手拎着铁桶和元宝蜡烛。

方珑扶着马慧敏在后头慢慢走，因为得上坡，马慧敏走几步就得休息一会儿，方珑也不急，陪她走走停停。

她们来到墓前时，周涯已经把墓碑擦了一遍，正半蹲在地上，拿钉子刮墓碑上的字槽。

方珑把面包车上的小板凳也带过来了，放在一旁让马慧敏先坐下休息，自己走到周涯身边蹲下，问："我来刮？"

"没事,快弄完了,你去把油漆和毛笔找出来。"

"好呢。"

方珑从红塑料袋里翻出红绿油漆和两支毛笔。

油漆铁罐的盖子压得很紧,她努力了一会儿还是打不开,指甲太短了。

周涯瞥了一眼:"拿来。"

方珑递过去:"盖得太紧啦。"

话音刚落,周涯已经打开盖子了,轻而易举。

"哇,再来一罐。"方珑笑嘻嘻地把另一罐递给他。

见她心情不错,周涯也跟着笑笑,把这罐也开好了。

马慧敏看着他们靠得很近的背影,若有所思。

字槽填上崭新油漆,三牲鲜果整齐码放,线香飘烟,红烛淌泪。

方珑今年在墓碑前跪的时间稍微长了点儿,合眼举香,在心中跟母亲说了不少话。

周涯站在她身后,静静注视着。

忽地起了阵风,吹得烛火摇晃,方珑才起了身。周涯走上前,不出一声,只递了张纸巾给她。方珑抿着唇笑笑,接过纸巾,转过身按了按湿润眼角。

整理好情绪,方珑问马慧敏:"大姨,接下来就烧纸钱对不对?"

"对,但珑珑啊……"马慧敏看着墓碑上妹妹永远不会再老去的照片,声音幽幽的,"大姨要麻烦你先离开一下,可以吗?"

方珑怔住,侧眸看同样不解的周涯。但母子之间多少有些默契,周涯心中很快隐约浮出答案。他把车钥匙递给方珑,低声说:"你去车里拿两瓶矿泉水,等一下烧完纸钱能用。"

方珑有些紧张,连续眨了好多下眼睛。

周涯点点头,示意她安心。

方珑抿紧唇,接过钥匙。

待女孩走远,周涯转过身,低下头问:"妈,你有话要跟我说?"

马慧敏的视线从墓碑上收回,抬起头,眼里情绪复杂。

"周涯,去给你小姨跪下。"

马慧敏是在两位警察上门的那天察觉两个小年轻的事。

那天早上周涯和方珑一起出门,说中午不回来吃饭,马慧敏一时嘴馋,想吃点儿香的,就走去菜市场准备剁盘猪脚。

猪脚饭是她和周父的最爱,但近年她身体不大好,周涯严格控制,不让她吃过分油腻的东西,她只能偶尔偷吃解解馋。

在菜市场,有相熟摊贩对她笑嘻嘻,恭喜她家好事将近。

她疑惑反问,头家(店主,老板)说:"你儿子带了个小女朋友逛市场啊,两人看起来好登对。"

马慧敏一开始感到开心,心想这应该就是儿子之前提的那位喜欢的女生了,赶紧跟头家多问几句。可越听头家描述越觉得不对劲,那姑娘的身高外貌和穿着打扮听起来很像方珑。

她跟头家说那是周涯表妹,头家不信,说两人的互动看着就像一对。

下午任家小子就上门了。

高大青年双膝着地,挺直腰背。就算是跪着,他的背影仍安如磐石,在这阴冷天色间更显伟岸。

周涯依然觉得自己骨子里是有几分薄情的。他的爱不多,分给爱人、家人、朋友后所剩无几,而对上没好好照顾过方珑的马玉莲,他并没有太多好感,尊重就更加谈不上了。

只不过爱屋及乌,方珑不恨亲妈,马慧敏也惦记着亲妹,他便每年都会陪着她们来扫墓。

马慧敏要他跪，他可以跪，但他没觉得自己有什么地方亏欠了马玉莲。

"那天我在房间里，其实听不大清你们在外头说什么。"

马慧敏燃了六根香，将其中三根递给周涯，声音依然淡淡的："我真觉得自己老了，耳背眼花，连你那么明显的心思，我都看不出来。"

重量几乎可以忽略不计的线香，此时却如千斤重的巨石，压得周涯几乎抬不起手。

他确定马慧敏已经略知一二，也不想再隐瞒她了。

双手紧扶三根香，周涯面容肃穆，眼神中不见一丝戏谑儿戏。

"妈，"他先唤了马慧敏一声，再对墓碑拜了拜，"我对方珑的感情是认真的。"

让他没料到的是，马慧敏接下来说了一句："我知道你是认真的。"

马慧敏一只手执剩下的三根香，另一只手扶着儿子的肩，想在他旁边也跪下。

周涯察觉母亲的用意，想递手搀扶，被马慧敏制止："不用扶，我自己可以。"

鼻梁像被狠狠撞了一下，周涯咬住槽牙，把肩背绷得更紧，好让母亲借力。

"周涯，一开始我很气的，恨不得拿藤条打你一顿。"马慧敏跪好，也双手扶香，双目直视着墓碑，"不论别的，周涯，你比她大了那么多岁，你们的身份本来就不对等……说实话，我一开始觉得是你欺负了方珑，心想你可是哥哥啊，你怎么可以……"

周涯一动不动，嘴唇抿成线，没有辩解，没有反驳，只静静听着。

线香飘起的白烟像虫子，死命想往他眼睛里钻，咬得他生疼。

马慧敏缓了缓呼吸，缓声道："但我想想，不对啊，周涯你不是那样的孩子。"

周涯浑身骤颤，手一用力，线香差点儿被直接捻断。他合上眼帘，再睁开时，里头已经红了，声音也哑得不像话："妈，上次我跟你说有喜欢的人，就是方珑。"

马慧敏轻轻点头："嗯，当了你那么多年的妈妈，你是什么样的人，我比很多人都清楚。你做不出那种强迫哄骗的勾当，对吧？"

周涯重重点了一下头，长长的烟灰细屑掉落在他手上，他也不管："嗯。"

接下来几分钟里，马慧敏沉默下来。

马慧敏没开口，周涯也没吭声。

直到两人手中的线香烧过了一半，马慧敏才再次开口："周涯，妈能看出你俩现在情投意合，可你有没有想过，还有一种可能性？"

"妈，你说，我听着。"

"方珑还好年轻，如果未来有一天，她觉得对你的这份喜欢，只是因为依赖而导致一时的错觉……"马慧敏侧过脸，眼中泛泪，"如果她有了更喜欢的人，那你呢……周涯，你会怎么做？"

这些天，马慧敏回忆过去几年光景，又观察二人多时，从周涯的眼神和举动，她都能看出这孩子情根深种。

手心手背都是肉，但她多少还是有些私心。

两人能一直走下去，用爱意战胜一切，那固然是个好结局。但如果这段感情只是一时火花璀璨，激情消退之后，两人还能回到原来的关系吗？

马慧敏觉得很难。

周涯猛仰起头，对着天空深呼吸。他见不得母亲这个样子，更不愿去想象，那个没有方珑的家会变成什么样子。

冷冽空气像刀子刮着喉咙和鼻腔，好一会儿，他才收住翻涌的情绪。

"如果她真的有更喜欢的人了，我会让她走。"

他的语气依然沉稳有力，但微微摇晃的线香暴露了他的真实情绪。

马慧敏早料到他会这么做，叹了一声："那你呢？你怎么办？"

"在方珑选择跟我一起的时候，我会以伴侣的身份爱她。"

灰白的天空有群鸟追逐着飞过，周涯看得眼睛泛酸，他清清发疼的喉咙，才接着说："如果最终她选择了别人，我会回到哥哥的身份，给她最大的支持。"

马慧敏又不说话了，周涯听到她吸了两下鼻子。

不知她借着白烟，跟阴阳两隔的家妹说了什么。

半晌，马慧敏倾身拜了拜，扶着周涯的肩膀想起身。跪了太久，膝盖酸疼，她身子不稳，周涯这次直接伸手扶她。

马慧敏站起来后，踢踢腿，再走上前，把香插进墓碑旁的泥土中："孩子，你选了条不好走的路啊。"

"嗯，我知道。"

"净学我和你爸。"马慧敏回头对他笑了笑，"我们当初可没少遭镇上的人说闲话。"

周涯眼睛微微睁大，很快明白了母亲的意思。

马慧敏因为不孕，遭受了太多太多。

马慧敏说："小镇就这么大，闲言闲语管不住的，就算你和珑珑没有血缘关系，但在别人嘴里，他们能给你们编出十套新的故事。"

周涯答："我不怕闲话，但不能影响到你和方珑。"

马慧敏这次反而没有给他太多安慰和信心，摇头道："难，一定会有些影响，所以我说你选了条不好走的路。"

周涯噤声。

马慧敏走过去,接了他手里已经烧了一半的香,同样插到墓碑旁,再转身扶周涯:"但是啊,路也不是只有一个方向,你们可以走出去的。"

要是小镇真的容不下你们,你们就走出去。

去一个更广阔的天地,就像此时天上的鸟。

"不行!我们,我们哪里也不去!"

忽然响起的声音把马慧敏吓了一跳,往后一看,竟是方珑。

方珑刚才被支开,但以她的性格,怎么可能照做。她假装走远,再绕到周涯他们身后,把自己藏在别人家的墓碑后方,一边双手合十地说"有怪莫怪",一边偷听不远处母子俩的谈话。

墓园安静,所以马慧敏和周涯的声音都很清楚。

方珑听至一半眼眶已经湿了,而听到周涯说以后分手的话要回到哥哥的身份照顾她,泪珠子直接一颗颗往下掉。

她小时候缺爱,长大了就想在别人身上获得爱。

有人跟她告白,她便觉得这就是爱。一个人的爱不够多,那就两个人、三个人……

可那些都不是真正的爱,再多也不是,他们只是一戳就破的泡沫。

对周涯的感情是不是从依赖转换成的喜欢?方珑自己觉得不是。但她也懒得往回找源头。

到底是那个给她做蛋炒饭的周涯,还是那个拿着鸡毛掸子追着她抽的周涯?是接送她上下学的周涯,还是总默默把她弄脏的衣服洗了的周涯?

方珑讲不清。

可能都是。

有些感情是潜移默化的,是埋藏在泥土里久久才能发芽的种子。

现在种子发芽了,见光了,方珑有预感,它会是最好看的那朵花。

"大姨你是不是不要我们了？我不怕闲话的，我们不走……你不能，不能不要我们！哇——"

方珑一想到有可能要因此离开小镇，脑子突然短路，也不管现在在什么场合，哭得像个傻小孩。

马慧敏本来还想劝方珑别哭，听到这句话也绷不住了，泪水涌出来。

"你还愣在这儿干吗？"她边擦泪，边打了一下周涯硬邦邦的肩膀，"去把你妹带回来啊！在别人墓前面哭成这样，像什么样子哦！"

周涯这才回神，大步朝连接墓地的斜坡走过去。

他抬手用手背擦了擦眼角，终于扯起嘴角笑，悬在心里的石头终于落了地。

方珑你这小祖宗……可真行。

一老一少在回去的路上稍微平复了心情，方珑像为了证明什么，叽叽喳喳不停地跟马慧敏说着她和周涯的事。

一会儿说大排档的光头男事件，一会儿说KTV的江尧事件，一会儿又跳到以前，说小时候的事。除了少儿不宜的那些，其他的都说出来了。

周涯听得耳朵发烫，又插不上话，大半天了才嘟囔一句"以后别连我内裤穿什么颜色都跟别人说了"。

大嘴巴，一点儿秘密都守不了。

方珑拍了一下他的椅背，凶巴巴道："说我什么坏话呢？"

周涯单手轻松掌着方向盘，另一只手半挡住自己忍不住笑意的嘴巴："哪敢？"

中午吃完饭，方珑跑去马慧敏房间，说要陪大姨睡午觉聊聊天。

周涯没阻止，有方珑陪着马慧敏，他能安心不少。

去过墓园的车子需要洗一下，周涯提了水桶和毛巾，准备回大排档之前先洗洗车。

面包车在春节前洗过一次，经过大半个月，已经沾了不少泥土和粉尘。

他把地垫拆出来，忽然停了动作。

在座椅下方不起眼的角落里，有一条发绳。是大年初二那晚，他和方珑在车上接吻时，从她头发上弄下来的。发绳是黑色的，但上面有个樱桃小挂坠，很明显是女生用的小玩意儿。

把发绳套在手指上甩了两圈，周涯蓦地扯开绳子，套到自己左手腕子上。

发绳对他来说有点儿紧，紧紧箍着腕子。

但周涯觉得这样挺好。

洗完车，他开着摩托车去大排档。

阿丰等人已经到了，见到他来，像平时那样跟他打招呼。

周涯掏了烟盒，一支支烟派过去。

阿丰眼尖，一下子发现老板手腕上挂着条发绳："欸，涯哥，这是什么？"

别人也好奇："这看着是小女生用的啊。"

周涯斜斜咬着烟，"嗯"了一声。

几人面面相觑，眼睛睁得越来越大。

阿丰惊喜："哇噻！涯哥你有，你有女朋友了？！"

想起那个人，周涯的眼神都变得温柔。

他捻了捻发绳上的小樱桃，笑着说："对啊，我有主了。"

Extra

后来的我们

（1）

2010 年。

4 月底,方珑和周涯又去了一趟福利院,同行的还有秦百乐。

去之前方珑找秦百乐把家里的旧电脑主机拆了,重新组装配置,配上新的超薄显示器、键盘和鼠标,装上常用的软件。

秦百乐也赞助了一部电脑,虽然也是组装机,但对福利院的小孩们而言已经够用了。

果然,福利院的孩子们都开心坏了,从院子里就追着他们跑,七嘴八舌地问能不能玩这个游戏或那个游戏。

陈姨她们提前在阅读室挪出一片空间,打扫干净,专门用来放电脑。

秦百乐带来了路由器和网线,和周涯一起给阅读室接上网。

这几年网络行业发展飞快,可惜之前福利院的硬件条件实在一般,孩子们在这方面已经比别的孩子落后了许多,既然他们如今养家糊口不成问题,便都想尽绵薄之力,帮福利院一把。

周涯他们希望,福利院的孩子们不要觉得自己比别人差。

方珑把上次带着她参观福利院的小虹拉到一旁,额外给了她一样礼物——贴了凯蒂猫贴纸的 MP3，是方珑之前一直在用的。

"里头的歌曲是我平时听的。我带来的那部电脑里，就是白色主机的那部，D 盘里还有好多其他歌，我都给分好文件夹了，你什么时候听腻了这里头的，就去换一批。而且你学英文，可以往里面放英语听力——"

方珑碎碎念叨着，忽然被满心欢喜的姑娘扑了个满怀。

周涯在三楼阅读室里干活，听见声音，低下头往院子望过去。

姑娘们坐在树荫下，正午的光被树叶筛成碎片，零星洒落在她们脸上。

小虹和另一个女孩一人分一只耳机听歌，方珑则正在跟王琪比画着手语。

她目前学了些基础用语和对话，动作不大熟练，胜在态度认真，只要速度放慢，做起来还是有模有样的。

周涯不知不觉地看了有一会儿了，直到秦百乐在他身后窸窸窣窣地偷笑，他才回神。

他轻咳了两声，继续抬头布网线。

秦百乐与周涯相识多年，看着这块硬邦邦的石头如今变得柔软，连他都觉得新奇。

周涯与方珑走到一块儿，老实说，秦百乐并没有太吃惊。

他很早前就察觉周涯往心里藏了个人，知道这个人是方珑后，秦百乐也就明白了为什么周涯要藏得那么深。

他心中感慨万千，由衷地替老友感到开心，又忍不住刺他一句："春天果然来了啊，千年铁树都能开花……哎哟，你拿网线丢我干吗？"

任建白在 5 月当上爸爸了。

那天距离林恬的预产期还有一个礼拜,没想到在大半夜里,林恬睡着睡着羊水破了。

当时任建白在所里值班,一时半会儿赶不回来,赶紧给周涯打了电话。

周涯正赖在方珑床上给她当枕头,接到电话,趿拉拖鞋就往楼上跑,把林恬从六楼抱下来。

方珑和他默契十足,周涯上楼的时候,她已经换好衣服,拿上钱包和车钥匙在车子旁边等了。

周涯开车,方珑在后排陪着林恬。

林恬性格温柔,平时说话就轻声细语的,遇上这种情况,也只是捧着肚子小声啜泣。

一会儿说比预产期提前一个星期,怕肚子里的娃娃有问题,一会儿跟周涯道歉,说弄脏他新买的车实在不好意思。

阵痛袭来时,林恬浑身冒冷汗,牙齿上下打架。

方珑自己不过是个半大姑娘,第一次遇到这样的情况,心里难免忐忑不安,眼角悄悄湿了,不停给林恬打气,又叫周涯开快点儿。

人送到医院,任建白也赶过来了。

林恬进了产房,任建白像热锅边的蚂蚁在走廊来回转,双手合十对着空气念念叨叨,求"老爷保号(神明保佑)"。

生产过程很顺利,是个男孩,母子平安。

周涯和方珑在医院陪了一宿,直到任家、林家的长辈们清晨赶过来了,两人才离开。

纵是两人习惯了通宵熬夜,还是忍不住哈欠连连。

方珑饿了,周涯带她去老榕树吃肠粉。

周涯给她刮去一次性竹筷上的倒刺,递给她时,见她一双眼滴溜溜转。

他眯了眯眼:"有话快说。"

"啧!"方珑白他一眼,接过筷子,才问,"你喜欢男孩还是——"

"女孩。"周湮都不用等她说完,就直接回答,"当然是女娃娃好。"

方珑惊讶:"你怎么知道我要问什么?"

周湮低声笑:"你屁股一撅起来我就知道你是要放哪种屁。"

方珑在桌子下踢了他小腿一脚:"我很认真在问的!"

"我也认真答啊,女娃娃好,男孩子……"周湮只是幻想了几秒那情景,立刻一脸嫌弃,"肯定狗都嫌。"

他蓦地伸长手,往方珑额头赏了个爆栗:"你个小脑袋瓜子别给我想东想西,我还没想要孩子。"

"哗——"方珑忙捂住额头,不屑嗤笑,"你想多了吧?我也没说要给你生……"

两道浓眉高高扬起,周湮"嚯"了一声:"哟,出息。"

两天后,店铺周一例行休息日,周湮难得地恶劣。

他趴伏在方珑耳边喘着问她,还要不要给他生孩子。

方珑难受得反手掐他大腿,最后等方珑红着脸说"生生生",周湮才把她搂在怀里,同她接一个比海风更咸湿黏腻的吻。

清洗干净后,两人躺在床上。

周湮煞有其事地提醒她:"我刚说的话你别放心上啊,别真以为我想要孩子。"

方珑太年轻,周湮想都没想过这件事。

每个小镇或村落似乎都有些不成文的规定,像是早婚早育、多子代表多福、必须生个男孩才算有后……

在这方面,周湮觉得自己就是颗刺儿头,从没打算遵守这些规定。

有那么多规定,怎么没人管管随意抛弃子女的父母们?

方珑挑起猫似的眼尾，眸子里仍水蒙蒙一片："啊，啊，你们男人那时候说的话没一句是真的，对吧？

"哼，所以你每次快结束的时候，在我耳边说的那句话都是骗小孩的是吧？"

周涯神情懒散，稍一用力就把人抱到大腿上，弓背低头的模样有太多讨好的意味："那句例外。"

"我爱你。"鼻尖亲昵地蹭过她的，周涯声音沉如水，"这句话无论什么时候说，都是真的。"

（2）

2011年。

方珑和周涯正儿八经交往快一年的时候，也是她亲爹方德明快刑满释放的时候。

方德明入狱多年，方珑没去看过他一眼，心想他是死是活，在里头过得好或不好，都跟她没有半毛钱关系。

她恨方德明，恨他把马玉莲拉进火坑，恨他曾经把主意打到她身上——

她的亲生父亲，曾经为了筹赌资，竟想把她"过继"给一对不知打哪儿来的中年夫妻。

那天是方德明第一次在她面前涕泪交加，说他们没办法给她提供更好的生活环境，正好那对夫妻膝下无子，一直想领养个小孩。还说对方相当富有，方珑如果"过继"给他们，未来肯定衣食无忧。

那时方珑年纪太小，听了也似懂非懂，只知道马玉莲那次很罕见地发飙了。马玉莲指着方德明骂他不是人。

方珑其实到现在都没能搞明白，马玉莲对她到底是什么感情。

有的时候她仿佛是马玉莲充话费送的赠品，有的时候马玉莲又会对她施舍出昙花一现的母爱。

可也因为这微乎其微的母爱，让方珑每年还是会去墓园看看马玉莲。

但对上方德明，方珑没办法忘却那些恨意和憎恶。

许是方德明在狱中表现太差，许是方德明觉得在狱中好吃好住，他一直没有争取减刑。

而距离他出狱的日子越来越近，方珑也越来越焦虑，生怕他一出来，就要把她好难得才平稳下来的生活搅得天翻地覆。

有的时候她实在压不住情绪，脸上的烦躁肉眼可见，身边最亲近的人，难免成了她的"垃圾桶"，就和以前一样。

周涯总会一声不吭地接住她的所有负面情绪，等她发泄完了，他才揽住她，问："方珑，你信不信我？"

方珑额头抵在他胸膛胡乱拱，闷声道："当然信啊……"

周涯说："那你就信我，不会让方德明再伤害你。"

他说话时没刻意咬牙切齿，没故意断句，没给哪个字加重音，他就是平平常常、宛如在跟她讲"今天中午吃蛋炒饭"那样，说出来了这么一句坚定如巍峨高山的承诺。

有周涯在，对方珑来说无疑是一剂强心针，而且她的监护权早早就移到马慧敏这边，可还是有些恐惧一直藏在她心里。毕竟她曾经过的是需要藏一把小刀在床垫旁的生活。

但让大家意想不到的是，方德明死了。

那段时间北方大雪，南方降温，许多地区直接从夏季跳到了冬季，温度下降明显，毫无缓冲阶段。有一晚，方德明在睡觉时突发心梗，等到早上被狱友发现时，尸体已经半僵。

最后方珑还是给方德明办了场后事，但很简单，没有讣告，没有仪式，没有眼泪。

遗体火化，方珑选择了海葬骨灰，她像心脏注满了钢铁，冷冰冰地说她没办法做到每年去墓园祭拜他。

在这件事上周涯和马慧敏知道她有解不开的心结，都依她。

将方德明的身后事都处理完，许是精神像绷太紧的橡皮筋骤然断开，方珑突然发起高烧。

又是一个冬夜，又是她烧得迷迷糊糊，又是周涯背着她去医院。

方珑胡思乱想，这会不会是老天爷给她再次重生的机会？

吊完水，一夜未眠的周涯背她回家。

整个过程他都没有怨言，只叫她困了就睡，其他的什么都不要想。

天蒙蒙亮，光在很遥远的地方。

方珑趴在他宽阔肩膀上，哼哼唧唧地哭，泪水打湿周涯的外套。她一会儿说让方德明死得这么轻松真是便宜他了，一会儿说现在真的只剩下她一个人了，她也是个没父没母的孤儿了。

气得周涯不顾她的身体情况，重重地颠了她两下，问："小白眼狼啊你？那我算什么？我妈算什么？啊？"

方珑吸着鼻涕："要是哪一天你们终于忍受不了我这破脾气，不要我了怎么办？"

周涯又颠她，紧紧托住她，快被她气笑："哦，你也知道你脾气够差的是吧？"

方珑含泪嘟囔："你和我半斤八两……"

周涯沉声笑："所以我们以后都凑在一起过日子得了，别去祸害别的人。"

"你这句话是什么意思啊？"

"你觉得是什么意思？"

"我烧傻啦,不明白你什么意思……"

"喊……"周溯往后看一眼,"饿了没有?"

"饿了……"

"回去煮粥给你吃。"

"我想吃菜脯蛋和卤猪皮……"家里有一锅老卤水,这些天方珑生病没什么胃口,又成天闻着卤水香味,这会儿嘴巴一馋,便想到了这锅家常美味。

周溯浅笑:"好好好。"

两人你一句我一句,慢慢走进逐渐变亮的世界里。

等方珑退烧痊愈,周溯同她求婚了。

那天是2012年2月4日,立春,家门后厚厚的皇历上写着"宜订婚"。

周溯是实用主义者,平日看着就和"浪漫"二字毫无关系,嘴也不甜,情话都不多讲一句,但这天他难得一见地弄了场小小的仪式。

只不过计划赶不上变化,男人在冬天的沙滩里半跪了好久,而摆成巨大心形的烟花串死活点不着。

方珑被冷冽海风吹得直发抖,连打了几个喷嚏,周溯忍不住了,气得跑过去踹负责点烟火的任建白和阿丰,任建白大叫"没天理啦",阿丰边笑边逃,方珑在一旁笑得眼泪直流。

最后是秦百乐点燃了烟火,急忙冲跑出几米的周溯喊:"喂!快回来求婚啊!你还娶不娶老婆啊?"

周溯跑回心形烟花阵中,重新单膝跪地,从皮衣口袋里摸出戒指盒,缓了缓呼吸,再郑重其事地问方珑,愿不愿意继续和他一起过日子。

这男人连求婚都言简意赅,没有长篇大论的誓词,甚至连句"我会一辈子都对你好"的口头承诺都没有，但方珑心里无比踏实。

她的左心房内，早有周涯给她筑起的"家"，温暖，坚固，风吹不动，雨打不穿，常有灯亮，总有暖汤。

她伸手递到周涯面前，噘着嘴说："你得给我做一辈子的蛋炒饭。"

周涯笑了，笑得眉眼弯弯，笑得白牙灿灿，周围蹿向夜空的烟火落进他一双黑眸中，成了璀璨星空。

他应了声"好"，掷地有声。

把钻戒戴上方珑的无名指后，周涯又从衣袋里取出另一个戒指盒，方珑正疑惑，周涯把盒子打开。

里面是一枚金戒指，干净利落的素圈，一条多余的花纹都没有。

周涯说，金戒指保值实用，但心想小姑娘应该更喜欢钻戒，就都买了。

他自己的婚戒也是金的，干活的时候不用总摘下来，可以一直戴着。

他们两人在一起的事从一开始就没有刻意隐瞒，光明正大地曝晒在青空艳阳下。

方珑在外面时会主动牵住周涯的手，或挽着他的臂弯，路上遇到熟人也不躲避。风言风语多少有点儿，但只要对方没有舞到她面前，她都一概不理。

倒是有几个人突然跳出来找他们麻烦。

有一天，向来不认周涯是周家人的那几个姑姑跑到家里来，指着马慧敏大骂，说她无法生育、领养残疾人、克死丈夫就算了，也不知道是怎么教孩子的，教出这么个胡搞瞎搞的儿子，真是败坏周家的名声。

她们说周涯不配姓周，接着又指着方珑骂，说她和她妈一样是任人……

姑姑们话还没骂完,马慧敏已经抢起扫帚挥了过去。

向来羸弱温顺的小女人,方珑第一次见她气得脸都涨红,也是第一次见她打人。

马慧敏气喘吁吁地说,周涯和方珑情投意合,行得正站得直,两人的关系光明正大,没有一点点的不可告人。马慧敏还说,等周涯和方珑结婚摆酒那日,她要宴请所有亲朋好友来喝喜酒,但就是不给周家亲戚发喜帖。

当然,最后还是方珑和周涯一同上阵,把极品亲戚赶了出去。

马慧敏本来心脏就动过手术,气不得,含了颗舌底丸才稍微缓过劲。

经过那次之后,马慧敏跟周涯和方珑说,如果未来有了孩子,让娃娃跟妈一个姓好了。

方珑以为大姨在说气话,没料到一年后她怀孕的时候,周涯把早就想好的名字给她看。

纸上的字迹刚劲有力,只写"方舟"二字。

方珑把这个名字含在口中,一遍一遍地念。

周涯从后面抱住她,宽掌轻焐她的小腹,贴在她耳边说,名字里有她也有他。

一叶轻舟,去那无涯的大海。

(3)

2014年。

周涯察觉方珑怀孕,是在张秀琴的喜宴上。

张秀琴和堂妹前些年离开小镇后,去了莞市,两人合伙开了家网店。

那边鞋厂多,内销和出口都有,张秀琴出本金,负责与工厂打交道,堂妹负责线上经营和发货,两人够拼,也多少有些运气,短短几年,网店从零评价做到四皇冠。

生意红红火火,张秀琴的感情也开花结果。

她在莞市遇到了年轻时候的初恋。

男方有过一段短暂的婚姻,和前妻没有孩子,张秀琴不在意他的婚史,毕竟她这些年也经历了许多,两人久别重逢后,很快重新打出爱的小火花。

去年张秀琴怀孕了,不过2013年是"无春年",意头不吉利,双方便决定"先上车后补票",证领了,孩子生了,晚一年再办婚宴。

在庵镇最贵的酒楼里设宴请客的那天,正好是张秀琴的女儿悠悠满半岁的日子。

虽说男方是二婚,但喜宴规格比头婚时还要隆重,只不过时间设在了中午。

周涯和方珑还有大排档的其他店员就已经把一张圆桌坐满。

玻璃转盘上摆着白酒、红酒和两条烟,阿丰把白酒开了口,先走去给周涯满上,语气感慨:"好嘛,秀琴姐都结婚生娃了,现在'阿哑'里就只剩我单身了,份子钱我这几年可没少拿出去,什么时候才能收回来啊?"

有人笑着应他:"你这位庵镇情圣,女朋友一位接一位地换,想要等到你定下心来,不知要等到何年何月。"

又有人附和:"哪天阿丰你结婚摆酒,前女友都能坐一围吧?"

"哪有!到现在我就只是谈过3次恋爱!"阿丰一边比着"3"的手势,一边想给周涯旁边的方珑斟酒。

方珑挡了挡:"我不喝。"

阿丰问:"那你要喝红酒还是啤酒?"

方珑摇头:"我喝茶水就好啦,待会儿回去我开车。"

像这种场合,周涯肯定会被灌酒,所以她会主动当起司机。

而且不知是不是因为换季气温变化,她这几天肠胃不大好,吃什么都没胃口,还时常反胃,所以不想喝酒。

周涯垂眸看她一眼,把转盘转了一下,舀了一勺挂霜腰果,倒进方珑的碗里:"饿了吧?先吃点儿垫垫肚子,你早饭就没怎么吃。"

平日方珑可喜欢这类反沙(糖霜裹住食材的烹调手法)小吃,反沙番薯、反沙芋头、反沙咸蛋黄……每次周涯炒完一大锅,要是没看住她的话,她能毫无节制地全部吃了。

但今天她怎么都提不起兴致,慢条斯理地嚼着,到上了烤乳猪时她还没吃完小半碗腰果。

别桌有宾客抽烟,他们这桌也有伙计点了烟,方珑早习惯了这样的环境,但此时闻到烟味,胃里酸液又开始翻涌起来,桌上尽是山珍海味,但没有她想吃的。

她的兴致缺缺,周涯全看在眼里。

席间他频频看向停靠在主桌旁的婴儿车,面上不显,但胸口里早已掀起惊涛骇浪,别人跟他搭话他都没怎么上心,全程只在意方珑的反应。

阿丰语气夸张地再次感叹,说哪承想曾经钢铁铮铮的硬汉,如今变成温柔似水的老婆奴。

婚宴下半场,一对新人换衣敬酒。

张秀琴身材丰腴了许多,颈上和手腕上的金饰在酒店射灯下熠熠生辉,她以茶代酒,豪迈地搭着阿丰的肩膀,声音依旧沙哑:"大家多喝两杯啊!酒喝完了让服务员拿!今天不醉不归!"

"琴姐威武!"阿丰与她碰杯,眼睛瞥向周涯,"但是我们晚上还得上班呀——"

周洇也举着酒杯,同新郎碰了碰,道了句"恭喜",才对大伙儿说:"今晚休息。"

大家情绪本来就高涨,听见这么一句,立即大声起哄:"阿哑哥也威武!"

方珑支起手肘撞了他一下,小声问:"怎么突然放大家假啊?今天周六,晚上生意一定超级好的……"

"钱哪能赚得完?"周洇有些小心翼翼,从后面虚虚搭着方珑的腰,"而且今天还有更重要的事要做。"

喜宴结束后,周洇叫阿丰回店里,在铁闸门上贴张店休公告。

"好啊,那要写什么理由?"阿丰问。

周洇紧牵着方珑的手,想了想,对阿丰说:"就写'东主有喜'吧。"

今年暑假,郭梅虹提前结束了打工,买了机票回南方。

这几年,庵镇半小时车程范围内陆续建起了国际机场和高铁站,百姓出行方便了不少,知道郭梅虹回来,方珑和周洇专程驱车去机场接她。

郭梅虹前两年考上了沪市的大学,师范专业,暑假过后就是大三生了。

也是从两年前开始,方珑用自己的收入资助郭梅虹,这些年一直同她保持着联系。

回到家,郭梅虹迫不及待地打开行李箱,拿出大大小小的礼物给方珑,说这是给未出世的宝宝的礼物。

"我不知道小宝宝是男孩还是女孩,就都挑了比较中性的颜色!"郭梅虹从行李箱另一边拿出一个纸盒,里面装着一只海马公仔,解释道,"但这个小海马只有粉色和蓝色可以选,我挑了粉色,不知道为什么,我觉得肯定是个女娃娃!"

方珑此时怀孕快六个月了,肚子胀卜卜(圆鼓鼓)的,穿着绵软舒适的宽松 T 恤,长发高高扎起束在脑后。

她接过礼物,婴儿爬行衣、围嘴、安抚摇铃、安抚公仔……郭梅虹这次着实带了不少东西回来。

"哎哟,你花这些钱干吗啦?这只海马不便宜的……"

方珑举着海马给刚从厨房走出来的周涯看,眼睛亮晶晶的:"你看,小虹送给宝宝的礼物!"

周涯把洗好的葡萄放到茶几上,向郭梅虹道谢:"下次别破费了啊,你打工赚点儿钱不容易,留着自己花。"

郭梅虹申请了助学金,能覆盖掉学费、住宿费和一部分生活费,她从方珑这里得到不少资助,如今每次放假她都会留在沪市做家教,想尽可能自己独立起来,给他们减轻负担。

"这些年你们帮了我那么多,我现在能自己挣钱啦,就想表达一下我的感恩之情,东西不贵重的,你们别嫌弃就行。"郭梅虹眼神真挚,语气诚恳,"谢谢你们。"

许是荷尔蒙变化作祟,方珑怀孕以来,变得格外感性,泪点极低,动不动就掉金豆子。

她抹了抹半湿的眼角,嗫嚅道:"你别花太多时间去打工,把精力都放在学习上,有我们在呢。现在大排档生意好到不行,钱方面你就别操心了!"

想起这事,郭梅虹睁圆了眼睛看向周涯,声音雀跃:"我看了那节目了!阿哑哥,你超级上镜的!"

郭梅虹说的是一档美食节目,第一部火了,口碑很好,前两年经镇政府搭线,想来"阿哑大排档"取景拍摄,放进第二部的内容里。

本来和节目组谈好，只拍摄大排档的日常运作和周洭挑菜做菜的过程，顺便带几个镜头拍周洭的生活片段，但后来导演了解到周洭的身世，便问他同不同意增加一段福利院的片段。

周洭和福利院那边沟通，福利院自然是没问题，陈姨反问周洭有没有问题，毕竟这事涉及周洭的隐私。

周洭考虑了几天，最终答应了节目组。

福利院的情况如果能广为人知，对解决孩子们的困境多多少少能有些帮助，他是这样想的。

至于他自己，既然坦坦荡荡、光明磊落，便无畏流言蜚语。

这两个月，节目播出了，从一开播就好评如潮，屡屡登上微博热搜。

第二集就有"阿哑大排档"出现，十分钟的影片，让这家坐落于小镇旧城区的大排档名声大振。

"孤儿周老板"也引起众人关注，那几天方珑紧张兮兮地刷着弹幕和评论，生怕有人说周洭一句不好，她要提着键盘上"战场"的。

不过只是有几个人在影片一开始的时候发了弹幕，说周洭的声音好奇怪，但随着影片继续，弹幕和评论逐渐换了画风，有人说一分钟之内要知道这位帅哥老板的所有资料，有人说立刻搜索如何去庵镇。

出现得最多的就是"好帅"二字，气得方珑骂骂咧咧地关了视频，肚子里的娃娃似乎感受到她的情绪，还踹了两脚。

导演有意塑造铁汉柔情的剧情，夜晚能在炉火前颠锅炒菜的男人，白天也能手做柔软香糯的"橘子"豆沙包，送去福利院。

方珑反反复复地看屏幕里，周洭逆着光，安安静静地在双掌中团出一个又一个面团。

他一双手粗糙，有刀伤，有烫伤，有薄茧，是她用多少护手霜都没法抹平修复的。

他一双手有力,能扛货,能做饭,能御敌,能给她和马慧敏筑起一个家。

他一双手也柔软,能抚平她的伤疤,能把她一颗心脏,像豆沙馅那样,稳稳包裹在他的怀中。

……

既然郭梅虹提起了,方珑神神秘秘地凑到她耳边说:"我偷偷告诉你一件事,但你不能说出去哦……"

郭梅虹被她勾起好奇心:"你快说,我嘴巴紧着呢!"

"有个剧组托人来问,能不能来'阿哑'取景……"

郭梅虹惊呼:"什么剧组?电视剧吗?"

周涯伸长手,把剥好皮的葡萄塞进方珑嘴里,没好气道:"八字没一撇的事,你怎么敢到处说?"

方珑牙齿一咬,葡萄汁迸满整个口腔,她咽下后才含糊道:"我看大概率能成,而且又不是让你去拍戏,只是租借个地方出去而已嘛。"

她又小声跟郭梅虹说:"是电影,说是要拍一部南方小城镇的作品。"

郭梅虹兴奋起来:"有什么明星?"

"那我就不晓得了——"

两个姑娘许久未见面,聊天聊得开心,周涯给她们留出空间,进厨房准备明天要用的包子馅——

郭梅虹虽然已经成年,也常年在外,但如果回来了,她还是住回福利院里。明天周涯和方珑要同她一起去福利院,而方珑提前问过院里的小孩,他们投票说要吃牛肉包子。

听着客厅里陆续传来嘻嘻哈哈的笑声,他也跟着笑了笑。

（4）

2023年。

手边的手机响起时,方珑正在收银台旁算昨晚的账。

她瞄了一眼来电人,左眼眼皮蓦地跳了两下,手一抖,又按错数字了。

下午四点,这个时候,那姑娘应该在上体育课……

方珑叹了口气,接起电话的同时扬起笑:"你好啊!郑老师。"

电话那头是女儿的班主任,方珑能听出她语气中的无奈:"方舟妈妈,你现在有空吗?"

方珑干笑:"有,有的,郑老师,是不是舟舟又闹事了啊?"

老师还算客气:"嗯……孩子们在上体育课的时候,闹了些矛盾,得麻烦你来学校一下。"

"好,好,我现在就过来。"方珑屈起指节,蹭了蹭眉骨和眼皮,"老师我问一下啊,小孩们有没有受伤啊?"

"还……还行,其他的家长也在路上了,方舟妈妈你过来再聊吧。"

"好的,好的。"

挂了电话,方珑匆匆走向后厨。

前两年大排档生意不景气,但还在可承受范围内,周涯索性趁着空闲时间,给店铺做了次翻新。

挂满油渍的抽油烟机、被烟熏得黑透的墙壁、被踩得看不见花纹的地砖全拆掉,此时周涯在焕然一新的厨房里备着今晚的料。

除了他,还有另外几位帮厨,都是周涯这些年带出来的徒弟,年纪大多比方珑还小,嘴巴很甜地喊她"珑姐""老板娘"。

方珑冲周涯使了个眼色,周涯擦了擦手快步走过来:"怎么了?"

虽然年过四十岁,但男人眉眼间的英气丝毫未减,看向她的眼神也依然如初。

方珑扁着嘴说:"你女儿又闯祸了。"

闻言,周涯竟弯起嘴角笑:"哦?又被叫家长了?"

见他笑,方珑气极,甩了他胸口一巴掌:"你还挺骄傲啊?这个学期都第几次了啊?想着终于快熬到放假了,结果还来这么一出。"

怕手上脏,周涯没去牵她,只用手臂虚揽着她的腰,带她走出热气蒸腾的厨房:"呵,你现在终于懂我当初的感受了?三天两头被叫去学校,后来演变到进派出所——"

这时再回想前半生的荒唐黑历史,方珑只觉得好羞耻,脸颊一阵阵发烫:"你还提!你还提!"

周涯没再逗她,正经问道:"这次又因为什么事啊?"

"估计又是跟人打闹了。"

"你去还是我去?"

"我去吧。"方珑又叹了口气,"自己生的,随我。"

二年级的教室在一楼,办公室也是,方珑还没走到,已经听到里头有呜呜哭声。

敲门走进去,一头利落短发的小姑娘站在墙边,抬头看她一眼,飞快地低下头。

方舟旁边站着两个男孩,个头都比方舟矮,其中一个正哇哇大哭,两个男孩脸上手上都有抓痕。

方舟没有明显外伤,就是头发乱糟糟的,手背在身后,校服上有深深浅浅的脏渍。

方珑额角重重一跳,心想还好没让周涯来。那家伙极其护短,来了指不定要跟对方家长吵上一架。

事情其实挺简单的,体育课上的自由活动时间,方舟看到这两个男孩恶作剧，拿毛毛虫去吓另一个女孩，气不过，就替那女孩出头。

她从小就比同龄人高，手长脚长，样貌偏男相，闹起来也和男孩子似的。

郑老师还算公正，没有偏帮哪一边，让两边都承认各自的错误，并向对方道歉。最后再单独和家长们聊了几句，把教导孩子的任务交还给家长。

从办公室离开，学校已经打铃放学了。

方舟站在教室门口，影子像株小白杨，有些委屈地喊了声："妈妈……"

方珑没好气地瞪了她一眼，走过去拿起她沉甸甸的书包背在身上，牵住她的手："走吧，回家吃饭，早点儿吃饭早点儿写作业，今晚还有一百字检讨书呢……"

方珑是骑摩托车来的，在路上，一直忍着泪意的女儿趴在她背上，哼哼唧唧地哭起来。

衣服很快沾上湿意。

似曾相识的画面，把方珑一下子拉回到好多年前。

那时她也趴在周涯背上，哭得稀里哗啦。

开了一会儿，后座的姑娘还在啜泣，方珑忍不住笑出声，摩托车拐了个道，停在一家奶茶店前。

她回头问："喝不喝奶茶啊？"

哭红双眼的方舟努嘴嘀咕："但老爸说奶茶不健康，不让喝……"

"管他的，家里谁是老大啊？"

"妈妈！"

嘴巴说得厉害，方珑还是只买了一杯，怕喝多了待会儿吃不下晚饭会露馅。

母女俩分喝完一杯珍珠奶茶，迎着温热的晚风往大排档开。

去年年底马慧敏去世后,他们一家三口晚上都在店里和员工们一起吃。

离着老远,方珑就瞧见骑楼下那抹高大身影。

方珑开到他面前,方舟跳下车,委屈巴巴地喊了声"老爸"。

周涯取下挂在车上的书包,上下打量了女儿一个来回,慢条斯理地问:"赢了还是输了啊?"

方舟黑眸里闪着光,连连点头:"赢了!"

"喊,出息……"周涯弹了一下她的额头,警告没什么震慑力,"下次别胡闹了啊。"

"唔,知道啦。"

"去洗手,准备开饭了。"

等女儿走远,周涯才凑到方珑身前,低头偷了个吻。

他挑眉:"哦,偷喝奶茶了?"

方珑捂住嘴:"没……没啊。"

"骗人精。"

周涯说完,又低头吻她。

沾了烟火气的吻格外撩人,爱意十年如一日,比晚霞美丽。

图书在版编目（CIP）数据

装聋作哑 / 周板娘著 . -- 南京：江苏凤凰文艺出版社，2024.8. -- ISBN 978-7-5594-8504-5

I. I247.5

中国国家版本馆 CIP 数据核字第 20244WA555 号

装聋作哑

周板娘 著

责任编辑	白　涵
特约策划	梨　玖
特约编辑	梨　玖
封面设计	@Recns
责任印制	杨　丹
出版发行	江苏凤凰文艺出版社
	南京市中央路 165 号，邮编：210009
网　　址	http://www.jswenyi.com
印　　刷	大厂回族自治县德诚印务有限公司
开　　本	880 毫米 × 1230 毫米 1/32
印　　张	8.75
字　　数	225 千字
版　　次	2024 年 8 月第 1 版
印　　次	2024 年 8 月第 1 次印刷
标准书号	ISBN 978-7-5594-8504-5
定　　价	49.80 元

江苏凤凰文艺版图书凡印刷、装订错误，可向出版社调换，联系电话 025-83280257